KB102196

RETURN from Darkness
흑암의 귀환자

FANTASY FRONTIER SPIRIT
이성현 판타지 장편 소설

흑암의 귀환자 4

이성현 판타지 장편 소설

초판 1쇄 찍은 날 § 2014년 8월 1일
초판 1쇄 펴낸 날 § 2014년 8월 12일

지은이 § 이성현
펴낸이 § 서경석

편집부장 § 권태완
편집책임 § 박가연

펴낸곳 § 도서출판 청어람
등록번호 § 제387-1999-000006호
등록일자 § 1999. 5. 31
어람번호 § 제1-1840호

주소 § 경기도 부천시 원미구 부일로 483번길 40 서경B/D 3F (우) 420-822
전화 § 032-656-4452 팩스 § 032-656-4453
http://www.chungeoram.com
E-mail § chungeorambook@daum.net

ⓒ 이성현, 2013

ISBN 979-11-5681-999-8 04810
ISBN 978-89-251-3635-6 (세트)

RETURN from Darkness

흑암의 귀환자

4 | 각자 다른 명분

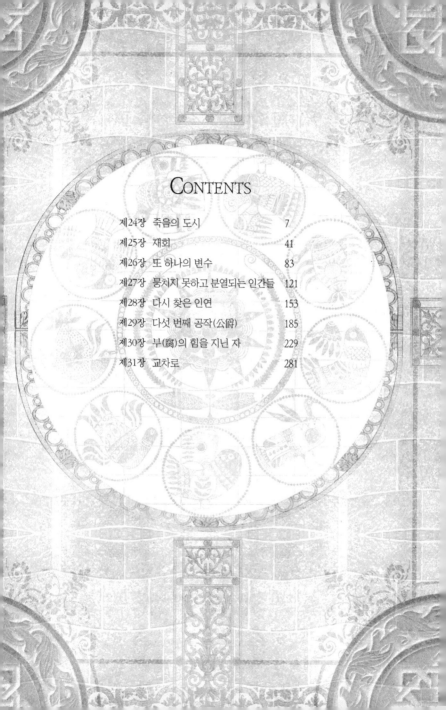

CONTENTS

제24장 죽음의 도시   7

제25장 재회   41

제26장 또 하나의 변수   83

제27장 뭉치지 못하고 분열되는 인간들   121

제28장 다시 찾은 인연   153

제29장 다섯 번째 공작(公爵)   185

제30장 부(腐)의 힘을 지닌 자   229

제31장 교차로   281

Chapter 24
죽음의 도시

1

엘레힘 신성력 1326년 11월 20일.

20여 년 전, 끊임없이 이어지던 인간과 마족 간의 격전 중 가장 처절한 혈투가 벌어졌던 곳이 있었다.

대륙 북쪽에 있는 긴 산맥 사이에 위치한 데르콘 성이 바로 한 달 넘게 펼쳐졌던 공성전의 무대였다. 당시 빛의 용사였던 페이서 일행 전원이 수성을 위해 고군분투했고, 마족 측에선 데몬 공작 에르카이저와 스펙터(Specter) 공작 데미트리, 그리고 오우거 공작 칼틴까지 직접 나선데다 그 외 열 명의 후작급 마족까지 동원된 대규모 공성전이었다.

한 달 동안 진행되었던 전투의 결과는 인간 측의 승리로 끝났고, 빛의 힘을 각성시킨 페이서는 칼틴을 홀로 상대해 쓰러뜨린 결과 이름 앞에 '빛의 용사' 라는 명예로운 호칭이 따라다니게 되었다.

"……."

카일에겐 아직도 그 당시의 격전이 생생하게 기억에 남아 있었다. 하지만 다시 찾아온 데르콘 성은 과거와는 전혀 다른 곳으로 변해 버렸다. 고요함이 감도는 넓은 도로 위를 가득 메운 해골들을 카일은 멍하니 바라보고 있었다.

"설마 했는데 이 정도까지일 줄이야……. 소문보다 훨씬 심하잖아?"

과거 끊임없이 몰려드는 몬스터와 마족들을 상대로 끝까지 버텼던 데르콘 성은 생존자는커녕 살아 있는 생물체 자체가 존재하지 않는 죽음의 대지로 변해 버렸다.

물론 이전에 있었던 마족과의 전쟁에서 흘러내린 피가 마를 날이 없던 적도 있었지만, 살점이 완전히 썩어 문드러져 뼈만 남아버린 시체들이 여기저기 널려 있는 지금에 비하면 아무것도 아니었다.

뻥 뚫린 성 입구 아래엔 완전히 박살 나버린 성문의 파편들이 무질서하게 널려 있었고, 시체를 보고 몰려들 들짐승 하나 보이지 않았다. 카일은 차가운 바람을 정면으로 맞으며 바닥에 깔린 해골과 뼈다귀를 지나 성안으로 걸어 들어갔다.

"그땐 진짜 튼튼했던 성이었는데, 이렇게 허망하게 무너질 줄은 몰랐어."

소문이 사실이라는 걸 확인했지만, 풀리지 않는 의문점은 여전히 남아 있었다. 특히 새로 등장한 마족 공작 한 명이서 이 성을 초토화시켰다는 말은 아직도 믿기 힘들었다.

견고했던 성벽의 여기저기가 허물어졌고 그 사이로 매서운 바람이 불면서 후드 아래 가려지지 않은 카일의 입술을 차갑게 식혔다.

혹시라도 생존자가 있을까 하는 기대감에 1시간 넘게 성안을 돌아다녔지만, 그의 눈에 들어오는 건 끝이 보이지 않을 정도로 길게 나열된 해골들뿐이었다.

부서진 성벽에 비해 멀쩡하게 남아 있는 성안 건물들이 도리어 음산한 분위기에 일조했다.

"흐음, 그렇다면 남은 곳은……."

카일은 예전 기억을 떠올리며 데르콘 성의 지하 통로로 통하는 입구를 찾기 시작했다. 그 예전 공성전 당시 쉴 틈도 주지 않고 퍼부어지던 데몬 공작 에르카이저의 래피드 파이어(Rapid fire)를 피해 지하 통로로 이동했던 적이 있었다.

말라붙은 분수대 정 가운데로 걸어 들어간 카일은 녹이 잔뜩 슨 손잡이를 잡아당겨 지하 통로의 입구 중 하나를 열었다. 그리고 망설임 없이 안으로 들어갔다.

2

카일은 어두컴컴한 지하 통로 안을 왼손에 든 횃불 하나에 의지해 조심스럽게 걸어갔다.

20여 년 전 당시엔 그 대신 페이서가 횃불을 들고 앞장섰고, 카일은 혹시라도 지하 통로로 들어올지 모르는 적들을 경계해 맨 뒤에서 경계를 늦추지 않았다.

"그 녀석들과 헤어진 지도 벌써 몇 개월째지?"

서로의 필요에 의해 당분간 각자의 길을 걸어가기로 결정했지만, 막상 홀로 떨어지자 외로운 기분이 드는 건 어쩔 수 없었다. 특히 타일론드 성을 떠난 이후 혼자 돌아다닌 지 한 달이 넘어가자 동료들이 어떻게 지내고 있을까에 대한 걱정까지 쌓였다.

'크리드 녀석이라도 데리고 다닐 걸 그랬나?'

옛 친구의 아들을 잠시 떠올렸지만, 그와 동시에 데르콘 성을 가득 메운 해골들을 연상하며 고개를 가로저었다.

"흐음?"

왼손에 든 횃불이 아닌, 또 다른 불빛이 지하 통로 안쪽에서 잠시 나타났다가 금세 사라졌다. 생존자 중 하나임을 직감한 카일은 더욱 조심스럽게 앞으로 걸음을 옮겼다.

"누구 있습니까?"

그의 물음에 아무런 대답은 없었지만, 카일은 방금 전 본

불빛에 확신을 가지고 계속 전진했다.

그러자 좌우에 하나씩 나 있는 갈림길 안쪽에서 불빛이 확 일어나더니 서너 개의 창끝이 카일의 목을 노리고 쑥 내밀어졌다.

"누구냐!"

"무슨 목적으로 여기에 왔지?"

잔뜩 겁에 질린 병사들이 카일의 좌우에서 소리를 지르며 위협했다. 물론 그들이 쥔 창끝이 미세하게 떨리는 걸 카일은 놓치지 않았다.

"그쪽에서 이렇게 나오는 거야 이해 못 하는 건 아니지만, 내 얼굴 잘 봐요. 마족이나 몬스터는 아니니까 그렇게 두려워하지 말고요."

카일은 병사들이 알아보기 쉽도록 왼손에 쥔 횃불을 자신의 얼굴 앞에 가져갔다. 그럼에도 그들의 경계심은 조금도 풀리지 않았다.

'위에 일어난 참상을 감안하면 이렇게 나오는 것도 무리는 아니지만, 날 알아보는 사람이 하나라도 있다면 이야기가 쉽게 풀릴 텐데 말이야.'

카일과 병사들 간의 대치가 이어지는 가운데, 통로에 몰려든 병사의 수가 어느새 수십여 명에 가까워졌다. 카일은 여전히 왼손에 횃불을 들고 오른손을 위로 들어 올린 자세로 저항할 의사가 없다는 걸 밝혔지만, 병사들의 얼굴에 드리워진 짙은 공포는 여전히 사라지지 않았다.

"어, 잠깐… 저놈 얼굴 어디에선가 본 거 같은데?"

"혹시 카일? 카일 아냐?"

병사 중 그를 알아본 사람이 나오기 시작하자 카일은 살며시 미소를 지으며 슬그머니 오른손을 아래로 내렸다.

"카일 맞아! 수배지에서 본 얼굴과 똑같아!"

"저 등에 걸친 커다란 검은… 분명히 그 카일이 쓰던 무기일 거야!"

'어라?

그에게 겨눠졌던 창 개수가 갑자기 우수수 늘어나더니 좌우뿐만이 아닌 그의 등 뒤까지 둘러쌌다.

상황이 풀리기는커녕 더욱 악화되자 카일은 병사들이 걸친 갑옷을 유심히 살펴보았다. 그리곤 이곳에 있어서는 안 되는 국가의 문양이 그려진 걸 알고 인상을 살짝 찌푸렸다.

'제길, 모르드 왕국군이잖아. 어느새 여기까지 진출했지?

예전 기억으로는 모르드 왕국이 아닌 케스발드 왕국령에 속했던 데르콘 성이었지만 20년이나 전의 사실이라는 걸 카일은 뒤늦게 깨달았다.

'지금 와서 저 그냥 나갈래요, 라고 말해봤자 소용없겠지?

모르드 왕국 측에 있어서 어떤 의미로는 마족보다 더 골치아프고 경계 대상인 카일이 눈앞에 떡하니 나타났으니 그냥 나가겠다고 말하기에도 곤란한 상황이었다.

물론 이 정도의 병사들이라면 제압 자체는 손쉽겠지만, 모르드 왕국과의 충돌 그 자체가 생긴 것만으로도 일이 어떻게 꼬일지 모르는 상황이다. 예전 타일론드 성에서의 건이야 모르드 왕국의 세력권 자체가 아니었으니 그럭저럭 해결되었다고 쳐도.

어떻게 하면 가급적 충돌 없이 자신을 둘러싼 병사들을 물러나게 할까 고민하는 카일을 향해 젊은 기사 한 명이 병사들 사이를 제치고 걸어왔다.

"네가 카일인가?"

"보시다시피."

"무슨 목적으로 여기에 들어왔지?"

대뜸 여기에 온 목적을 물어보는 상대방의 질문에 카일은 입술 왼쪽 끝을 살짝 내렸다.

'스승을 찾아 여기저기 돌아다니는 중이라고 말해봤자 씨알도 안 먹힐 테고, 새로 얻은 힘이 어느 정도인지 제대로 시험해 볼 만한 마족을 찾아 떠다닌다는 변명도… 통하지 않겠지.'

어차피 상대가 모르드 왕국 소속인 이상 그 어떤 해명도 통용되지 않을 터, 적당히 겁을 줘 알아서 물어나게 만드는 수밖에 없었다.

"대답해라! 어떻게 여기로 통하는 비밀 통로를 알고 들어온 거지?"

"그야 20년 전 여기서 싸웠던 적이 있으니까. 그리고 내가 진짜 그 카일이라면 너희들에게 어떤 태도로 나올지 대충 예상하고 있겠지?"

카일은 오른손을 어깨 너머로 살짝 내리더니 다크블로우의 검자루를 움켜쥐었다. 그러자 그를 둘러싼 병사들이 일제히 움찔거렸다.

"내 입으로 이런 말 꺼내기 진짜 우습지만, 쓸데없이 폭력 휘두르는 거 그리 안 좋아한다고. 못 본 척해줄 테니 내 등 뒤에서 비켜서."

카일이 슬쩍 몸을 옆으로 돌리며 뒤를 바라보자 그와 눈이 마주친 병사들이 눈을 크게 뜨며 뒤로 한 걸음 물러섰다.

"그래그래, 말이 잘 통해서 다행이야."

하지만 병사들과 반대로 그의 앞에 선 기사는 허리에 찬 검을 뽑아 들더니 그의 목에 겨누었다.

"한판 하려고?"

"내 질문에 대답해라. 무슨 목적으로 여기에 온 거지?"

"거기에 대답할 의무라도 있어? 더군다나 내가 '카일'인데?"

기사는 아랫입술을 깨물며 입을 다물었고, 반면 카일의 얼굴에는 여유가 묻어 나왔다.

"난 그냥 나갈 테니 너희들은 이 시궁창 안에서 잘 살아봐.

어차피 여기에 더 이상 볼일도 없고."

카일은 오른손 끝으로 기사가 내민 검끝을 살짝 붙들더니 옆으로 천천히 잡아당겼다.

"잠깐만요!"

바로 그때 병사들 뒤에서 여성의 외침이 울려 퍼졌다. 그러자 병사들이 알아서 물러서더니 그녀가 지나갈 수 있도록 길을 열어주었다.

카일의 앞에 서 있는 기사보다 어려 보이는, 10대 후반으로 보이는 여성이 거친 숨을 몰아쉬며 허리를 숙였다.

"당신이… 카일 맞습니까?"

"네."

"이야기를… 나눌 수 있을까요?"

3

데르콘 성 아래를 촘촘하게 연결하고 있는 지하 통로는 다른 성들과 달리 꽤 규모가 큰 편에 속한다. 이는 다른 지역과 동떨어진 탓에 보급품을 평소 몇 배 이상 비축해야 한다는 단점을 극복하기 위한 결정이었고, 결과적으로 병참기지의 역할까지 수행하게 되었다.

그래서일까, 단순한 지하 통로가 아닌 '지하 요새'나 다름없는 이곳엔 카일의 예상보다 훨씬 많은 이가 어둠 속에서 숨어 지내고 있었다. 수백 명의 병사와 민간인들, 그리고 지금 카일의 맞은편에 앉아 있는 영주대리 멜린까지 포함해서.

"그랬군요. 알폰소는… 아니, 알폰소 영주님은 이미……."

"네."

'그 꼬맹이, 결국 죽었군.'

아직 데르콘 성이 모르드 왕국 소속으로 넘어가기 전, 성안에서 페이서의 뒤를 졸졸 쫓아다니던 어린 소년을 떠올리며 카일은 눈을 지그시 감았다.

막상 데르콘 성에 도착하기 전까지만 해도 전혀 기억나지 않았던 얼굴을 죽었다는 이야기를 듣자마자 떠올린 자신의 머리가 살짝 간사하게 느껴지기까지 했다.

"안타깝게도 저희에겐 아버님의 시신을 수습할 시간조차 없었습니다. 그 마족 공작을 피해 도망가기에도 급급했으니까요."

20여 년 전엔 소년이었던, 그리고 얼마 전까지 데르콘 성의 영주였던 알폰소의 외동딸 멜린은 서글픈 표정을 지으며 고개를 떨궜다. 반면 그녀의 옆에 서 있는 호위기사 제르도는 검자루를 오른손에 움켜쥔 채로 허리에 찬 검을 언제든지 뽑아 들 준비 중이었다.

"그런데 진짜로 마족 공작 한 명이서 데르콘 성을 초토화시켰습니까?"

"저희들도 믿고 싶진 않지만 사실입니다."

"도대체 얼마나 강한 자이기에… 짐작조차 안 가는군요."

카일 역시 맘만 먹는다면 블랙아웃 모드의 페이즈 3로 들어가 성 하나쯤은 쉽게 점령할 수 있다. 하지만 아군과 적군조차 구별하지 못하는, 자신 외의 모든 이를 적으로 규정하고 달려드는 상황에 처하는지라 데르콘 성에 쳐들어온 마족처럼 행동할 수는 없다.

"그런 상대에게 용케도 살아남으셨군요."

순간 제르도는 손에 쥐고 있던 검자루에 힘을 잔뜩 집어넣었지만, 멜린이 손을 옆으로 뻗으며 제지했다.

"아니, 진짜로 그런 상황에서 살아남았다는 사실이 믿기 힘들어서 말입니다. 제가 단어 선택을 잘하는 편이 아니라 너그럽게 넘어가 주시길 바랍니다."

"저희도 솔직히 믿기 힘듭니다."

'거참, 계속 믿기 힘들다는 말만 되풀이하는군.'

카일은 그녀와의 대화 내내 지겹게 반복된 문장에 마음속으로 살짝 짜증을 냈다. 그러나 가장 믿기 힘든 것은 따로 있었다.

"그런데 지금이라면 괜찮지 않습니까? 그 마족 공작이 근처에 있는 것도 아니니 서둘러 다른 곳으로 도망가는 편이 낫다고 봅니다만."

공작급의 마족이라면 카일의 탐지력에 발견되지 않을 리 없다. 그는 혹시나 하는 마음에 눈을 살짝 감았지만 단 하나의 붉은 불길도 보이지 않았다.

"그게… 저희들도 그러고 싶지만 부상병들의 치료도 끝나지 않은 상황이라 곤란합니다. 성을 지키는 데 온몸을 바친 이들을 매정하게 버리고 갈 순 없으니까요."

멜린의 방으로 오는 도중 적지 않은 수의 병사가 붕대에 둘둘 감긴 상태에서 신음을 내뱉는 걸 본지라 카일은 고개를 끄덕거렸다. 그리고 동시에 멜린이 왜 이런 상황에서조차 '착한' 영주대리로 행동하고 있는지 의심스러웠다.

"당연하다면 당연한 일이겠지만, 지원 병력은 요청했겠지요?"

"네, 아마도 엘레힘 교단에 연락이 닿았을 겁니다. 성안을 가득 메우고 있는 스켈레톤 워리어들을 상대하기 위해선 저희들의 힘만으로는 부족하기에 급히 전령을 보냈습니다."

"스켈레톤 워리어(Skeleton Warrior)?"

"성안에 가득 쌓인 해골들은 이미 언데드 몬스터로 변한지 오래입니다. 사람이 다가가기만 해도 벌떡 일어나죠."

"아하, 그래서……."

스켈레톤 워리어는 온몸이 뼈만으로 구성된 언데드 몬스터로, 완전히 박살 내기 전까진 살아 있는 생물체를 노리고 덤벼드는 끈질김과 함께 죽은 자가 살아서 움직인다는 공포를 인간에게 안겨준다.

'예전처럼 나에겐 반응하지 않아서 헷갈렸어. 하마터면 골

치 아픈 일에 휘말릴 뻔했군.'

특히 신성력이나 빛의 힘이 아닌 이상 완전히 소멸시키기 귀찮은 터라 카일 입장에선 번거로운 상대 중 하나다. 불로 완전히 태워 잿더미로 만드는 방법도 있지만, 빛의 힘 앞에선 맥없이 소멸해 버리기 일쑤라 예전 전쟁 당시엔 페이서와 카트리나의 활약을 돋보이게 만들었던 상대이기도 하다.

"그런데 제가 데르콘 성에 왔을 때엔 아무런 움직임도 보이지 않더군요. 지금이라도 도망치신다면……."

"그럴 순 없습니다. 시민들을 내팽개치고 도망갈 마음 따위 조금도 없습니다."

'이런 상황에서도 시민들을 챙기려고? 아니, 그것보단 시민들을 이끌고 같이 도망간다는 발상 자체는 머리에 아예 없는 건가?'

카일은 당장에라도 이런 곳에서 도망치고 싶다고 말해야 어울릴, 10대 후반으로 보이는 아가씨의 말을 순수하게 받아들일 정도로 어리숙하지 않았다.

하지만 그녀가 왜 이곳에 남아 있는지에 대해선 파악하긴 힘들어도, 무엇을 위해 자신과 이야기하길 원하는지 대충 파악했다.

"그러니까 교단 측의 지원 병력이 오기 전까지 시민들을 보호해 줄 누군가가 필요하다, 이 말씀 아니십니까?"

"네……."

"그걸 수배령이 내려진 저에게 부탁할 정도로 절박한 상황이라는 이야기로군요."

카일은 자리에서 벌떡 일어서더니 멜린의 방 벽에 붙어 있는 자신의 수배 전단지를 뜯어내 얼굴 앞으로 가져갔다.

"적당한 금액만 제시하신다면야 못 할 것도 없죠."

"정말입니까?"

"솔직히 상대가 모르드 왕국이라는 점이 꺼림칙하긴 하지만, 마침 돈이 떨어지기도 했고……. 단, 어디까지나 교단의 병력이 도착하기 전까지입니다. 제 입장상 교단과 마주쳐 봤자 좋을 일 하나도 없거든요."

"진짜로 저희들을 도와주실 작정입니까?"

"며칠을 두고 고민하든 1분 동안 망설이든 간에 받아들이느냐 아니면 거절하느냐, 선택은 두 가지 중 하나 아닙니까? 전 그중 전자를 택한 것뿐입니다."

의외로 수월하게 이야기가 통하자 멜린은 두 눈을 동그랗게 뜨고 카일의 등을 바라봤다.

'비상식적인 판단을 내리면서도 뭔가 버릴 수 없는 게 있다는 이야기겠지. 교단의 도움이 반드시 필요한 상황이기도 하지만, 단지 그 이유만으로 교단을 불러들이는 것도 아닐 것 같고.'

수많은 전투를 겪으면서 터득한 그만의 '감'이 이대로 지나치기엔 아깝다는 신호를 계속 보내고 있었다.

"그러면 한동안 잘 부탁드립니다. 제 얼굴이 떡하니 그려진 수배 전단지가 지하 요새에까지 붙여 있는 곳에서 돈 버는 경험도 이런 때 아니면 언제 하겠습니까?"

말을 마친 카일은 방금 전 뜯어냈던 전단지를 슬쩍 들더니 흑염의 불길로 휘감았다. 순식간에 타버린 전단지의 재가 그의 손 아래로 후두두 떨어졌고, 카일은 의미를 알 수 없는 묘한 미소를 짓더니 멜린의 방 밖으로 나갔다.

문이 닫히자 멜린은 경직된 상태로 등을 소파에 묻었다. 카일 앞에서 티내지 않고 억눌러 놨던 긴장이 확 풀리면서 그녀의 이마에 땀이 송글송글 맺혔다.

"멜린 님, 정말 괜찮겠습니까? 아무리 상황이 이렇다 하여도 저런 남자에게 도움을 청하기엔……."

"나도 알고 있어!"

카일과 대화할 때와는 정반대의, 강경한 어조로 변한 멜린의 호통에 제르도는 하던 말을 멈추고 부동자세를 취했다.

"제길, 아버지란 작자는 왜 하필이면 이럴 때 죽어서 나에게 큰 짐을 남기냔 말이야. 평소엔 날 제대로 바라보지도 않았던 주제에……."

아래위로 열 살 차이가 나는 오빠와 남동생은 성을 한바탕 뒤집은 전투에 휘말려 사망했고, 최악의 상황에서 그녀는 영주대리라는 골치 아픈 일을 떠맡게 되었다.

"지금 중요한 건 저 남자에 대한 게 아니야. 하루라도 속히 교단 놈들이 와서 그 물건을 가져가야 한다고! 내가 뭐가 아쉬워서 이런 어두컴컴한 지하에 박혀 있어야 하냐고?"

멜린은 잔뜩 일그러진 표정을 짓더니 오른손 엄지손톱을 이빨로 마구 깨물기 시작했다.

"가족을 여기에 두고 갔으니 전령은 분명히 교단에 연락했을 거야. 절대 그냥 도망가진 않았을 거라고. 아암, 그래야지. 그래야 하고. 그래야……."

멜린의 입에서 계속 같은 말이 흘러나오면서 그녀의 불안한 심리를 고스란히 드러냈고, 그 말은 방 밖에서 벽에 등을 기대고 있던 카일의 귓속으로도 들어왔다.

'그 물건, 이라. 적어도 사람이나 그런 건 아니겠지?'

4

엘레힘 신성력 1326년 11월 22일.

전쟁에 휘말린 난민들이 모이는 장소는 당연하다면 당연하겠지만, 무겁고 어두운 분위기가 자리 잡게 마련이다.

데르콘 성 지하 통로에 모인 생존자들과 병사들 사이에 감도는 공기 역시 크게 다르지 않았다. 하지만 이제까지 카일이 지나쳐 온 곳들과는 달리 기묘한 현상이 이 어두컴컴한 지하에서 벌어지는 중이었다.

"쳇, 오늘도 또 이거야?"

식량을 배급받은 시민들의 얼굴에서 노골적인 불평이 드러났다. 순간 배급을 담당하던 병사의 얼굴이 잔뜩 일그러졌지만 이내 아무 일도 없었다는 듯 다음번 시민에게 육포를 건넸다.

"으, 짜… 도대체 이런 걸 언제까지 먹으라는 거야?"

"제길, 요건 되레 달잖아!"

지하 통로 중 지하 2층 정중앙에 위치한 지하 강당 안에선 100여 명의 시민이 결코 기쁘다고는 말할 수 없는 표정으로 투덜거리며 식사 중이었다.

평소 물품을 비축해 두던 곳이라서 그런지 식량은 넘쳐나고도 남았다. 하지만 장기간 보관을 염두에 둔 저장 식품이 대부분이라 맛과는 영 거리가 멀었다.

그래도 한창 전쟁이 진행되던 20년 전의 일을 떠올린다면, 보는 것만으로도 구토하는 사람이 속출했던 몬스터의 살점을 씹는 것보다야 훨씬 나았다. 물론 그러한 고난을 겪은 지 체감상 2년도 지나지 않은 카일 한 명에게만 해당되는 이야기였지만.

카일은 넓은 강당의 벽 한구석에 기대어 배급받은 육포를 질겅질겅 씹었다. 확실히 시민들이 불평할 만한 짠맛에 혀가 아릴 정도였지만, 비상용으로 남겨놓은 식량이란 원래 이러게 마련이다.

'여기의 어디가 피난민들이 모인 곳이지?'

전쟁이란 지옥 속에서 살아남은 자들이 겪는 가장 큰 고통 중 하나는 먹을 것의 부재다. 전투가 하루하루 진행될수록 옆자리에 있던 동료들이 하나하나 사라져 가는 두려움 속에서 찾을 수 있는 위안거리는 다름 아닌 허기진 배를 채울 수 있는 음식이었다.

단지 배부르게 먹기만 해도 벌벌 떨던 몸을 잠시나마 멈출 수 있었다. 그랬던 식사가 불안한 평화 속에서 유일한 불평으로 남게 될 줄은 몰랐다.

카일은 남은 육포를 한꺼번에 입안에 넣고서 몇 번 씹더니 꿀꺽 삼켰다. 그의 근처에 있는 시민들은 슬그머니 곁눈질로 살펴보다가 눈이 마주치자 황급하게 시선을 딴 곳으로 돌렸다. 적어도 카일 주변에 있는 사람들은 그의 이름에 두려워하며 불평 따위를 늘어놓을 여유 따윈 없었다.

'이런 효과를 보려고 날 끌어들었다면 생각보다 대단한 아가씨일지도 모르겠군. 물론 노렸다는 가정하에 말이지.'

지하 통로에 머무른 지 3일째가 되자 카일은 이곳의 분위기가 어떻게 돌아가는지 어느 정도 파악할 수 있었다.

말이 피난민이지 이곳에 숨어서 지내는 사람들의 생활 자체는 그리 긴박하지 않았다.

하루 세끼 꼬박 식량 배급이 이뤄졌고, 마족이나 몬스터의 습격 자체는 이곳으로 대피한 이후와 똑같이 단 한 번도 없었다.

성 여기저기에 뚫어놓은 우물과 연결된 비밀통로를 이용해 식수 외 씻을 수 있는 물까지 확보된, 전쟁을 피해 대피한 것치곤 의식주 자체가 탄탄하게 확보된 기묘한 상황이었다.

단지 지상의 해골들이 언제 스켈레톤 워리어로 변할지 모르는 위험을 피해 지하에 갇혀 있는 시민들의 마음은 짜증으로 가득찬 지 오래였다.

"도대체 교단은 언제 우릴 도우러 오는 거야?"

결국 불만을 참지 못한 중년 남성이 육포와 건조 과일을 바닥에 내팽개치더니 자리에서 벌떡 일어섰다.

"이딴 음식 따위 이제 지겹다고!"

"우리가 뭘 잘못했다고 여기에 갇혀 있어야 해?"

그의 외침에 하나둘씩 입을 열며 불평을 늘어놨다. 이전처럼 혼잣말이 아니라 확실히 대상을 지정한 불만이었고, 식량 배급을 마치고 정리 중이던 병사들은 자신의 등 뒤에서 쏟아지는 욕설에 눈매가 날카로워졌다.

"애당초 너희들이 그 망할 마족을 제대로 막았다면 이런 곳까지 도망칠 이유가 없었잖아! 우리가 뭐 때문에 세금을 꼬박꼬박 냈다고 생각하는 거야?"

"지금이라도 당장 해골들을 싸그리 처리하든가 어떻게 해보라고! 너희들 허리에 차고 있는 건 장식이야, 뭐야?"

시민들의 목소리는 높아져갔고, 그들과 대치 중인 병사들의 표정은 더욱 험악해졌다. 몰려든 시민들 옆으로 살짝 빠져 나온 호위기사 제르도는 카일을 넌지시 바라보았다.

쿵!

카일은 등에 차고 있던 대검을 검집째 바닥에 꽂아 넣었다. 지하 강당 천장에서 돌 부스러기가 우수수 쏟아졌고 벽에 걸려 있는 횃불들이 일제히 흔들거렸다.

카일은 모두의 시선이 자신에게 집중된 걸 확인하자, 말 대신 왼손 검지를 세워 입술에 갖다댔다.

'저런 놈들 상대로 입을 여는 것조차 귀찮아.'

많고 많은 인간 중 하필이면 모르드 왕국 소속의 인간들을 경호하는 일 자체를 받아들인 건 카일 본인의 의사였지만, 그것과 별개로 불평불만이 가득한 장소에 있는 것만으로도 피로가 밀려왔다. 물론 육체적인 의미가 아니라 정신적으로.

침묵 속에서 시민들과 카일 간의 팽팽한 긴장감이 이어지는 와중에 통로 안쪽에서 병사들이 두 명씩 짝을 지어 커다란 궤짝을 들고 다가왔다.

"오! 드디어 나왔군!"

"이봐! 모두 일어나라고!"

순간 가라앉았던 분위기가 갑자기 들뜨기 시작했다.

시민들은 통로 안쪽에서 힘겹게 궤짝을 들고 온 병사들 앞으로 달려가더니 제멋대로 궤짝을 뜯어내 안에 있던 걸 잽싸게 나눠 가졌다.

평소라면 살 엄두조차 못 냈던 고급 포도주를 양손에 하나
씩 집어 든 사람들은 언제 짜증을 냈냐는 듯 활짝 웃고 있었
다.

성 전체 인구에 비해 극소수의 생존자들이 지하로 숨어든
지 3주가 지난 지금, 배부른 불평에 휩싸인 시민들을 잠시나
마 진정시킬 수 있는 건 다름 아닌 술이었다.

병사들은 술에 취해 비틀거리는 이들을 바라보고 겉으로
는 멀쩡한 척 부동자세를 유지했다. 하지만 남몰래 마른침을
꿀꺽 삼키며 한 방울의 술이라도 마시고 싶은 충동을 억지로
참는 중이었다.

카일 역시 그들과 마찬가지로 묵묵히 시민들을 바라보고
있었지만 속마음은 전혀 달랐다.

'뭔가 미쳐 돌아가는 기분이야.'

두려움에 빠져 절망하는 처지도 아닌, 그렇다고 희망을 품
고 이겨 나가는 분위기는 더욱더 아니었다. 한 가지 확실한
건, 싸구려 술집 마냥 술 냄새가 퍼져 나가는 이곳에 더 있을
마음 따윈 없다는 것이다.

그리고 동시에 멜린이 자신을 고용하면서까지 지키려고
하는 '무언가'에 대한 궁금증이 카일의 가슴속에서 커져만
갔다.

5

그날 밤, 카일은 잠을 설치다가 결국 모포를 걷어내고 침대에서 내려왔다. 밤이라고 해도 햇빛이 들어오지 않은 지하에선 낮이나 마찬가지인지라 시간은 침대 옆에 놔둔 모래시계로 파악할 수밖에 없었다.

충혈된 눈을 비비면서 문을 열고 방밖으로 나오자 문 옆에서 졸고 있던 병사가 화들짝 놀라며 벽에 걸쳐뒀던 창을 급하게 움켜쥐었다.

"좀 돌아다니다가 올 거니까 신경 쓸 필요 없어."

카일은 병사의 어깨를 가볍게 토닥이더니 벽에 걸려 있는 햇불 하나를 왼손에 집어 들고 걷기 시작했다.

뚜벅뚜벅…….

햇불 하나에 의지해 걸어가는 그의 발걸음 소리가 고요한 지하 통로 안에 울려 퍼졌다. 여러 갈래로 나눠져 있는 통로 안은 곳곳에 자리 잡은 창고들과 연결되어 꽤 복잡했다.

창고 앞을 지키고 있는 경비병들 앞을 지나가자 순식간에 주변 공기가 얼어붙는 듯한 긴장감이 감돌았다. 하지만 카일은 그들에게 눈길 한 번 주지 않고 정면만 바라봤고, 병사들은 길게 한숨을 내쉬며 가슴을 쓸어내렸다. 바짝 힘이 들어갔던 그들의 어깨가 평소처럼 아래로 축 처졌다.

'모르드 왕국 놈들을 동정할 마음 따윈 없지만, 이런 곳에서 저딴 걸 지키고 있으니 의욕이 날 리가 없겠지.'

20여 년 전 병참창고의 역할을 담당했던 지하 통로의 상당 공간은 지금과 같은 상황에선 별 쓸모없는 금이나 귀금속을 보관하는 장소로 변질되었다.

20년 가까이 지속되었던 평화 속에서 데르콘 성의 영주는 물론 다른 지역의 귀족들이 축적한 재산을 모아두던 비밀 금고의 역할을 이 지하창고가 담당하고 있었다.

그렇다 해도 진짜 피할 수 없는 위기에 직면한다면 인간이 최우선적으로 선택하는 건 결국 자신의 목숨이다. 그렇기에 성을 떠나 멀리 도망가지 않고 굳이 이곳을 피난처로 택한 데르콘 성의 영주대리 멜린의 선택을 카일은 이해하기 힘들었다.

"또 시작이네."

창고 입구가 양옆에 줄지어 배치된 통로를 지나 시민들의 숙소로 지정된 방을 지나자, 이젠 익숙해진 거친 숨소리와 신음이 벽 너머로 들려왔다.

밀폐된 공간 안에 남녀가 뒤섞여 있는 이상 자연스레 일어나는 현상이었고, 굳이 뭐라 할 건수가 아니었기에 카일은 신경 쓰지 않고 계속 걸어갔다. 물론 신음이 아닌 비명이나 흐느낌이 들린다면 당장 문을 걷어차고 뛰어들 심상이었지만.

억눌린 욕망과 불만을 해소하기 위해 많은 이의 입에서 흘러나오는 교성을 뒤로하고 통로 안을 하염없이 걸어갔다. 그리고 그의 앞을 두터운 석문이 가로막자 걸음을 멈췄다. 잔뜩 긴장한 표정의 병사 두 명이 뭔가 말을 꺼내려고 했지만 카일과 눈이 마주치자 그대로 굳어버렸다.

"알았어, 알았다고."

출입 통제구역이라는 대답을 첫날에 들었기에 카일은 의미 없는 기력 싸움 따위 할 생각은 전혀 없었다.

결국 그는 왔던 길을 되돌아갔다.

'이건 뭔가 터지기 일보 직전의 분위기야. 그런데 뒤틀린 게 한둘이 아니라 이건 뭐 손을 쓸래야 쓸 수가 없군.'

만약 이곳이 진짜 피난민들의 대피소였다면 그저 식량을 제때 배급만 해줘도 많은 불안요소가 사라진다. 진짜 전쟁의 소용돌이 한가운데에 처박히게 되면 먹을 수 있다는 사실 하나만으로도 행복해질 수 있으니까.

그러나 이곳은 진짜 특수한 경우라 식사 자체가 피난민답지 않은 '피난민' 들의 불만 중 하나로 자리 잡아버렸다.

가장 근본적인 부분에서 어긋나 버린 이 상황을 해결하려면 교단의 지원 병력이 오는 수밖에 없다. 카일이 지닌 흑염의 힘으로 스켈레톤 워리어들을 모조리 불태워 버리기엔 그 수가 너무 많았기에.

"이젠 지겨워! 미치겠다고!"

방문을 열고 자신의 방 안으로 들어가려던 카일의 귀에 여성 특유의 날카로운 음성이 들렸다. 소리가 흘러나온 곳은 맞은편에 위치한 멜린의 방이었다.

"쓸모도 없는 버러지들을 구하는 게 아니었어……. 식량을 축내는 것으로도 모자라 매번 술 달라고 아우성이잖아!"

"멜린 님, 이제 그만 마시는 게 좋을 것 같습니다."

"왜? 아무것도 안 하는 놈들도 신나게 퍼마시는데 내가 마시면 안 되는 이유라도 있어?"

쨍그랑!

유리잔이 박살 나고 와인병이 깨지는 소리와 함께 멜린을 제지하던 제르도의 표정이 굳어졌다. 카일은 둘의 대화를 문 너머에서 듣는 것만으로도 어떤 상황이 전개되는지 쉽게 파악할 수 있었다.

"병사들이 뭐라고 했는지 들었어? 바보 같은 년의 판단 때문에 도망도 못치고 이곳에 틀어박혔다고 투덜거리고 있었다고! 내가 이러고 싶어서 이런 줄 알아?"

말이 길어질수록 그녀의 어조는 강경해졌고 짜증과 분노를 노골적으로 드러냈다.

"교단의 지원 병력이 오는 즉시 모두 배교자로 넘겨 버리겠어. 그리고……."

순간 문밖에서 들린 노크 소리에 그녀는 하던 말을 급히 멈췄다.

"누, 누구냐?"

"카일입니다만."

6

카일은 팔짱을 낀 채로 굳게 닫힌 멜린의 방 앞에 서 있었
다.

노크를 한 지 10분이 넘게 흘렀지만 문 너머에서는 뭔가 시
끌벅적한 소리만 들릴 뿐 들어오라는 신호는 전혀 없었다. 그
저 벽에 등을 기대며 기다리는 수밖에 없었다.

"드, 들어오세요."

멜린의 목소리가 들리자 카일은 문을 열고 그녀의 방 안으
로 들어갔다.

꽤나 시끌벅적했던 10분 전과 달리 방 안엔 뭔가 부서진 흔
적 자체가 보이지 않았다. 시끄런 목소리의 주인공인 멜린은
아무 일도 없었다는 듯 차분한 자세로 소파에 앉아 있었다.

대신 절로 눈썹 사이를 찡그리게 만들 정도로 짙은 향수가
뿌려져 있었다. 애초에 창문이 있을 수 없는 구조인지라 술
냄새를 지울 방법은 향수밖에 없었지만.

"이 늦은 시간에 무슨 일인가요?"

"잠이 안 와서 순찰 겸 지하 통로 안을 한 바퀴 빙 돌고 왔
습니다. 그러던 차에 시끄러운 소리가 들려서 무슨 일이 생겼
나하고 들러본 겁니다."

"벼, 별거 아니랍니다. 사소한 말다툼이었어요."

'그래, 이런 상황에서 그 정도는 사소하다고도 볼 수 있

겠지.'

카일은 그녀의 반응이 당연하다고 여기며 고개를 끄덕거렸다.

"흠흠! 특별히 보고할 일이라도 있으신가요?"

멜린이 용무가 없으면 나가달라는 의사를 돌려 표현하자 카일의 얼굴이 살짝 일그러졌다.

"없습니다. 그러면… 아."

자리에서 일어서려던 카일은 그동안 까먹고 있었던 뭔가를 기억해 내고선 도로 앉았다.

"괜찮으시다면 이 성을 습격했던 마족에 대해 이야기해 주실 수 있습니까? 지난번 들은 이야기론 뭐가 뭔지 파악조차 힘들어서 말입니다."

"저, 지금은 좀……."

"혹시라도 그놈이 다시 나타날 경우를 대비하기 위해서라도 최소한 어떤 종족인지는 알아야 할 거 아닙니까? 그리고 술기운이야 이야기하다 보면 다 날아갈 테니 개의치 마십시오."

카일은 멜린이 미처 감추지 못했던 와인병 하나를 탁자 아래에서 집어 들었다.

순간 얼굴이 확 달아오른 그녀는 와인병을 뺏으려 황급히 손을 뻗었다. 하지만 카일은 들고 있던 와인병을 등 뒤로 감췄다.

"보아하니 술이 부족한 듯한데, 마저 마시는 게 좋을지도 모르겠군요. 아무래도 그때의 일을 기억해 내려면 보통 정신으론 불가능할 테니 말입니다."

카일은 와인병을 탁자 위에 올려놓고선 소파에 등을 맡기더니 팔짱을 꼈다.

멜린은 고개를 숙인 채로 입을 다물었다. 그리고 한동안 방안에 고요함이 감돌았다.

"제르도, 새 잔을 부탁해."

"괜찮겠습니까?"

"카일 님 말대로 한 잔 마셔야 할 거 같아."

제르도가 와인잔을 탁자 위에 조심스럽게 내려놓자. 멜린은 술병을 기울이며 와인을 따랐다.

와인이 살짝 넘치기 직전에 술병을 내려놓은 그녀는 부들부들 떠는 손으로 와인잔을 입가에 가져가더니 단번에 들이켰다.

"휴우, 당신 말대로 한 잔 마시고 나니 말할 기분이 드는군요."

와인잔을 내려놓은 멜린의 손이 흘러내린 와인으로 붉게 물들자 제르도가 손수건을 내밀었다. 하지만 그녀는 고개를 가로저으며 거절했다.

"그러면 말하겠어요."

멜린은 술기운으로 달아오른 얼굴을 감추지 않고 카일을

정면으로 바라보며 이야기를 시작했다.

카일은 눈만 깜박거릴 뿐 그녀의 말을 하나도 빼먹지 않고 집중해서 들었다. 그리고 이야기가 진행될수록 왜 그녀가 술기운을 빌려야 했는지 이해되기 시작했다.

'아무런 반항도 못 해보고 살점이 녹아 해골만 남는 광경을 바로 눈앞에서 봤으니… 그것도 아버지가 말이야.'

오히려 그렇게 참혹한 광경을 보고도 제정신을 유지하고 있다는 게 믿기지 않았다. 이쯤 되면 시민들을 향한 분노나 짜증은 애교로 보일 정도였다.

갑작스럽게 여기저기서 들린 비명 소리, 맥없이 쓰러져 녹아내린 병사들의 잔해, 그리고 해골만 남아버린 병사들이 다시 일어서면서 또 다른 참극으로 이어지는 과정들을 멜린은 담담한 어조로 털어놓았다.

어느새 멜린 앞에 놓인 빈 병 수가 차곡차곡 늘어났고, 제르도는 우려 섞인 시선으로 그녀를 옆에서 바라만 볼 뿐이었다.

"전 아직도 잊을 수… 없답니다. 그 마족 공작이 바닥에 주저앉아 벌벌 떨고 있는 저를 그저 웃으면서 지나쳤을 때의 눈빛을……."

"알겠습니다. 그쯤 되면 충분합니다."

"그런가요? 전 더 이야기할 수 있는데……."

"이 정도로 마실 줄은 몰랐거든요."

카일은 몇 번이나 비워지고 채워진 와인잔을 슬그머니 빼앗아 제르도에게 건넸다. 그리고 자리에서 일어났다.

　자신의 방으로 돌아온 카일은 침대에 누워 천장을 멍하니 바라보았다. 옆으로 뻗은 손이 벽에 툭 닿자 돌 부스러기가 후두두 아래로 떨어졌다.

　'오늘만큼은 그 멜린이라는 아가씨에게 좀 미안한 기분이 드는군. 하지만 어쩔 수 없었어. 상대가 누군지 알아야 싸우든가 말든가 하잖아.'

　그가 굳이 모르드 왕국 소속의 피난민들을 보호하기로 결정한 이유 중 하나는, 이 성을 혼자서 초토화시켰다는 정체불명의 마족 공작에 대해 알고 싶었기 때문이다. 직접 그 참사를 겪은 생존자의 입에서 듣는 것만큼 확실한 건 없으니까.

　'겉보기엔 보통 인간과 다를 바 없었다라… 그러면 코델리아처럼 뱀파이어일까? 아니, 그것보단 왜 멜린을 보고 그냥 지나친 거지?'

　성내의 인간들이 거의 전멸당한 상황을 놓고 보면 이해하기 힘든 부분이었다. 덧붙여서 그저 움켜쥐는 것만으로도 살점을 썩어 문드러지게 만드는 능력이 왜 뼈만 남겨놓았는지에 대해서도 의구심이 들었다.

　'부(腐)의 능력을 쓰는 마족 자체는 이전 전쟁에도 있었어. 하지만 이런 식은 아니었지. 스켈레톤 워리어를 생산하기 위해서라도 쳐도 납득하기 힘들어. 그렇다면 혹시…….'

인간에 대한 극렬한 증오를 나타내기 위해 이런 방법을 택했을지도 모른다는 추측이 카일의 뇌리를 스치고 지나갔다. 뼈조차 남기지 않고 녹여 버린다면 뭐가 있었는지 알기 힘들지만, 무수한 해골들이 널브러져 있다면 인간들이 죽어나갔다는 증거가 된다.

실제로 카일은 성내에 무수히 깔린 해골들을 본 순간 끝이 보이지 않는 누군가의 증오를 느낄 수 있었다.

'아무튼 에르카이저는 아닌 것 같아. 이전 전쟁 때 그렇게 점령하고 싶었던 데르콘 성을 이런 식으로 방치할 리 없거든.'

석화에서 풀려난 이후 카일이 적으로 만난 마족 공작들은 웨어울프 로베르토, 켄타우로스 안젤리카, 그리고 이전부터 공작이었던 데몬 에르카이저까지 합해 3명으로 아직 만나지 못한 나머지 두 명의 공작 중 하나임이 분명했다.

'대충 어떤 타입인지는 파악했지만 지금 문제는 다른 곳에 있어. 시민들이나 병사들의 불만이 언제, 어디서, 어떻게 터질지 몰라. 이거 불안한데…….'

당장 눈앞에 나타난 적은 두려움과 공포 그리고 긴장감을 안겨주지만, 언제 나타날지 모르는 적의 경우 짜증까지 유발한다.

여러 가지 서로 다른 감정에 휘말릴수록 이성과는 거리가 멀어지고, 지금처럼 단순히 위압감만으로 지하 통로에 갇혀 있는 이들을 통제하기엔 언젠가 한계에 부딪힌다.

차라리 마족이나 몬스터들이라면 죽이면 되지만, 아무리 모르드 왕국민들을 상대라 해도 살인을 저질러서는 곤란하다.

"역시 골치 아파."

카일은 고개를 저은 뒤 눈을 감았다.

하지만 한 번 달아난 잠은 좀처럼 찾아오지 않았다.

Chapter 25
재회

1

엘레힘 신성력 1326년 11월 30일.

"단식?"

"네."

카일은 순간 자신의 귀를 의심했다.

하지만 식사를 배급하기 위해 모여든 병사들을 제외하곤 시민이 하나도 보이지 않는 지하 강당을 둘러보고선 인상을 찌푸렸다.

"술을 더 주든가, 아니면 여기서 당장 나가게 해달라고 요구했습니다. 곤란하다고 대답하니 더 이상 먹지 않겠다며……."

"어디선 먹을 게 없어서 사람들이 마구 굶어 죽어나가는데, 배가 불러도 단단히 불렀군."

그는 소금이 잔뜩 들어간 육포를 질겅질겅 씹으며 병사들의 표정을 유심히 살폈다. 시민들의 불만이 이런 식으로 표출된 이상, 다음 차례는 아무래도 병사들일 테니까.

몬스터 고기를 씹어 먹던 20여 년 전으로 돌아갈 필요까진 없었다. 그저 교단의 지원 병력이 도착하기 전까지만 참으면 된다. 그러나 시민들의 인내심은 카일의 예상보다 훨씬 더 부족했고, 병사들의 얼굴엔 짜증이 가득했다.

'아차, 하마터면 나까지 짜증 부릴 뻔했네.'

카일은 자신을 바라보는 병사들이 겁에 질린 걸 뒤늦게 확인하고 등을 돌렸다.

타인의 호감을 사는 역할은 페이서나 카트리나의 몫이었기에 카일 자신은 누군가는 미움을 받을 수밖에 없는 상황에 직면하면 마음 놓고 감정에 충실하게 행동했다. 하지만 지금은 그마저 흉흉한 분위기에 휩쓸려서는 안 되었다.

카일은 애써 마음을 가라앉혔지만, 그래도 혹시 모른다는 생각에 품에서 팔찌를 꺼내 오른팔에 꼈다. 그리고 오른손 주먹을 쥤다 폈다를 반복하며 마나가 확실히 억제되었는지 확인했다.

"흐음? 무슨 일이지?"

코안으로 뭔가 타들어가는 냄새가 파고들자 카일은 주변

을 두리번거렸다. 하지만 그처럼 타는 냄새를 맡고 당황하는 병사들만 보일 뿐이었다.

카일은 벽에 비스듬히 세워뒀던 대검을 재빨리 등에 걸치고는 냄새가 흘러나온 방향으로 빠르게 걸어갔다.

"뭐, 뭐야?"

"불이라도 났나?"

병사들 말대로라면 숙소에 처박혀 있어야 할 시민들이 우려 섞인 표정으로 하나둘씩 통로 쪽으로 슬그머니 모습을 드러냈다. 정작 타는 냄새가 흘러나오는 곳으론 다가갈 엄두조차 못 내고 그저 우두커니 바라볼 뿐이었다.

"무슨 일이지?"

연기가 흘러나오는 방향을 거슬러 식량 창고 앞에 도착한 카일은 어떻게 할 줄 모르고 당황하고 있는 병사 중 한 명의 어깨를 붙들고 물어봤다.

"그, 그게… 불이 났습니다!"

"불?"

"우선 연기가 흘러나오지 못하게 문을 닫았지만, 이러다간 모두 질식해 죽을지도 모르겠습니다…….."

"그러면 우선 여기서 지상으로 통하는 가장 가까운 출구를 열어 놓아야지! 어디야?"

2

지상으로 이어지는 출구 두 곳을 열어놓은 카일은 부리나케 식량 창고 쪽으로 달려갔다. 그가 매캐한 연기를 뚫고 식량 창고 앞에 도착하자, 병사들이 일렬로 서서 우물에 떠온 물을 바가지로 창고 안에 끼얹는 중이었다.

　"내가 맨 앞에 설 테니 물러서!"

　카일은 수건을 꺼내 바가지 안의 물로 적신 뒤 입 주변을 둘렀다. 그리고 뒤의 병사들이 건네준 바가지를 열심히 불길을 향해 물을 끼얹었다.

　그렇게 한 20여 분 넘게 활활 타오르던 불길이 가까스로 잡혔다. 화재 진압 도중 쓰러진 사람들은 병사들이 급히 뒤로 옮겼고, 얼굴은 물론 온몸에 검댕이가 덕지덕지 묻은 병사들은 허망한 표정으로 잿더미가 수북이 쌓인 창고 안을 허망하게 바라보았다.

　병사들이 일사분란하게 움직이면서 불을 끄는 동안, 멀리서 구경만 하던 시민들은 연기가 완전히 빠지자 조심스럽게 창고 앞으로 걸어왔다. 그리고 거의 남지 않은 식량을 확인하고선 분노에 휩싸였다.

　"이게 어떻게 된 일이야? 경비를 제대로 섰으면 이런 일이 안 일어났을 거 아니야!"

　시민 중 한 명이 다짜고짜 병사의 멱살을 붙들더니 목소리를 높였다. 그러자 다른 시민들까지 우르르 몰려들면서 시끄럽게 떠들기 시작했다.

"이제 어떻게 할 거야? 우리보고 굶어 죽으라는 거야?"

"당장 밖으로 나가 먹을 걸 구해 오라고! 그러지 않으려면 우리를 데리고 여길 나가든가!"

멱살을 잡힌 병사는 불을 끄느라 기력이 빠진 탓인지 넋 나간 표정으로 앞뒤로 흔들리기만 했다. 그리고 동시에 카일의 인내심은 한계에 달했다.

"닥쳐."

쿵!

카일은 대검을 검집째 들어 올리더니 끝부분으로 바닥을 강하게 찍었다.

병사들에게 달려들던 시민들은 화들짝 놀라 뒤로 물러섰고, 병사의 멱살을 붙들었던 남자는 잔뜩 겁먹은 표정으로 부리나케 사람들 뒤로 싹 숨어버렸다.

"어차피 너희들, 단식 농성 중 아니었어? 그러면 저 창고에 있던 식량들도 아무런 의미가 없었을 텐데. 내 말이 틀려? 설마 병사들 앞에선 굶는다고 자신만만하게 떠들어놓고 몰래 식량을 훔쳐 먹을 생각은 아니었겠지?"

카일의 반박에 시민들은 모두 꿀 먹은 벙어리마냥 아무런 말도 하지 못했다.

하지만 여기에 만족할 카일이 아니었다. 그는 검집 안에 들어 있는 대검 끝을 들어 올리더니 시민들 사이에 쑥 집어넣으며 옆으로 물러서게 만들었다.

"뭣보다 여기에 틀어박혀 있는 걸 더 이상 버티기 힘들다면, 그냥 나가면 되잖아? 안 그래?"

카일은 아까 병사의 멱살을 붙들며 선동했던 남자를 찾아내더니 이번엔 그의 멱살을 강하게 움켜쥐었다.

"내가 친절하게 밖으로 나가도록 안내해 줄 테니 따라와."

"그, 그랬다간 스켈레톤 워리어들이 달려들 거야!"

"어차피 여기서 단식을 계속해 굶어 죽거나 밖에 나가서 몬스터들에게 살해당하거나 죽기는 매한가지야. 잘난 모르드 왕국의 시민들께선 어떤 선택을 할 건지 기대되는군."

불을 끄느라 지쳐 버린 병사들은 벽에 등을 기대거나 제자리에 주저앉아 한숨을 길게 내쉬었다. 하지만 무언의 침묵으로 카일의 말에 긍정했다.

"그래, 불이 난 건 병사들이 한눈팔아서일 수도 있겠지. 하지만 지금 병사들이 손 놓고 있었다면 너희는 연기에 질식되어 모두 죽었을 수도 있어. 막상 불이 날 땐 도망쳐 구경만 하고 있었던 주제에 뭐가 어째?"

카일이 멱살을 쥔 오른손을 높이 들어 올리자, 그에게 붙들린 남자는 허공에 두 다리를 바둥거렸다.

"됐다. 어차피 너희들에게 내 말이 먹힐 리 없으니. 내 입만 아플 테고."

카일은 오른팔을 앞으로 거세게 휘두르며 손의 힘을 뺐다.

그러자 붙들려 있던 남자가 시민들의 머리 위로 휭 날아가더니 그대로 바닥에 떨어졌다. 잽싸게 옆으로 피한 시민들은 고통으로 일어서지 못하고 부들부들 떨고 있는 남자를 그저 바라만 봤다.

병사들과 시민들 사이 카일 혼자서 서 있는 대치 상황이 지속되는 가운데, 통로 안쪽에서 멜린과 제르도가 급하게 뛰어왔다.

"어찌 된 일입니까?"

"보시다시피 이 모양 요 꼴입니다."

카일은 오른손 엄지로 어깨 너머를 가리켰다.

창고 안에 가득 쌓여 있던 식량 대신 물에 젖은 잿더미들을 본 멜린은 그 자리에서 털썩 주저앉았다.

"아……."

더 이상 말을 잇지 못하고 좌절한 그녀의 어깨에 제르도가 손을 가져가려다가 주변의 시선을 의식하고 급하게 팔을 거두었다. 카일은 검집 안에 들어 있는 대검 끝을 휘휘 저으며 시민들은 물론 병사들까지 물러나게 했다.

'젠장, 흥분하지 않기로 결심했는데.'

하지만 시민들의 태도를 그냥 넘기기엔 분위기가 너무 안좋았다. 그가 시민들을 제압하지 않았다면 병사들이 무슨 일을 저지를지 모르는 상황이었다.

"이렇게 된 이상, 지금이라도 병사들을 이끌고 도망치는 게 최선이라고 생각됩니다만."

카일은 일부러 사람들을 물러나게 한 뒤에 현 상황에서 멜린이 택할 수 있는 최선의 방안을 제안했다.

그러나 그녀는 두 눈을 질끈 감은 채 바닥에 댄 두 손을 움켜쥘 뿐이었다.

"누가 그런 건지 모르겠지만, 이건 누군가 불을 지른 게 분명합니다. 아마도 현 상황을 버티지 못한 병사 중 누군가가 그랬겠죠."

막상 단식까지 강행한 시민들이 저질렀을 가능성은 적었다. 애초에 단식이라는 방법 자체를 택한 건 식량이 많을 경우에나 통용되니까.

"그게 뭔지 모르겠지만 그렇게 중요합니까? 어두컴컴한 지하에서 굶어 죽어야 할 정도로……."

"그만하십시오."

제르도가 단호한 어조로 카일의 말을 도중에 잘랐다.

"그렇다면 앞으로 어떻게 할 작정입니까? 분명히 말해두지만, 저 혼자서 여길 빠져나가는 건 별문제 없습니다. 하지만 이미 한 말을 거둘 수 없는 입장이라 아직도 버티고 있는 겁니다."

"당신이라면 충분히… 가능하겠죠."

멜린은 비틀거리면서 자리에서 일어섰다. 제르도가 옆에 다가가 부축하려고 했지만 그녀는 손을 내밀며 거절하더니 벽에 기댔다.

"이렇게 막바지까지 몰렸는데 시민들을 돌보는 건 무리겠
죠. 교단에 그걸 건네줄 때까지 버티는 것도 마찬가지겠고
요."

"멜린 님!"

"제르도, 솔직히 난 지쳤어. 너와 나 단둘이라도 이곳에서
빠져나가고 싶어."

영주대리라는 직함에 억눌려 있던 그녀의 본심이 드러나
자 카일의 입술 왼쪽 끝이 살짝 올라갔다.

"애당초 그걸 도착할 때까지 반드시 지켜달라고 교단이 협
박하지 않았다면 이렇게 괴롭지도 않았을 거야."

'협박까지?'

교단과 은밀한 거래 관계가 아닌, 협박하고 당하는 사이일
줄은 카일도 미처 예상하지 못했다. 여기서 더 자세히 물어보
고 싶었지만 우선은 그녀가 맘대로 말하도록 지켜보기로 마
음먹었다.

"절 따라오세요. 당신이 그렇게 알고 싶어 하던 것이 뭔지
보여 드리죠."

3

카일과 멜린, 그리고 제르도가 지하 통로의 막다른 곳에 도

착하자 경비병들은 여태까지 그래왔던 것처럼 카일의 앞을 가로막았다.

"물러나도록."

"넵!"

멜린의 지시에 경비병들은 창을 거두더니 벽쪽으로 비켜섰다. 그리고 벽을 따라 이동하더니 수면실로 안으로 들어가 문을 잠갔다.

멜린은 숨을 한 번 길게 내쉬더니 오른손에 들고 있던 열쇠로 자물쇠를 풀었다.

끼이익.

거친 마찰음과 함께 먼지가 피어오르면서 굳게 닫혀 있던 문이 열렸다. 횃불을 든 제르도가 안으로 먼저 들어갔고, 그 뒤를 카일과 멜린이 따라 들어갔다.

"이건……."

가로, 세로 모두 20미터 정도의 정사각형 모양의 방 한가운데에는 탁자 하나가 놓여 있었고, 그 위에 은빛을 띈 자그마한 정육면체가 차곡차곡 쌓여 있었다.

탁자 앞으로 다가간 카일은 아무런 생각 없이 손을 앞으로 뻗었다가 멈추고 옆에 서 있는 멜린의 얼굴을 쳐다보았다.

"만져도 상관없겠죠?"

카일의 질문에 그녀는 말없이 고개를 끄덕거렸다.

총 27개의 정육면체 중 하나를 집어 든 카일은 손바닥 위에 올려놓고 고개를 이리저리 돌리며 자세히 살펴봤다.

'흐음, 겉으로만 보면 보통의 은 같은데… 안에 뭐가 들었나?'

엄지와 검지만으로 정육면체를 살짝 집어 들고 조심스럽게 흔들어봤지만 아무런 소리도 들리지 않았다.

"도대체 뭐가 뭔지 모르겠군요. 교단 측에선 뭐라고 부릅니까?"

"아버님이 남긴 유언장에는 시드(Seed)라고 적혀 있었습니다. 그 이상은 저도 모르겠어요."

이 정체불명의 물체가 시드라는 이름을 지녔다는 거 외엔 카일의 관찰과 멜린의 설명만으로는 정체를 알기 불가능했다.

"이 시드라는 물건이 그렇게 중요한 겁니까?"

"어떤 일이 있더라도 이것만큼은 지키라고 유언장에 적혀 있을 정도였으니까요."

"다르게 해석하면, 이걸 하나라도 잃어버린다면 교단 측에서 가만히 있지 않을 거라는 의미가 되겠군요."

카일은 다시 한 번 시드를 유심히 살펴봤지만 정체를 알아내긴 무리였다.

"그건 그렇다 치고, 지금 와서 말하긴 좀 그렇지만 저에게 너무 많은 걸 털어놓으신 거 아닙니까?"

카일은 시드의 모서리 끝을 오른손 검지 위에 올려놓고 이리저리 움직였다.

"카일 님, 전 아버님을 통해 당신에 대한 이야기를 종종 들었죠. 난폭하고 저돌적이면서 감정에 치우친 행동을 곧잘 해 주변을 곤란하게 만들었다면서요?"

"듣기엔 썩 기분 좋지 않지만 제대로 알고 계시군요."

"하지만 받은 만큼 확실히 돌려준다는 점도 알고 있죠. 당신이 원하던 것이 바로 이것 아닌가요? 고로 그만큼의 보답을 제가 요구해도 이상하지 않죠?"

멜린은 남은 26개의 시드가 쌓여 있는 탁자를 원망스러운 눈빛으로 바라보았다.

"조건은 이전보다 더 간단합니다. 저와 제르도를 친척이 있는 메칼 성까지 호위해 주시면 됩니다."

"메칼 성이라면 여기서 도보로 빠르면 보름 정도 걸리겠군요. 그리 어렵진 않겠지만, 괜찮겠습니까? 저야 원래 교단과 썩 좋은 사이는 아니었으니 그러려니 해도……."

"이곳에 하루라도 더 있는 것보단 훨씬 나아요."

멜린이 지하에서 보낸 시간 동안 쌓이고 쌓인 짜증과 분노가 마지막으로 향한 곳은 교단이었다. 그리고 현재 그녀에게 가장 의지가 되는 사람은 역설적이게도 모르드 왕국와 앙숙 관계인 카일이었다.

"전 더 이상 영주대리 자격 따위에 조금의 미련도 없어요. 그저 이 지긋지긋한 곳에서 벗어나고픈 마음뿐입니다. 지금까지 마음고생한 걸 생각하면 이것들을 당장에라도 박살 내고 싶을 정도에요."

시드를 지키기 위해 지하로 숨어든 멜린의 선택은 시민과 병사 그 어느 쪽도 만족시킬 수 없었다. 결국 제르도를 제외한 모두를 버리고 떠나기로 결정했다.

"그런데 중요한 물건을 자물쇠 하나로 들락거릴 수 있는 곳에 놓기엔 부적절해 보이는군요."

"원래는 몇 겹으로 봉인되어 있었어요. 하지만 만약을 대비해 언제라도 가지고 도망칠 수 있도록 죄다 풀어놨죠."

"아, 그렇군요."

"지금은 애물단지에 불과하지만요."

카일은 들고 있던 시드를 탁자 위에 도로 내려놓았다. 그리고 턱을 살짝 매만지며 생각에 잠겼다.

'제럴드라면 이 시드라는 물건의 용도를 알아낼 수 있겠지. 교단과 관련되었다는 점을 감안한다면 가장 적합한 인물은 카트리나겠지만, 단지 시드의 정체를 알기 위해 그녀를 찾아갈 순 없어. 내가 생각해도 너무 이기적이잖아.'

무엇보다 이제 와서 달랑 멜린과 제르도만 데리고 이곳을 떠나기엔 아무래도 모양새가 좋지 않았다.

"지금 당장 답변하기엔 좀 그렇군요."

"오늘 내로 결정을 내려주세요. 그렇지 않으면 저 혼자라도 이 지긋지긋한 곳을 떠나겠어요."

그녀는 이미 마음을 굳힌 듯 단호하게 대답했지만, 두 사람을 데리고 가야 하는 카일로선 복잡하게 얽힌 생각을 정리할 시간이 필요했다.

"흐음?"

오래간만에 찾아온 느낌에 카일은 눈을 감더니 고개를 들어 올렸다. 그러자 어두워진 시야에 붉은 불길이 하나둘씩 우수수 피어오르기 시작했다.

"답변 이전에 해결해야 할 문제가 생긴 것 같군요."

"그런가요?"

카일은 눈을 뜨려고 했지만, 기하급수적으로 늘어나는 몬스터의 기운에 계속 눈을 감고 있을 수밖에 없었다.

그사이 잠시 방 밖으로 나갔다가 들어온 제르도의 안색이 새파랗게 질려 있었다.

"멜린 님! 시, 시민들이 멋대로 지상으로 올라갔답니다!"

"그래? 보나마나 병사들도 같이 도망쳤겠지?"

다급한 어조의 제르도와 반대로 멜린의 표정은 담담했다.

"어차피 알아서 잘해주시겠죠? 카일 님."

"우선은 위로 올라가 봐야 알 것 같습니다. 멜린 님께선 여기에 계십시오."

카일이 눈을 뜨자, 말하는 중에도 마구 늘어나고 있는 붉은 기운들이 시야에서 사라졌다. 대신 씁쓸한 미소를 짓고 있는 멜린의 얼굴이 그의 눈에 들어왔다.

4

"아아악!"

"사, 살려… 으억!"

우두둑.

뼈가 으스러지는 소리와 함께 허공에서 바둥거리던 시민들의 피가 땅바닥으로 흘러내렸다.

땅속에서 솟아 나온 '거대한 손'이 손가락을 쫙 펼치자 고깃덩어리가 되어버린 시체들이 아래로 후두두 떨어졌고, 살아남은 다른 시민들은 마구 비명을 지르며 흩어졌다.

"으, 으아악!"

"이, 이건 또 뭐야? 사… 살려줘!"

또 하나의 거대한 손이 땅을 뚫고 나오더니 그 위를 달려가던 시민 세 명을 한꺼번에 낚아챘다.

콰직!

살점 하나 없이 하얀 뼈만으로 구성된 거대한 손이 움켜지면서 핏방울이 사방으로 튀었다.

"우, 우린 모두 죽었어… 끝났다고…….

여기저기서 흐느끼는 소리와 함께 시민들의 얼굴엔 절망의 그림자가 드리워졌다.

어두컴컴한 지하에서 빠져나온 뒤 오래간만에 햇빛을 만

끽한 그들의 얼굴에 희망이 가득했던 것도 잠시, 이내 벌어진 참사에 더 이상 도망칠 엄두도 못 내고 제자리에 주저앉아 벌벌 떨기만 했다.

같이 밖으로 나온 병사들은 쥐고 있던 무기를 모두 땅바닥에 떨어뜨린 채 어떻게 대처해야 할지 갈피조차 못 잡았다.

"저건 뭐야?"

모두 공포에 사로잡혀 움직이지 못하는 와중에 마지막으로 지하 통로에서 나온 카일은 피로 점철된 두 개의 거대한 손을 보고 표정을 일그러뜨렸다.

"스켈레톤 워리어… 라고 보기엔 너무 크고 도대체 정체가… 크윽?"

순간 지면이 마구 흔들리면서 카일의 시야가 아래위로 심하게 요동쳤다. 그는 대검을 지팡이 삼아 간신히 균형을 유지했지만 다른 이들은 격렬한 진동을 이기지 못하고 땅바닥에 쓰러져 구역질을 호소했다.

"내가… 돌아왔다……."

낮게 깔린 목소리가 울려 퍼지며 진동이 서서히 가라앉았다.

땅을 가르고 나타난 거인의 몸은 마치 스켈레톤 워리어처럼 온몸이 뼈로만 이뤄져 있었다. 뼈 사이로 흙이 마구 아래로 흘러내렸고, 머리엔 녹색 안광이 번뜩거렸다.

"서, 설마 저건……."

5미터를 훌쩍 넘는, 뼈만으로 이뤄진 거대한 거인을 바라본 노인 한 명이 20여 년 전 간신히 잊어버렸던 공포를 다시 떠올리며 부들부들 떨기 시작했다.

"저, 저렇게 거대한 몬스터는… 그래! 칼틴이야! 오우거 공작 칼틴!"

"칼틴? 칼틴이라고?"

"칼틴은 이미 죽었잖아! 어떻게 된 일이지?"

다른 노인들도 칼틴을 알아보고 경악을 금치 못했다.

오우거 공작 칼틴.

이전 마족과의 전쟁에서 마족들을 이끌었던 구(舊) 5공작 중에 한 명으로, 인간의 승리로 끝났던 데르콘 공성전에서 당시 빛의 용사 페이서와의 일대일 승부에서 쓰러졌던 터였다.

쿵!

강렬한 충격음과 함께 지면이 다시 요동쳤다. 간신히 일어섰던 사람들이 일제히 도로 쓰러졌고, 흙먼지가 마구 피어올랐다.

뼈만 남아버린 칼틴이 땅속에 오른손을 푹 집어넣고 도로 뽑아내자 녹이 잔뜩 슨, 길이만 따져도 카일의 키를 넘어갈 정도의 거대한 해머가 모습을 드러냈다.

"저건 디스트로이어(Destroyer)잖아? 진짜 칼틴이 다시 나타난 건가?"

예전 전쟁 때 칼틴이 사용하던 거대한 해머 '디스트로이어' 를 알아본 카일의 눈썹 사이가 절로 찡그려졌다.

"하필이면 언데드로 되살아날 줄이야… 일이 꼬여도 단단히 꼬였잖아."

뼈로 이뤄진 거인의 몸에 육중한 갑옷을 입히고, 머리 위에 투구를 씌운다면 카일의 기억 속에 남아 있던 오우거 공작 칼틴의 거대한 덩치와 딱 들어맞았다. 하지만 지금 카일의 눈앞에 나타난 거인은 더 이상 오우거라 보기 힘들었다.

"페이서… 페이서는 어디 있는가!"

"으윽!"

언데드로 되살아난 칼틴의 입에서 뿜어져 나온 함성에 카일의 몸이 휘청거렸다.

"나와의 승부는 아직 끝나지 않았다! 나타나라! 페이서!"

콰아앙!

거인이 거대한 해머 디스트로이어를 지면에 내려찍자 강렬한 충격파가 지면을 타고 사방으로 뻗어나갔다.

카일은 칼틴의 공격을 예측하고 미리 망토를 몸에 두른 뒤 흑염의 기운으로 감싸 스스로를 보호했다. 피어오른 먼지가 시야를 가득 메우면서 녹색으로 빛나는 두 개의 안광만이 허공에서 번뜩거렸다.

"이런……."

뒤를 돌아본 카일의 입에서 탄식이 흘러나왔다.

그를 제외한 이들 모두 땅바닥에 쓰러져 움직이지 않았다.

모두의 입과 눈, 그리고 코와 귀에서 흘러나온 피가 서로 합쳐져 대지를 적시더니 붉은색의 거대한 웅덩이를 만들었다.

엘레힘 교단의 지원 병력이 도착할 때까지 어둠 속에서 위태로운 생활을 하며 구조를 기다리던 이들의 운명은 허망하게 끝나 버렸다.

카일은 본의 아니게 과거 페이서가 칼틴과 일대일로 맞서야만했던 이유를 뒤늦게 떠올렸다.

디스트로이어를 이용한 광범위한 공격에 평범한 병사들은 일격에 즉사했기에 당시의 페이서는 일부러 칼틴을 도발해 아군과 떨어진 곳에서 싸웠던 적이 있었다.

"남 걱정 안 하고 싸울 수 있게 되었지만, 이런 식의 결말은 원치 않았는데……."

카일은 쓸쓸해하는 표정을 지었지만 다시 시선을 앞으로 돌리고 칼틴을 올려다보았다.

상대는 전성기를 달리던 페이서와 처절한 혈투를 벌였던 전직 공작, 방심한다면 서로 뒤엉켜 있는 사람들의 시체 중 자신이 포함될게 분명했다.

"페이서… 내가 보이지 않는가? 모습을 드러내라!"

"어이, 페이서는 바빠서 말이야, 대신 내가 상대해 주지!"

화르륵!

카일이 대검을 아래에서 위로 크게 휘두르자 검은 불꽃이 지면을 타고 뻗어 나가 칼틴의 오른발을 휘감았다. 뼈가 까맣게 타들어가며 칼틴의 균형이 무너지는가 싶었지만, 땅바닥에 널브러져 있던 다른 뼈들이 달라붙으며 원래대로 복구되었다.

"이 어둠의 불꽃은……."

"기억나나?"

"그런가! 흑염의 카일인가!"

칼틴은 고개를 좌우로 흔들더니 함성을 질렀다. 거대한 두개골 안에서 빛나고 있는 두 개의 녹색 안광이 카일을 정확히 노려봤다.

그와 동시에 땅바닥에 널브러져 있던 뼈들이 기분 나쁜 소리를 내며 움직이더니, 스켈레톤 워리어로 변해 하나씩 일어서기 시작했다.

5

콰앙!

폭발음과 함께 칼틴의 거대한 몸이 휘청거렸다.

"우워워워!"

칼틴은 오른손에 움켜쥔 디스트로이어를 좌우로 크게 휘두르며 카일을 노렸다. 정작 카일은 지면에 착지하는 순간 잽싸게 칼틴의 다리 사이로 빠져나오며 몸을 틀었다.

"하아앗!"

그는 기합을 내지르며 칼틴의 주위를 돌며 방향을 두 번 비틀었다. 지면에 닿은 검신의 끝 부분이 삼각형을 완성하는 순간, 검은 불꽃이 연달아 뿜어져 나오며 칼틴의 전신을 덮쳤다.

화르르륵.

활활 타오르던 불길이 가라앉기 시작하자 카일은 검신의 끝부분을 비스듬히 내리며 달려들 준비를 했지만, 이내 동작을 멈추고선 급히 후퇴했다.

쿵!

불길을 가르고 나타난 거대한 해머가 방금 전까지 카일이 있던 자리를 내려찍었다. 잿더미와 흙이 서로 뒤섞여 피어오르면서 짙은 안개처럼 시야를 가렸다. 카일은 대검을 앞으로 내민 상태에서 섣부르게 공격하지 않고 먼지가 가라앉기를 기다렸다.

'역시 강해. 한 번 죽었어도 공작은 공작이야.'

"카일! 이깟 하찮은 불길 따위로 날 이길 수 있다고 생각하느냐!"

흑염에 불타 사그라진 부위에 어느새 다른 뼈들이 달라붙어 원래대로 돌아가 버렸다. 20년 전의 칼틴이라면 카일 혼자로도 어떻게든 상대할 수 있겠지만, 언데드로 변해 버린 탓에 상성상 더 힘든 적수로 변해 버렸다.

무엇보다 칼틴 혼자만이 아닌, 지금 이 순간에도 생성 중인 스켈레톤 워리어들까지 상대해야 하는 불리한 입장에 처했다.

"블래스트!"

콰아앙!

높이 뛰어오른 카일이 칼틴이 아닌 스켈레톤 워리어들이 모여 있는 한복판에 착지하는 순간, 폭발음과 함께 검은 불꽃이 피어올랐다. 그의 주변에 있던 스켈레톤 워리어들이 산산조각 나 공중에 떠오르더니, 이내 잿더미로 변해 지상을 향해 천천히 가라앉았다.

'휴, 한동안 다크블로우만 써서 그랬는지 처음엔 어색했는데, 이제야 화염과 어둠의 힘을 같이 쓰는 것에 다시 익숙해졌어. 하지만 진짜 끝이 안 보이는군.'

카일은 검자루를 빠르게 고쳐 쥐더니 흑염의 기운에 휘감긴 대검을 마구 휘둘렀다. 그의 검신이 지나가는 자리엔 스켈레톤 워리어의 잿더미가 휘날리며 시커먼 안개처럼 맴돌았다.

'그냥 어둠의 기운에 모든 걸 맡겨 버려?'

카일은 블랙아웃 모드로 돌입하고픈 욕구도 느꼈지만, 흑염의 기운 중 어둠의 기운을 극도로 끌어 올려봤자 언데드 몬스터의 특성상 완전히 불태워 다시 일어나지 못하게 만드는 데엔 그리 큰 도움이 되지 못한다. 그렇다고 다크블로우를 써서 어둠의 기운만 뽑아 쓰는 선택은 더더욱 효율이 떨어진다.

화르륵!

흑염에 휩싸인 대검을 움켜쥐고 카일은 칼틴과 반대 방향으로 달려갔다. 바닥에 널브러져 있던 뼈다귀와 해골들이 그가 지나가자 시커멓게 타들어갔고, 이미 죽어 공포를 잊어버렸을 스켈레톤 워리어들이 그의 기세에 압도되어 뒤로 물러났다.

"카일! 고작 이 정도밖에 안 되는가!"

하지만 정작 쓰러뜨려야 할 대상인 칼틴은 여전히 기세등등했다.

'1시간은 이미 예전에… 넘겼겠지? 언데드란 진짜 지겨운 상대야.'

카일은 계속해서 생겨나는 스켈레톤 워리어들을 처치하면서 동시에 칼틴을 상대하며 뼈만으로 이뤄진 그의 육체를 계속 불태웠다.

하지만 성안에 가득 쌓여 있는 해골들을 모두 없애 버리지 않는 이상 계속해서 육체를 복구하는 칼틴을 쓰러뜨리긴 무리였다.

'다른 해골들부터 태워 버려야 저 뼈만 남은 칼틴과 제대로 된 승부를 낼 수 있겠지. 시간이 훨씬 더 지체되겠지만 어쩔 수 없어.'

검자루를 강하게 움켜쥐자 장갑 사이에 스며든 땀이 손목을 타고 팔꿈치를 향해 흘러내렸다. 이마에 잔뜩 고인 땀이 눈썹을 지나 그의 시야를 거듭 가렸고, 침착하게 판단을 내리는 머리와 달리 육체는 상당히 지쳐 있었다.

'나도 참 운이 없어. 하필이면 만난 상대가 언데드로 변한 칼틴이라니.'

우여곡절 끝에 다크블로우로 흑염의 기운 중 어둠만을 뽑아 쓰는 법을 익히고, 실제로 어느 정도의 위력까지 나올까를 기대했다. 하지만 눈앞에 나타난 상대는 흑염의 힘 중 화염의 기운만 써야 하는 적으로 변해 버렸다.

"우워워!"

'아차! 늦었어!'

콰앙!

칼틴을 중심으로 퍼져 나간 충격파를 따라 부서진 뼛조각이 지상 위로 물결치듯 솟구쳤다.

먼지가 피어오르며 일대를 뒤덮었고, 흑염의 기운을 뒤늦게 전개한 카일의 입가에서 피가 주르륵 흘러내렸다.

"어디 있느냐! 모습을 드러내라!"

쾅! 쾅! 쾅! 콰앙!

거대한 해머 디스트로이어를 양손에 움켜쥔 칼틴은 제자리에서 방향을 바꿔가며 연신 아래로 내려쩍었다. 가라앉기 시작했던 먼지가 다시 피어오르며 칼틴의 시야를 가로막았고, 카일 입장에선 시야가 제약되긴 했어도 소리가 들리는 방향으로 반격을 가할 수 있는 기회였다.

"젠장… 크윽."

하지만 첫 번째 충격파에 예상외의 타격을 입은 카일은 계속해서 피가 흘러내리는 입을 왼손으로 틀어막고 흑염의 기운을 몸에 둘러 저항하기에 바빴다.

"거기에 있느냐!"

칼틴은 왼팔을 앞으로 휙 내밀더니 손을 확 펼쳤다.

그러나 그보다 먼저 카일이 흑염에 몸을 감싼 상태로 대검을 내밀고 앞으로 돌진했다.

"으아아아!"

카일을 움켜쥐려던 칼틴의 왼팔이 손가락부터 팔꿈치까지 불타 잿더미로 변해 버렸다. 먼지 위로 높이 뛰어오른 카일은 검게 불타오르는 대검을 아래로 휘두르며 칼틴의 왼쪽 어깨를 대각선 방향으로 크게 베어냈다.

"으윽!"

착지에 실패한 카일이 옆으로 나뒹굴며 온몸이 흙투성이가 되어버렸다. 이를 악물며 고통을 억지로 참아낸 카일이 천천히 몸을 일으켰고, 그런 그를 칼틴이 내려다봤다.

"하하하… 하하하핫!"

굉음에 가까운 웃음소리에 카일은 아랫입술을 깨물며 몸의 균형을 잡으려 애썼지만, 피를 한 움큼 토하면서 왼쪽 무릎을 꿇었다.

"크윽."

고개를 위로 들자, 양손으로 쥔 디스트로이어를 높이 들어 올린 칼틴의 시선과 정면으로 마주쳤다.

「계속 어둠의 힘을 거부할 셈인가?」

매번 카일을 유혹하던 정체불명의 목소리가 귓가에 맴돌았다.

「이런 식으로 죽기엔 너무 허망하다고 생각하는데… 그렇지 않은가?」

"닥쳐."

「진정한 어둠에 몸과 마음 모두를 맡긴다면 저딴 뼈다귀 따위 순식간에 해치울 수 있다. 너도 이미 그렇게 생각하고 있잖아?」

"닥치라고 말했지!"

카일은 고함을 지르며 자리에서 일어섰다. 동시에 무수한 가시가 박힌 디스트로이어가 그의 머리를 노리고 휘둘러졌다.

번쩍!

바로 그때, 하늘에서 강렬한 빛이 십자 모양으로 반짝였다. 카일은 망토로 잽싸게 몸을 휘감더니 흑염의 기운을 둘러 보호했다.

"크아아악!"

하늘에서 발사된 빛이 수백여 개로 갈라지더니 칼틴과 스켈레톤 워리어들을 관통했다. 칼틴의 육체는 이전 카일의 공격처럼 다시 복구되지 않고 뼈 여기저기 구멍이 뻥뻥 뚫렸고,

스켈레톤 워리어들은 빛에 스친 것만으로도 증발하듯 사라졌다.

쿠웅!

칼틴이 놓친 디스트로이어가 카일의 바로 옆에 떨어지며 지축을 울렸다.

"설마 저건……."

카일은 여기저기 구멍나 버린 칼틴의 몸을 통해 멍하니 하늘을 응시했다. 이런 식으로 빛의 힘을 광범위하게 펼치는 장면은 그에게 낯설지 않았다.

"슈팅스타… 그렇다면!"

카일은 씨익 미소를 지으며 검자루를 강하게 움켜쥐었다.

그리고 앞으로 달려갔더니 높이 뛰어오르며 칼틴의 왼쪽 무릎을 디뎠다. 그리고 다시 한 번 도약하면서 이번에는 왼쪽 어깨 위에 착지했다.

"어이, 아깐 가소로워서 실망이었지?"

카일은 수직으로 뛰어오르더니 검신의 끝이 아래로 향하도록 고쳐 쥐고서 칼틴의 두개골 정중앙을 노렸다.

콰직!

뼈가 갈라지는 소리와 함께 굵직한 금이 두개골을 타고 사방으로 퍼져 나갔다. 안구 대신 자리 잡았던 녹색 안광이 서서히 빛을 잃으며 사그라들기 시작했다.

"크아아악! 나, 나는 이런 식으로 사라질 수는 없······."

"이젠 다시는 만나지 말자, 칼틴!"

화르륵!

대검에서 뿜어져 나온 검은 불길이 순식간에 칼틴의 몸을 휘감았다.

"이번에도 이기지 못하고··· 페이서와 대결하지도 못하고··· 사라지는가, 나는······."

흑염에 휩싸인 칼틴의 육체가 발끝부터 잿더미로 변하기 시작하더니 두개골까지 완전히 타들어갔다.

카일은 옆으로 살짝 뛰면서 상체를 숙이더니 오른손으로 땅바닥을 짚으며 착지했다.

"휴우, 이제야 끝났군. 그나저나, 언제 저렇게 많이 모였지?"

무너진 데르콘 성벽 사이를 통해 수천 명에 달하는 병사가 진열을 맞춰 들어오고 있었다. 그들이 들고 있는 깃발에 그려진 은색 날개가 바람에 펄럭거렸다.

그 병사들을 가르고 한 여성이 카일을 향해 달려왔다. 긴 은발이 물결처럼 출렁거리는 모습을 본 카일의 입가에 쓴웃음이 자리 잡았다.

"역시 너였구나."

카일은 대검을 내려놓고 그녀를 향해 천천히 걸어갔다.

그렇게 두 사람과의 거리가 점점 좁혀지더니 서로 만나는 순간, 그녀는 두 팔을 벌려 카일을 꼬옥 껴안았다.

*   *   *

"카트리나……."

카일은 자신의 품에 안긴 카트리나의 등을 오른손으로 다정하게 쓰다듬었다.

"정말, 정말로… 다행이에요. 흐흑……."

카일의 가슴에 얼굴을 댄 카트리나의 눈가에서 눈물이 뚝뚝 흘러내렸다. 카일은 거의 보여주지 않던 부드러운 미소를 지으며 왼손으로 그녀의 머리를 매만졌다.

두 사람이 극적인 해후를 하는 사이 진군을 계속한 병사들은 카일과 카트리나 앞에서 멈춰섰다.

"포르칸 님? 게다가 제이콥스 님까지 오셨군요."

카일은 병사 중 낯익은 얼굴이 보였기에 고개를 가볍게 끄덕여 인사했지만, 그들은 흐뭇한 미소만 지을 뿐 더 이상 다가가지 않았다. 카트리나의 마음을 아는 그들은 그녀가 그토록 만나고 싶었던 카일과의 시간을 방해하고픈 마음이 없었기 때문이다.

개중에는 계속 흐느끼는 카트리나를 보고 고개를 옆으로 돌리더니 눈물을 훔치는 자도 있었다.

"카트리나, 이젠 괜찮아?"

"조금만 더 이대로 있어줘요."

"응."

그 뒤 카트리나의 흐느끼는 소리만 간간히 들릴 뿐, 침묵이 이어졌다.

그렇게 10여 분 정도 흐른 후에야 그녀는 마음을 추스르고 카일의 품에서 벗어났다.

"카일, 정말로 보고 싶었어요. 하지만 이런 곳에서 만나게 될 줄은 꿈에도 몰랐어요. 어떻게 된 일인가요?"

"설명하자면 좀 길어."

카일은 뒤통수를 긁적이며 뒤를 돌아보았다.

카일과 칼틴과의 격렬한 전투가 이어지는 와중에 그나마 성했던 건물 대다수가 완전히 무너져 내렸고, 병사와 시민들의 시체는 원래 형태를 찾아보기 힘들 정도로 손상된 상태였다.

"데르콘 성이 초토화되었다는 소식을 듣고 왔겠지?"

"네."

"그래도 200명 정도 살아 있었긴 했는데 보다시피 이렇게 끝났지. 뭐랄까, 좀 허망해."

"당신을 구할 순 있었지만 다른 사람들을 구하긴 너무 늦었군요."

"아, 두 명은 살아 있을 거야. 잠시만 기다려."

칼틴과의 전투 도중 지하로 통하는 출구가 대부분 막혔지만, 기적적으로 한 곳만은 무너지지 않고 남았다. 카일은 그곳을 통해 지하 통로 안으로 들어가 멜린과 제르도의 행방을 찾기 시작했다.

몇 번이나 천장이 무너져 막힌 곳을 되돌아가며 20분 넘게 배배 꼬인 통로 안을 돌아다닌 끝에, 카일은 시드를 숨겨놨던 비밀문 앞에 도착했다. 만약 여기에도 없다면 매몰된 장소 어디 한곳에 깔려 죽었을 거란 예측밖에 안 떠올랐다.

"설마……."

문 아래쪽 틈으로 피가 흘러나온 걸 확인한 카일은 굳어진 표정으로 문을 천천히 열었다.

끼이익.

예상과 달리 비밀방 안 쪽은 용케 무너지지 않고 천장에서 떨어진 흙이 여기저기 무더기를 이뤘을 뿐이었다. 그러나 아까 봤던 피는 바닥에 쓰러져 있는 멜린의 몸에서 흘러나오고 있었다.

"멜린 님!"

카일은 멜린의 상체를 일으켜 세웠다.

그녀의 허리 아래로 넣은 손은 순식간에 피로 범벅이 되었고, 카일을 알아본 멜린은 눈을 깜박이며 오른손을 천천히 들어 올렸다.

"도대체 어떻게 된 일입니까?"

"제르도… 그 인간이… 나를……."

"제르도 경이?"

"자기는 추적당하긴 싫다면서… 크흑… 시드를 모조리 가지고……."

그녀가 가리킨 탁자엔 차곡차곡 쌓여 있어야 할 시드가 하나도 남아 있지 않았다.

"창고의 불도… 자기가 질렀다고 말했어. 처음부터 같이 도망갈 생각 따윈… 없었다면서 날 비웃었어. 나, 정말로 바보 같구나……."

"더 이상 말하지 마십시오! 우선 지혈부터 해야 합니다!"

카일은 두르고 있던 망토의 끝자락을 붙잡고 길게 찢었다. 출혈을 막으려 했지만 멜린은 고개를 힘겹게 가로저으며 거절했다.

"이걸… 받아줘. 간신히 하나만은… 빼돌렸거든."

멜린은 카일 쪽으로 몸을 기울이더니 굳게 쥐고 있던 오른손을 펼쳤다. 그러자 피에 젖은 정육면체의 시드 하나가 카일의 손바닥 위에 툭 떨어졌다.

"대신 약속… 해 줘. 그 인간을… 제르도를 반드시… 죽……."

힘겹게 말을 이어가던 멜린의 입이 더 이상 움직이지 않더니 힘을 잃은 고개가 옆으로 푹 숙여졌다.

"카일? 어찌 된 일이에요?"

그를 뒤따라온 카트리나는 피로 붉게 물들어 버린 멜린의 드레스 끝자락을 보고 다급히 다가갔다. 그리고 치유 마법을 쓰기 위해 손을 내밀었지만, 카일은 카트리나의 팔을 붙들면서 고개를 가로저었다.

"아까 말했던 분이 이 아가씨인가요?"

"그래."

카일은 아랫입술을 살짝 깨물고선 멜린의 눈을 쓰다듬으며 눈꺼풀을 아래로 내렸다.

"하지만 너무 늦었어."

"신이시여, 지금 어린 양이 당신의 품으로 돌아가오니……."

카트리나는 무릎을 꿇더니 성호를 그으며 기도문을 읊었다.

"결국 이런 식으로 약속을 떠맡게 되었군."

카일은 시드를 쥔 오른손을 강하게 움켜쥐었다. 시드의 뾰족한 모서리가 손바닥을 파고들면서 핏방울이 주먹 아래에 고여 뚝뚝 떨어지기 시작했다.

"찝찝한 기분을 떨쳐 낼 수가 없어. 다시는 오고 싶지 않은 곳이야."

멜린이 마지막의 마지막까지 숨기려고 했던 '시드'가 손

안에 들어왔지만 이런 식의 결말은 그가 원하던 바가 아니었다.

아무리 상대가 모르드 왕국민이라 해도 약속을 지키지 못했다는 사실에 씁쓸함을 지우기 힘들었다. 데르콘 성 지하에서 보낸 열흘 남짓한 시간이 허망하게 느껴졌다.

"카일? 괜찮아요?"

"솔직히 안 괜찮아. 몸이 축 처지는 기분이야."

상성상 그에게 힘겨웠던 칼틴과의 대결로 인해 쌓인 피로가 한꺼번에 몰려왔다. 카일은 멜린의 시체를 조심스럽게 내려놓은 후 벽에 등을 기대고 주저앉았다.

"미안, 잠시만 눈 좀… 붙일게."

7

엘레힘 신성력 1326년 12월 5일.

데르콘 성에 도착한 엘레힘 교단의 성당기사단은 생존자를 물색하기 위해 폐허가 된 성안을 샅샅이 수색 중이었다.

며칠 사이 내린 눈으로 성 내부는 온통 하얗게 변해 얼마 전 있었던 격전의 흔적을 뒤덮었다.

성당기사단을 이끌고 먼 길을 달려온 추기경 오르갈트는 자세를 낮추더니 오른손을 눈 속에 파묻고는 땅바닥에 대고 눈을 감았다.

"호오, 흥미롭군."

두 가지 힘, 빛와 어둠의 기운이 난잡하게 뒤섞인 흔적을 확인한 그의 입가에 살짝 미소가 자리 잡았다가 사라졌다.

'엘레힘 교단 소속이었던 카트리나가 노병들을 이끌고 이곳을 지나갔다는 보고가 맞다면 필시 빛의 힘은 그녀의 것이겠지. 하지만 그 빛에 맞서 싸웠을 어둠의 힘은 누구인지 모르겠어. 이곳을 초토화시켰던 마족 공작은 한참 전에 다른 곳으로 갔다고 들었는데…….'

이제까지의 보고를 종합하며 생각을 정리하던 오르갈트는 문득 크로이저 요새에서의 일을 떠올리며 다시 한 번 미소를 지었다.

'그래, 왠지 모르게 익숙하다 싶었더니 카일의 흑염이었어. 카트리나와 함께 있었단 이야기로군?'

그동안 단독으로 움직인 탓에 추적하기 까다로웠던 카일의 행방이 밝혀진 건 예상외의 수확이었다. 하지만 이곳에 온 진정한 목표부터 달성하지 않으면 아무런 의미가 없다.

"오르갈트 님, 생존자를 발견했습니다."

"그래?"

고든의 보고를 받은 오르갈트는 일어서며 눈을 떴다.

기사단원의 부축을 받으며 등장한 남자는 다름 아닌 제르도였다. 5일 동안 제대로 먹고 씻지도 못해 꾀죄죄한 몰골로 변해 버린 그는 오르갈트를 보자마자 환하게 웃었다.

"오셨군요!"

"오래간만입니다, 제르도 경."

둘 다 미소를 지으며 서로를 맞이했지만, 가슴속엔 각자 다른 속셈을 품고 있었다.

"부탁했던 물건은 어떻게 되었습니까?"

"어, 그게… 잠깐만 기다리십시오."

다짜고짜 용건부터 말하는 오르갈트의 태도에 제르도는 말문이 턱하고 막혔지만 이내 침착하게 들고 있던 주머니를 건넸다.

"여기 있습니다."

오르갈트는 주머니 안에서 시드를 하나씩 꺼내더니 눈앞으로 가져가 꼼꼼히 확인했다.

"그런데 영주대리께선 어디 계십니까?"

"안타깝게도 여러분이 오시기 며칠 전에……."

"저런… 엘레힘 님의 가호가 있기를."

오르갈트는 오른손으론 성호를 그으면서 왼손으로는 태평하게 시드의 개수를 헤아리고 있었다. 그에게 있어서 데르콘 성의 생존자 따윈 처음부터 의미 없었기에.

마지막 시드를 꺼내 진품인지 아닌지를 확인한 오르갈트의 얼굴이 살짝 일그러졌다 원래대로 돌아갔다.

"한 개가 모자랍니다만."

"네?"

"교단에서 보관을 부탁한 시드는 총 27개였습니다. 아쉽게도 하나가 부족하군요."

"그, 그럴 리가!"

제르도는 다짜고짜 오르갈트가 들고 있던 주머니를 휙 낚아채더니 직접 시드의 개수를 세기 시작했다. 몇 번이나 다시 세봤지만 오르갈트의 말대로 1개가 부족함을 안 제르도의 얼굴에 그림자가 드리워졌다.

"교단에선 데르콘 성을 믿고 이걸 맡겼는데, 이러면 곤란합니다. 영주님은 물론 영주대리께서도 안 계시니, 제르도 경께서 책임을 져야겠습니다."

"어, 어디엔가 분명히 있을 겁니다! 제가 직접 찾아보겠습니다."

"굳이 제르도 경께서 고생하실 필요는 없습니다. 비록 하나 모자라지만 그동안 이걸 간수하느라 힘드셨을 테니 우선은 쉬도록 하시죠."

오르갈트가 오른손 검지를 까닥거리자 기사단원들이 제르도의 양팔을 하나씩 붙들고 어디론가 끌고 갔다.

"제, 제가 직접 찾겠습니다! 어디인지 짐작 가는 곳이 있습니다!"

제르도는 소리를 지르며 자신이 직접 찾겠다고 발버둥 쳤지만 오르갈트는 그가 있는 방향을 쳐다보지도 않았다.

"고든, 저놈을 단단히 족쳐 봐라. 본인은 자각 못했겠지만, 주인을 물어뜯은 개 특유의 고약한 냄새를 풀풀 풍겼어."

"알겠습니다."

"그리고 저 해머를 이송할 수단을 확보하도록."

오르갈트가 가리킨 방향에는 칼틴이 사용했던 거대한 해머 '디스트로이어'가 놓여 있었다.

고든이 고개를 끄덕이더니 생존자를 수색하던 기사단원들을 집합시켜 디스트로이어 근처로 이동시켰다.

홀로 남게 된 오르갈트는 다시 한 번 땅을 매만지면서 아까 확인했던 빛과 어둠의 흔적 말고 다른 걸 찾기 위해 정신을 집중했다.

"흐음……. 역시 그 마족 공작이 분명해."

아직 정체가 확실히 밝혀지지 않은 마족 공작에 대한 소문은 여러 개가 돌고 있었지만, 말 그대로 소문에 불과할 뿐 믿을 수 있는 이야기는 드물었다.

그나마 가장 신빙성이 있다고 여겨지는 소문은 예전 모르드 왕국 출신의 인간이었다는 이야기였지만, 모르드 왕국 측에선 부인했다.

소문과는 별개로 그 마족 공작의 행보를 추적하다 보면 오르갈트 입장에선 이해하기 힘든 부분이 한두 개가 아니었다.

전략적으로 중요한 요충지임이 분명한 데르콘 성을 점령하지 않고 그냥 가버린 점, 다른 곳은 놔두고 모르드 왕국령만 골라 초토화시킨 행보 등등 아무리 머리를 굴려도 그가 누구인지 알기 전까진 어떻게 대응해야 할지 앞이 까마득했다.

'그 새로 등장한 마족 공작, 나와는 상성이 최악일 것 같은 예감이 들어. 논리적으로 행동하지 않는 타입은 항상 내 예상 범위를 넘어서거든.'

Chapter 26
또 하나의 변수

1

한치 앞도 보이지 않는 어둠 속에서 카일은 눈을 떴다.

그는 천천히 걸음을 옮기며 앞으로 이동했다. 빛이라곤 찾아볼 수 없는 칠흑의 공간을 이동하던 카일의 입에서 '피식' 하는 웃음소리가 새어 나왔다.

"또 그 꿈이야?"

현실감이 결여된 어둠 덕분에 카일은 현실이 아님을 단번에 파악했다.

"자, 이번에도 실컷 지껄여 보라고."

「네가 원한다면… 얼마든지……」

카일의 비아냥거림에 낮게 깔린 목소리가 어둠 속에서 흘러나왔다. 어둠의 힘에 모든 걸 맡기라는 유혹의 장본인이었다.

「지하에 있던 인간들을 구하지 못한 것에 적지 않은 죄책감을 느끼고 있던데, 내 말이 틀린가?」

"왜 그걸 안 짚고 넘어가나 싶었더니, 역시나로군."

자신의 마음을 훤히 들여다보는 목소리에 카일은 팔짱을 끼고서 오른손 검지로 팔을 툭툭 건드렸다.

「죄책감 따위 느낄 필요는 조금도 없다. 시민들을 구했다 하더라도 그들은 너에게 전혀 고마워하지 않았을 거다. 아니, 반대로 화를 냈을 게 분명하다. 그렇게 강한 힘을 지녔으면서 왜 그동안 우리가 어두운 지하에서 갇혀 지내는 걸 보고만 있었냐며 투덜거리기만 했겠지.」

어둠의 목소리는 카일이 이미 예상하고 있던 바를 구구절절 늘어놓았다.

"그래서?"

「20년 전에 끝났던 전쟁도 마찬가지다. 네가 석화되면서 시작되었던 20년 동안의 평화 속에서 인간들은 뭘 했지? 하나의 예외 없이 몰락해 버린 동료들에게 인간들은 뭘 해줬나?」

어둠의 목소리가 계속 이어지는 와중에 카일은 별다른 표정 변화 없이 손가락으로 팔을 툭툭 건드릴 뿐이었다.

「이번 마족과의 전쟁에게 이긴다 한들 인간들은 바뀌지 않을 거다. 이렇게 된 이상 어둠에 몸과 마음 모두를 맡기고 인간이든 마족이든 구별할 것 없이 모두 어둠 속에 빠뜨리는 쪽이 현명하다고 생각하는데… 네가 가진 어둠의 힘은 그 쪽이 더 어울려. 그렇지 않은가?」

"누구 좋으라고?"

「이대로 계속 간다면 옛 동료들과 함께 20년 전의 일을 반복할 뿐이다. 내 말이 틀린가?」

"틀리지. 난 그렇게 머리가 좋은 편이 아니지만, 그렇다고 어리석게 과거를 반복할 정도로 나쁘진 않아."

카일은 지치지도 않고 자신을 매번 유혹하는 목소리가 들린 방향으로 고개를 돌렸다. 그리고 왼쪽 입술 끝을 살짝 틀어 올리며 말을 이어갔다.

"잘 들어. 진정한 복수란 말이지……."

2

엘레힘 신성력 1326년 12월 3일.

어둠이 걷히고 빛이 그 자리에 대신 들어서며 시야가 뿌옇게 흐려졌다.

"앗, 깼나요?"

익숙한 목소리가 위에서 들리자 카일은 눈을 깜박거렸다.

희미하게 보였던 은색이 가는 선으로 변해 찰랑거리며 시야를 가렸다.

"어, 나 그대로 자버렸나?"

카일은 고개를 들어 올리며 일어서려고 했지만, 그녀는 손으로 그의 머리를 쓰다듬으며 도로 눕게 이끌었다.

완전히 회복된 시야 한가운데엔 카일을 내려다보는 카트리나의 미소가 자리 잡았다.

"일어나지 마세요."

"다리 저릴 텐데?"

머리와 목에 느껴지는 부드럽고 푹신한 감촉은 카트리나의 허벅지였다.

자신도 모르는 사이 그녀의 허벅지에 머리를 괴고 잠들어 있었다는 사실에 살짝 부끄러웠지만 이내 멋쩍어 하는 미소를 지었다.

"이거 상당히 부끄러운 구도 같은데? 누구라도 들어오면 어떻게 하려고?"

"괜찮아요."

카일은 고개를 살짝 움직여 주변을 둘러보았다.

구멍 난 부분을 꿰맨 자국을 막사 여기저기에서 찾을 수 있었고, 바닥엔 모포가 깔려 있었다. 은은한 아침 햇살이 입구의 빈틈 사이로 들어왔고, 다행이랄까 그와 카트리나 외엔 다른 사람은 보이지 않았다.

"정말 걱정했어요. 3일이나 지났는데 깨어나지 않아서 어떻게 되는 줄 알았다고요."

"3일씩이나? 그렇게 지났어?"

깜짝 놀란 카일은 반사적으로 몸을 일으켰지만 카트리나의 얼굴과 거의 닿을 정도로 가까워지자 도로 누웠다.

"흐음, 그… 그랬군. 하긴 거긴 너무 피곤한 곳이었어."

육체가 아닌 정신적으로 스트레스를 상당히 받은 터라 지하에서의 일을 떠올리는 것만으로도 카일은 얼굴을 찡그렸다.

차라리 피 튀기는 전장인 쪽이 나을 정도였다.

"그런데 아까 뭔가 중얼거리던데, 악몽이라도 꿨나요?"

"꿈속에서 토론 좀 하고 왔지."

"네?"

"아니, 토론이라는 표현은 좀 그렇군. 말싸움이 어울리겠어."

결국 이번에도 카일은 정체불명의 목소리와 제대로 된 결판을 내지 못했다.

"그러면 여긴 여전히 데르콘 성이야?"

"아니에요. 생존자가 더 이상 없다는 걸 확인한 뒤 곧바로 이동했답니다."

"아, 그 아가씨는?"

"신의 곁으로 가도록 기도한 후 양지바른 곳에 묻어드렸답니다."

"그래……."

죽어가면서 자신에게 손을 내밀었던 멜린의 마지막 모습이 그의 눈앞에 아른거렸다.

카일이 입을 다물고 침묵하자 카트리나는 살짝 몸을 숙이더니 카일과의 거리를 좁혔다. 그리고 쓸쓸하게 웃으며 그의 머리를 쓰다듬었다.

"이렇게 가까이에서 보니 확실히 느껴지네요."

"뭐가?"

"당신이 아직 20대라는 사실 말이에요."

자신과 달리 세월의 흐름에서 제외되었던 카일을 보는 카트리나의 눈동자가 살짝 떨리면서 아른한 분위기를 자아내었다.

"넌 20년이 지나도 변함없어."

"빈말은 사양하겠어요."

"아니야. 넌 옛날 그대로야."

"그렇군요……."

이번에는 카트리나가 입을 다물었다.

그녀는 가는 손가락으로 카일의 얼굴을 천천히 어루만졌다.

거친 삶을 살아왔다는 증거인 크고 작은 흉터가 손가락 끝에 걸릴 때마다 맑고 투명한 푸른색 눈동자가 눈물로 촉촉해졌다.

"그런데 이렇게 결정을 쉽게 바꾸면 곤란하지 않겠어?"

순간 카트리나의 손이 멈췄다.

그녀는 뭔가 말하려고 입을 열었다가 얼버무리기를 반복했다.

20년 전에도, 그리고 지금도 말하지 못했던 '진실'을 토로하고 싶었지만 두려움과 망설임이 몰려오면서 다른 대답만이 떠올랐다.

"저 나름대로 심사숙고해서 결정한 일이랍니다."

"나 때문에 다시 세상으로 나온 거라면 정말 미안해. 내 멋대로 너의 운명을 좌지우지하는 기분은 질색이거든."

카트리나는 눈을 지그시 감고서 '운명'이라는 단어를 여러 번 마음속으로 읊었다.

"아까도 말했지만 전 제 결정에 후회하지 않아요. 운명이든 뭐든 상관없이 말이죠."

"고마워."

"그리고 운명에서 벗어날 수 없다면, 그 운명으로 당신을 구하겠어요."

"이미 여러 번 날 구했잖아? 이번에도 그렇고."

"당신 역시 절 헤아릴 수 없을 정도로 구해주었죠. 그리고……"

'20여 년 전 그때에도'라는 말이 나오기 직전, 카트리나는 입을 굳게 다물었다.

"그나저나 카트리나, 몸은 괜찮아? 옛날도 아닌데 세인트 윙을 사용하면 무리가 갈 텐데 말이야."

"괜찮답니다."

카트리나는 싱긋 미소를 지으며 왼손을 등 뒤로 감췄다. 그리고 각혈을 숨기기 위해 입을 닦았던 수건을 살며시 움켜쥐었다.

"아무래도 걱정되는데."

카일은 혀를 내밀어 오른손 검지에 침을 묻히더니 카트리나의 입술을 스윽 훑었다. 그리고 다시 혀로 가져갔다.

"피 맛이 나는데? 역시 안 괜찮은 거 같은데."

"카일, 지금 당신……."

"아, 이런. 미안."

순간 뻘쭘해진 카일은 그녀의 시선을 피하기 위해 고개를 오른쪽으로 돌렸다. 그러자 시야 끄트머리에 낡은 책 같은 게 들어왔다.

"옆의 그건 뭐야?"

"아, 이거 말인가요? 일기장이랍니다."

"일기? 아직도 쓰고 있었어? 그러면… 20년 넘게 쓴 거 아닌가?"

"당신이 석화된 이후엔 거의 쓰지 않았지만, 다시 당신을 만난 이후론 틈나는 대로 쓰고 있어요."

카일은 호기심에 일기장을 향해 슥 손을 내밀었지만, 그보다 먼저 카트리나가 낚아챘다.

"나중에 기회가 되면 보여 드릴게요."

"여자의 비밀을 함부로 탐하는 남자는 좀 그렇잖아? 굳이 보고 싶다는 이야기는 아니었어."

"아, 그러고 보니 다른 분들은 어떻게 되었죠? 전 당연히 당신과 같이 있을 줄 알았어요."

카트리나가 화제를 돌리자 카일의 얼굴이 진지하게 변했다.

"당분간 나 혼자 다니기로 했어. 특히 페이서가 스스로 걸어갈 길을 찾기 전까진 일부러 만날 생각은 없어."

각자 정체된 현재를 극복하기 위해 내린 결정이니만큼 괴롭더라도 참고 견뎌야 했다.

물론 지금 이 순간에도 다른 일행에 대한 걱정, 특히 페이서가 어떤 식으로 과거의 아픔을 극복할지에 대한 우려까지 지우긴 힘들었다.

"그런데 막상 혼자 다닌 지 얼마나 되었다고 칼틴 상대로 고전했지. 네가 아니었다면 난 여기에 없었을 거야. 그래서 정말 고마워, 카트리나."

카일은 몸을 뒤척이더니 고개를 카트리나 쪽으로 돌렸다.

그의 코가 백색 법의에 가려진 그녀의 배에 닿자 순간 움찔

했지만, 아무 일도 없었다는 듯 눈을 감았다.

"부드럽군. 덕분에 다시 졸리기 시작했어."

"자장가라도 불러 드릴까요?"

"자장가? 성가 말고 그런 것도 부를 줄 알아?"

"오래전, 당신과 만난 지 그리 오래 안 되었을 때 제 성가를 처음 듣고선 그렇게 졸린 노래는 처음이라고 투덜거렸잖아요. 기억 안 나나요?"

"아… 그게 어느새 오래전이라 불러야 할 정도가 되었나?"

"20년이란 시간은 꽤 길다고요."

카트리나는 헛기침을 하며 목을 가다듬더니 성가 중 잔잔하고 낮은 음정의 노래를 골라 부르기 시작했다.

감미로운 노랫소리를 음미하며 카일은 다시 잠에 빠져들었다. 무의식적으로 그녀의 허리에 둘렀던 오른팔이 힘을 잃고 천천히 아래로 내려왔다.

카트리나는 카일이 완전히 잠이 든 걸 확인하고선 인자한 미소를 지으며 그를 품에 안았다.

3

카일이 다시 눈을 떴을 때는 이미 어두운 저녁이 다 되어서였다.

그에게 무릎베개를 해줬던 카트리나는 어느새 자리를 비웠고, 살짝 열린 막사 입구 사이론 햇빛 대신 모닥불의 불빛이 활활 불타올랐다.

뻐근한 어깨를 주무르며 카일이 막사 밖으로 나오자 모닥불 주변에 둘러앉아 있던 포르칸이 벌떡 자리에서 일어서며 그를 반갑게 맞이했다.

"오! 이제 일어났나?"

"어서 오게!"

"반가우이!"

포르칸과 함께 실버 윙즈에 가입한 아스레인과 케이븐 역시 카일을 알아보고 가볍게 인사를 나누었다.

"모두들 진짜 카트리나를 도와주러 오셨군요. 뭐, 어르신들이라면 당연히 오실 거라 예상했습니다만."

카일은 세 노인 사이에 껴서 모닥불 앞에 앉았다.

주위를 둘러보니 100이면 100, 머리가 희끗희끗한 노인밖에 보이지 않았다. 그럼에도 경비를 서고 있는 모습이나 장비를 손질하는 손놀림은 젊었을 때와 별다르지 않았다.

"카트리나는 어디 갔습니까?"

"3일 내내 성녀님께서 자네를 간호하느라 밤잠을 설치셨거든. 그래서 지금 여자들만 따로 모아놓은 막사 안에서 주무시고 계시지."

"면목 없군요."

카일과 포르칸이 이야기를 주고받는 가운데 포르칸의 옛 부하였던 아스레인과 케이븐은 모닥불 앞에 무기들을 비추면서 열심히 손질 중이었다. 그들이 들고 있는 무기에서 어렴풋이 흘러나온 몬스터의 피 냄새를 카일은 놓치지 않았다.

"아무래도 여기까지 오는 동안 전투를 서너 번 치렀나 보군요."

"다행이랄까 사망자는 그리 많지 않았다네. 카트리나 님의 치유마법과 간호사 역으로 온 여자들 덕분에 부상자도 대부분 완쾌되었고."

사망자라는 단어를 언급할 때의 포르칸의 표정은 그리 밝지 않았다.

이전 고르반 마을에 머무를 때와 다른 의미의 그림자가 세 노인의 얼굴에 드리워져 있었다.

"아, 진작 물어본다는 걸 까먹고 있었구먼. 왜 댁 혼자만 있었나? 다른 사람들은?"

"사정상 저만 따로 떨어져서 행동 중입니다."

"모두 잘 계시겠지?"

"아마도요."

카일은 페이서 일행과 떨어진 이후 몇 차례 편지를 보냈지만, 그들처럼 한곳에 머무르지 않고 떠돌아다니는 입장상 답장을 받으려야 받을 수 없는 처지였다. 그저 잘 있기만을 바랄 뿐이었다.

"그리고 그 처자 말일세… 지난번 자네와 함께 있던 그 아가씨 이름이 뭐였더라?"

"리에트 말인가요?"

"아, 그렇지. 나이가 들다 보니 이렇다니까. 그 리에트란 아가씨에 대해선 아직 성녀님께 말 안 했네. 우리 입으로 직접 말하긴 좀 그래서 말일세. 때가 되면 자네가 직접 말하게나."

"흐음, 무슨 의미인지 알겠지만 왠지 머리가 복잡해지는군요."

"나이가 들다 보니 느는 건 눈치밖에 없더군. 괜히 입 놀리다가 자네가 곤란해지는 건 사양이거든."

"하하하."

그들 나름대로의 배려에 카일은 뭔가 애매한 표정을 짓다가 결국 웃음으로 받아넘겼다.

"그런데 어르신들, 안 주무십니까?"

"나이가 들다 보니 잠이 줄어서 말이야. 이 녀석들도 마찬가지일 걸세. 자넨?"

"아까 계속 자서 그런지 도통 졸리지 않군요."

"그러면 그동안 있었던 이야기나 나눠봄세. 오래간만에 마을을 벗어나서 그런지 세상 돌아가는 일 듣는 게 낙이거든."

타닥타닥.

모닥불이 타들어가는 소리가 은은하게 퍼졌다.

카일과 세 노인은 만나지 못한 동안 각자 겪었던 일들을 담담하게 늘어놨다. 비록 술은 없었지만 그 이상으로 마음 편히 속을 터놓을 수 있는 분위기가 형성되었다.

이야기가 계속 이어지며 밤이 깊어지자 아스레인과 케이븐이 불침번을 서기 위해 자리를 떴고, 모닥불 주변엔 카일과 포르칸 두 명만이 남았다.

"그런 일이 있었구먼. 상대가 칼틴이니 어쩔 수 없었겠지만 나름 상심이 컸겠어."

이전 카르노사 왕국의 돌격부대장을 역임했던 포르칸은 구 5공작에 대해 익히 알고 있었다. 특히 그들 중 오우거 공작 칼틴의 공포는 직접 싸워본 적이 없음에도 카일의 말을 듣는 것만으로도 충분히 전달되었다.

"딱히 상심하거나 그런 건 아닙니다. 전쟁 통에 사람 죽어가는 거야 부지기수로 봐왔으니 새삼스러울 것도 없죠. 그렇지만 익숙하다고 해서 아무렇지 않게 넘어가긴 힘들더군요."

"생각해 보니 아직 자넨 20대였지. 종종 까먹는다니깐. 그래, 그 나이 때엔 그런 법이지."

자신과 별 관계없는 사람이라면 죽는다 해도 상관없지만 바로 눈앞에서 죽는 광경은 보고 싶지 않달까, 그런 심정이었다.

"그 정체불명의 마족 공작에 대해서 알아낸 건 별로 없고, 나름 성과가 있었지만 만족할 만한 수준은 아니었고… 지금 다시 돌이켜 보니 꽤 답답하군요."

"그 마족 공작에 대해서 여기 노인네들에게 들은 소문인데, 아무래도 그는 모르드 왕국과 깊은 관계가 있는 것 같더군. 이제까지 그 공작이 박살 낸 곳이 우연일 수도 있겠지만 죄다 모르드 왕국령이었다네. 덧붙여서 이전에 인간이었는지도 모른다는 썰까지 돌더군."

"그렇습니까? 흐음……."

카일은 턱을 매만지며 생각에 잠겼다.

데르콘 성을 단신으로 초토화시킬 정도의 능력이라면 인간이었을 때에도 상당한 실력을 지녔음이 분명하다. 덧붙여서 모르드 왕국만 골라 초토화시키면서 증오를 표출했다면, 인간이었을 땐 반대로 모르드 왕국에 그 누구보다 헌신적으로 나섰을 가능성도 있었다.

"짐작되는 부분이라도 있나?"

"아닙니다. 잘 모르겠군요."

순간 카일의 뇌리를 스치고 지나가는 이름이 있었지만 고개를 저으며 스스로 부정했다. 그 이름을 떠올리는 것만으로도 이미 이 세상에 없는 고인을 모독하는 기분이었기 때문이다.

"그래, 그 이야기는 이 정도로 끝내고… 앞으로 어떻게 할 작정인가?"

"네?"

"자네, 아까 개인 사정 때문에 홀로 떨어져 움직이는 중이라고 말하지 않았는가? 오래간만에 성녀님을 만났는데 설마 다시 휙 떠날 생각은 아니겠지?"

석화에서 풀려나자마자 만났던 당시의 카트리나는 모든 희망을 잃고 죽음만을 기다렸다. 그 뒤 다시 만났을 땐 삶의 의욕을 찾긴 했지만 카일과 함께 떠나길 거절하고 스스로의 길을 택했다. 그러니 데르콘 성에서의 극적인 만남을 운명 그 자체라고 여길 수밖에 없었다.

"딱히 스승님이 계신 곳을 아는 것도 아니고, 절 구해준 카트리나에게 고맙다는 말만 남기고 떠나는 건 경우가 아니죠. 당분간은 같이 다니면서 그녀를 도와줄 생각입니다."

"당분간은, 말인가."

카일과 카트리나가 각자에 대해 품고 있는 감정을 어렴풋이나마 알고 있는 포르칸은 다소 안타까워하는 표정을 지으며 자리에서 일어났다.

"그러면 난 먼저 가러 가겠네. 자네도 너무 늦게까지 깨어

있진 말고."

포르칸마저 막사 안으로 들어가자 모닥불 앞에 카일 혼자만 남게 되었다.

그는 고개를 들어 새까만 하늘을 바라보았다. 어둠이 깊어질수록 밝게 빛나는 별들이 하늘을 수놓듯 무수히 자리잡고 있었다. 하루하루가 변화의 연속인 지상과는 달리 하늘의 별들은 20여 년 전과 마찬가지로 하나도 달라지지 않았다.

4

엘레힘 신성력 1326년 12월 10일.

카일이 실버 윙즈에 합류한 이후 일주일이란 시간이 흘러갔다.

정해진 목적지 없이 무작정 스승의 발자취를 쫓던 카일과 달리, 실버 윙즈는 힘이 되어주겠다며 조력자를 자처한 인물과 만나기 위해 서남쪽으로 이동했다.

덜컹.

카일과 카트리나를 태운 대형 마차가 돌부리를 지나가며 흔들렸다. 살짝 잠이 들었던 카일은 눈을 뜨며 기지개를 폈다.

"하암… 아직 도착 안 했나?"

"이제 거의 다 왔답니다. 다행히 눈이 녹아서 시간에 딱 맞춰 도착할 것 같아요."

"어쨌든 간에 늦진 않았다는 거지? 포르칸 님의 걱정도 이걸로 한숨 덜겠어."

조력자와 만나기로 한 이야기 자체는 한 달 전에 주고받았지만, 여러 차례 그들의 발을 묶은 폭설 때문에 하마터면 약속에 늦을 뻔했다.

그 와중에 폭설을 피해 데르콘 성을 거쳐 가던 중 카일과 만난 것은 우연인 동시에 그녀나 그에게 모두 행운이었다.

"그 정체불명의 조력자는 어디서 기다린다고 했지?"

카일의 질문에 카트리나는 마차의 창문을 열더니 손짓으로 그를 불렀다.

"저 멀리 보이는 언덕에서 기다리고 있겠다고 연락받았답니다."

"단지 그것뿐이야? 별다른 이야기는 없었고?"

"네."

"요즘은 인간이든 마족이든 정체불명이 유행하나……."

카일은 창문을 닫고 도로 자리에 앉았다.

"그런데 이런 상황에서 선뜻 우리들을 도와주겠다고 나섰다는 거 자체가 매우 의심스러운걸."

"확실히 아르고스 님의 경우와는 다르겠죠."

"이미 예전에 만나본 적 있기도 하고, 최소한 자기 정체는 확실히 밝혔잖아? 뭐, 그 사람 나름대로 이익을 취하겠지만 그 정도야 당연히 감안해야지."

페이서 일행이 머물고 있는 보르니아 왕국에 대해서 특별한 소문은 들리지 않았다. 하지만 이런 전란 속에서 별다른 이야기가 없다는 사실에 큰 탈 없이 잘 지내고 있다고 나름 안심할 수 있었다.

"아무래도 코르테스 님의 재력만으로는 이 정도 되는 인원을 이끌기엔 슬슬 한계랍니다. 솔직히 지금까지 도와주신 것만으로도 감사한데 더 이상 일방적으로 신세만 지기도 그러해서……."

"그야 그렇겠지. 나중에 그 대머리 만나면 깽판 부린 거 사과 좀 해야겠어. 아, 물론 널 예전에 괴롭혔던 것은 빼고 말이야."

말을 마친 카일은 팔걸이에 팔꿈치를 대고 왼손으로 턱을 받쳤다. 살짝 자라난 턱수염을 손가락으로 매만지며 앞으로의 일이 어떻게 진행될지 대충 예측해 봤다.

그가 바라는 최선의 결과는 아르고스처럼 안면도 있는 상대를 만나 각자 이익이 맞아 들어가 손을 잡는 쪽으로의 진행이지만 마족 혹은 모르드 왕국의 함정일 가능성도 염두에 둬야 했다.

"카일, 걱정 말아요."

그의 마음을 읽었는지, 카트리나는 카일의 손을 부드럽게 잡아주었다.

"이전처럼 일방적으로 이용당하지는 않으려고요."

"그래, 그래야겠지."

돌이켜보면 카일이 석화에서 풀려난 이후, 다시 동료들과 손을 잡고 움직인 이후 만난 이들 대부분 신기하게도 크든 작든 간에 그의 힘이 되어주었다. 물론 모르드 왕국만을 제외하고는.

이번에도 그 '운'이 뒤따라 주기만을 카일은 마음속으로 빌었다.

"흐음?"

카일은 눈을 깜박거리는 순간, 시야 한구석에서 빛나는 무언가를 감지하곤 눈을 감았다.

다시 눈을 뜬 카일은 다급히 창문을 열고 고개를 내밀어 정면을 응시했다.

"무슨 일인가요?"

"잠시만. 뭔가 이상한데."

카일은 몇 번이나 눈을 감았다 떴다를 반복하며 주변을 둘러봤고, 나중에는 망원경을 꺼내 목적지인 언덕 주위를 유심히 살폈다.

"왜 하필 저기서 만나자고 한 거지?"

카일은 이해할 수 없다는 듯 고개를 갸웃거리며 창문을 닫왔다.

"무슨 문제라도 생겼나요?"

"저 언덕… 은 아닌데 그 아래 멀리서 몬스터들의 기운이 느껴졌어."

"네?"

*   *   *

약속 장소는 드넓은 평원이 내려다보이는 높은 언덕 끝, 그곳에 임시로 설치된 막사였다.

실버 윙즈의 병사들은 막사로부터 1km 앞 부근에 멈춰 섰고, 그들을 대표해 카트리나와 포르칸, 그리고 카일 이렇게 세 명이 언덕으로 이동했다. 얕게 쌓인 하얀 눈 위에 세 명의 발자국이 막사 바로 앞까지 길게 이어졌다.

―와아아아!

하지만 그들은 바로 막사 안으로 들어가지 않고 언덕 아래에서 들려온 정체불명의 함성 소리를 따라 막사 뒤편의 언덕 끄트머리에 서서 드넓은 평원을 내려다보았다.

"어디서 시끌벅적한 소리가 들리나 싶었더니 저기였군."

함성의 근원지는 높이 솟아오른 언덕 아래 펼쳐지고 있는 인간과 마족 간의 전투였다.

"양쪽 모두 병력 자체는 제법 많아 보이는구먼. 그런

데……."

한창 진행 중인 인간과 마족 간의 전투를 다 같이 지켜보던 포르칸의 눈매가 살짝 날카롭게 변했다.

"굳이 우리가 끼어들 필요는 없어 보이는군."

"포르칸 님도 그렇게 느끼셨습니까?"

"그러게 말일세. 이대로만 간다면 누가 이길지 뻔히 보여."

카일과 포르칸은 전황을 관찰하며 똑같은 의견을 냈다.

"흐음, 병력의 이동이 꽤 날렵하군. 체계적인 훈련 없이는 불가능한 움직임이야. 자네처럼 압도적으로 강한 인물이 보이진 않지만 지휘관을 비롯해 기사와 병사들 모두 전투가 뭔지 제대로 이해하고 있다는 느낌이 강하게 드는구먼. 게다가……."

그 뒤 전문적인 용어가 들어간 포르칸의 추가 설명이 이어졌지만, 누군가를 지휘하기보단 직접 최전선에 나서서 싸우는 걸 선호하는 카일의 입장에선 이해하기 힘든 단어의 연속일 뿐이었다.

'제럴드가 옆에 있었다면 영감님과 꽤 오랫동안 이야기를 주고받았겠지. 이럴 땐 무식한 게 참 답답해.'

카일은 뒤통수를 긁적이며 그저 미소만 지었다.

반면 둘의 대화를 옆에서 가만히 듣고 있던 카트리나의 표정은 그리 밝지 않았다.

"제 추측이긴 한데, 이 전투가 벌어질 때를 맞춰 저희들을 부른 게 아닐까요?"

카트리나는 막사와 언덕 아래 펼쳐지는 전장을 번갈아가며 쳐다보다가 조심스럽게 입을 열었다.

"왜 그렇게 생각해?"

"지금 저 평원과 이곳과 거리가 제법 멀긴 하지만, 한창 진행 중인 전투가 보이는 곳에서 서로 만나기엔 불안하지 않나요? 저라면 급하게 전령을 보내거나 하는 식으로 약속 장소를 변경했을 거예요."

"성녀님의 말씀을 듣고 보니 그런 느낌도 분명히 드는군요."

"그러게. 미처 생각 못 했어."

두 남자가 전투 그 자체에 신경이 쏠린 터라 짚지 못하고 넘어간 부분을 카트리나는 정확하게 잡아냈다.

콰르릉!

몬스터가 모여 있는 진영 한복판에 천둥소리와 함께 수십 여 갈래의 번개가 작렬했다. 밀리는 와중에도 힘겹게 유지되던 몬스터 군단의 진영이 일순간에 무너지면서 전세가 급격히 인간 측의 우세로 쏠렸다.

"끝났군."

카일은 승패가 명확해지자 더 이상 볼 가치가 없어진 전투 대신 막사 쪽으로 시선을 돌렸다.

약속한 날에 맞춰 전투를 벌이고, 보란 듯이 승리하는 장면을 연출한 정체불명의 조력자에 대해 여러 관점으로 흥미가 샘솟았다.

5

"성녀 카트리나 님, 그리고 비운의 검사 카일 님. 어서 오십시오."

막사 안으로 들어간 두 사람을 맞이한 정체불명의 조력자는 고개를 숙이며 정중히 인사했다.

'정체불명'이라는 단어가 딱 들어맞도록 가면으로 얼굴을 가리고 있었지만, 로브에 감싸인 몸매와 목소리만으로도 여성이라는 사실만큼은 숨기지 않고 드러냈다.

"20년 전의 영웅들을 뵙게 되어서 영광입니다. 참, 제가 준비한 여흥은 충분히 즐기셨나요?"

"역시 그랬던 겁니까?"

"눈치가 빠르시군요."

흥겨운 목소리로 대답한 그녀는 탁자 주변에 놓여 있는 빈 의자를 가리키며 두 사람에게 앉기를 권유했다. 탁자 위에는 막 우려낸, 김이 모락모락 피어오르는 차가 두 잔 놓여 있었다.

"바깥은 제법 추우니 이걸로 몸을 녹이시길 바랍니다."

카일은 그녀의 목소리를 듣는 것만으로도 가면 너머의 표정이 절로 연상되었다. 그리고 표정에만 그치지 않고 어렴풋이 얼굴 자체까지 뇌리에 떠올랐다.

"혹시 저와 만난 적이 있습니까?"

"그렇게 생각하시는 이유는?"

질문에 질문으로 나오는 그녀의 대응에 카일은 방금 전 떠올렸던 얼굴을 다시 기억해 내려고 생각에 잠겼지만, 윤곽이 선명해질 즈음 '그럴 리가 없다'고 스스로 부정하며 머릿속에서 날려 버렸다.

"뭔가 모르겠지만 익숙한 느낌이 들어서 말입니다. 뭐, 지금 중요한 건 그런 문제가 아니겠죠."

"예를 들면 저 아래에서 펼쳐진 전투 같은 것 말인가요?"

그녀는 마치 남의 일인 마냥 태연하게 언덕 아래를 가리켰다.

"여흥이라고 나름 준비하긴 했지만, 카일 님에겐 부족했을지도 모르겠군요. 제 부하들의 실력은 어떤가요? 냉정하게 평가받고 싶네요."

그녀는 오른손으로 턱을 괴더니 카일을 정면으로 응시했다.

딱히 대답을 기대하는 태도는 아니었다. 단지 자신이 거느리는 수하들이 어느 정도의 실력자인지 카일의 입을 통해 입증받고 싶을 뿐이었다.

"확실히 훈련도 잘되어 있고 병력 자체도 꽤 되더군요. 하지만 혹시라도 패했다면 영 모양새가 좋지 않았을 텐데요. 특히나 오늘같이 서로 손을 잡을지 아닐지 결정하는 날에는 더욱더 말입니다. 반드시 이길 거라는 보장이 있었습니까?"

"전투에 '반드시'라는 단어는 있을 수 없죠. 하지만 모든 건 결과가 말해주는 법이랍니다."

가면으로 표정만 가렸을 뿐 그녀의 말투 곳곳에서 자신감이 넘쳐흘렀다.

"만약 졌다면?"

"그렇게 되면 여러분들의 도움을 받아 승리하게 되겠죠. 먼저 제가 빚을 지고 들어가게 되겠지만, 그런 입장도 썩 나쁘진 않다고 생각합니다."

카일은 상황이 어떻게 변하든 간에 '승리'를 얻어낼 수 있는 구도를 짜놓은 그녀를 유심히 바라보았다.

하지만 여전히 가면 너머 떠오르는 얼굴의 윤곽은 아직도 희미했다.

"그래도 제가 소유한 병력이 어느 정도의 실력과 규모를 지녔는지 말로 구구절절하게 설명하는 것보단 이렇게 전투 한 번으로 보여 드리는 편이 낫지 않나요?"

그녀는 두 사람 모두 입도 대지 않은 찻잔에서 더 이상 김이 피어오르지 않는 걸 확인하고선 턱을 받치고 있던 손을 거두고 자세를 바로잡았다.

"너무 이야기가 옆으로 샜군요. 밖에서 기다리고 계신 분도 있으니 지금이라도 본론으로 들어가도록 할까요?"

카일과 카트리나 두 명과 이야기를 나누고 싶다는 그녀의 요청 때문에 포르칸은 막사 입구에서 홀로 기다리는 중이었다.

"본론 이전에 먼저 해결해야 할 문제가 있지 않습니까?"

카일은 의자 등받이에 몸을 붙이더니 팔짱을 꼈다.

"우선 가면부터 벗으시지요. 상대는 나를 알고 난 상대를 모른다, 이것만으로도 공평한 거래 자체가 힘들다고 생각되는데… 제 말이 틀립니까?"

"……"

카일의 지적에 그녀는 가면을 만지작거리며 입을 다물었다.

둘의 대화에 카트리나는 단 한 번도 개입하지 않았지만 그녀와 다른 의미로 침묵을 지키며 카일의 의견에 동조했다.

고요해진 천막 안으로 차가운 바람 소리만이 들어왔고, 마치 시간이 정지된 듯 세 명 모두 움직이지 않았다. 결국 침묵을 먼저 깬 쪽은 가면을 쓴 그녀였다.

"제 정체는 중요한 카드입니다. 함부로 꺼낼 수 없는 점, 양해 부탁드립니다."

"중요한 카드도 적절할 때 내지 않으면 죽은 패가 된다는 사실을 모르시나 보군요."

카일은 팔짱을 낀 팔을 풀더니 탁자를 오른손 검지로 툭툭 두들기기 시작했다.

"목소리만 들어서는 아가씨인지 아줌마인지 할머니인지 알 순 없잖습니까? 가면을 벗지 않는다면 저희들이 더 이상 여기 있을 이유는 없습니다."

말을 마친 카일은 탁자를 계속 두들기며 마음속으로 숫자를 헤아렸다. 100 정도 셀 즈음까지 버티다가 대답이 없으면 그대로 자리에서 일어날 심산이었다.

'…48, 49, 50.'

50까지 센 카일은 동작을 멈추고 그녀가 쓴 가면을 응시했다.

별다른 반응을 보이지 않았기에 아까처럼 가면 너머 표정을 추측하긴 무리였다.

'제럴드라면 굳이 이런 식으로 몰아붙이지 않아도 어떻든 저 여자의 정체를 알아낼 텐데 말이야. 그 녀석의 부재가 이럴 땐 참 아쉬워.'

그렇다고 카트리나에게 맡겨놓을 수만도 없는 노릇이었다. 카일 자신은 밀어붙이기라도 가능하지만 카트리나는 그러지도 못하기에.

카일이 다시 손가락으로 탁자를 툭툭 두들기며 숫자를 이어서 섰다. 70을 넘어 80에 금세 도달했고 어느덧 90을 넘어가는 동안에도 침묵은 계속 이어졌다.

대신 미세하게나마 가면을 쓴 그녀의 몸이 살짝 떨리고 있음을 카일은 알아챘다.

"…알겠습니다. 당신이 원하는 대로 숨겨놓은 패를 보여 드리도록 하죠. 그전에 잠시만요."

그녀는 탁자 위에 오른손을 올려놓더니 눈을 감고 무언가를 중얼거렸다. 그러자 미리 그려져 있던 마법진이 빛을 발하며 탁자 위로 떠오르면서 마나가 주변으로 확 퍼져 나갔다.

"마법사였습니까?"

"프로스트 엣지로 잘 알려진 제럴드 님에 비하면야 마법사라 칭하기도 부끄러울 수준이죠."

빛이 사라지는 순간 그녀는 팔을 도로 거두어들였고, 천막 전체를 투명한 막이 감쌌다.

"이제 밖에선 그 누구도 안을 들여다 볼 수 없고 하는 이야기도 들을 수 없답니다."

그녀는 의자에서 일어서더니 얼굴을 가리고 있던 가면의 아래를 한 손으로 붙들고 천천히 떼어냈다.

"……!"

이전까지 희미한 윤곽만으로 떠오르던 그녀의 얼굴이 보다 선명하게 변하더니 20여 년 전에 봤던 얼굴과 거의 정확히

맞아떨어졌다.

"크레아 공주? 아, 아니야… 뭔가 달라."

이전 크로이저 요새에서, 그리고 타일론드 성에서 본 빛의 용사 크레아와 똑같은 얼굴이었지만 지금 그의 앞에서 미소 짓고 있는 이쪽이 더 날카로운 인상을 지니고 있었다.

"역시 여러분들은 제가 누구인지 알아보시는군요. 큰 맘 먹고 카드를 뒤집은 보람이 있군요."

카일과 카트리나는 오래전 빛의 용사로 활약하던 페이서를 만나기 위해 몇 번이나 방문했던, 크레아의 어머니 엘리 제 3세의 젊었을 모습을 떠올리며 할 말을 잊었다.

"그쪽의 크레아가 아닌 진짜 크레아는 처음 보셨겠죠?"

6

엘레힘 신성력 1326년 12월 8일.

모르드 왕국의 수도 케이브란스 성은 각 나라에서 파견된 사절단을 맞이해 분주한 분위기에 휩싸였다.

모르드 왕국을 대표해 사절단을 일일이 방문한 엘리제 3세 는 집무실로 돌아와 와인을 즐기며 창문 쪽을 응시했다.

"폐하, 역시 그의 딸이 확실합니까?"

똑같이 창문 너머를 바라보고 있는 트레스발드 재상의 말에 엘리제 3세는 가볍게 웃으며 와인잔을 탁자 위에 내려놓았다.

"그 따분했던 다과회에서 질리도록 봤던 케트란의 부인을 쏙 빼닮았더군. 굳이 다른 방법으로 확인할 필요도 없었다."

"역시 보고와 일치하는군요. 다행입니다, 폐하."

그들이 바라보고 있는 방향에는 테르디어스 왕국에서 파견한 사신 일행이 머무르고 있는 저택이 자리 잡고 있었다.

"이름이 레오나라고 했지?"

"네, 이전 모르드 왕국에 몸을 담고 있었던 텔릭 로디안의 딸이라고 합니다."

"시체가 하나 모자라다 싶었더니 그놈이 일치감치 빼돌렸군. 하지만 지금은 고마워해야겠어."

과거 마족 간의 전쟁에서 모르드 왕국을 승리로 이끌었던 케트란 장군은 그 뒤 이어진 권력분쟁에 휘말려 형장의 이슬로 사라졌다.

있지도 않은 죄를 인정하는 대신 가족만은 살려달라는 케트란의 마지막 부탁에 당시 공주였던 엘리제 3세는 그의 부인과 두 명의 자식만큼은 사형장으로 보내지 않았다.

하지만 살아남은 그들을 기다리고 있는 건 현실 속의 지옥이나 다름없었다. 결국 몸을 팔아가며 살아가던 케트란의 부인은 아들과 함께 누군가에 의해 살해되어 집창촌 구석에 묻혔다.

"그년을 확실하게 인질로 써먹을 수 있을 때 까진 케트란과 '크레아' 가 맞서는 일이 없도록 일정을 조정해라. 이제까지 보고받은 내용을 고려한다면 현재 그 애의 실력으로 케트란을 이기기엔 절대 무리다."

"그렇다고 케트란이 이대로 영토를 유린하는 걸 놔두기엔 위험하지 않습니까?"

"전쟁에 변수란 언제 어디서 튀어나올지 모르는 법이지. 이전 전쟁에서도 인간이 마족을 이겼듯이 말이지. 아무튼 그 레오나란 년을 받았으니 테르디어스 왕국에도 그에 합당한 보상을 해줘야겠군."

엘리제 3세는 와인잔 옆에 놓여 있는 문서에 깃털 펜으로 사인을 했고, 트레스발드는 문서를 돌돌 말아 인장으로 봉한 뒤 문 밖의 경비병에게 건네주었다.

"먹힐지 안 먹힐지 모르겠지만, 최소한 그의 발을 묶어둘 수는 있겠지. 안 그런가?"

"자식 이기는 부모란 없는 법이지요."

"후······."

막상 그 말을 듣고 있는 엘리제 3세는 정작 본인이 진짜 '딸' 을 버렸음에 조소를 머금었다.

똑똑.

"흐음? 무슨 일이지? 봉인이라도 풀렸나?"

노크 소리에 자리에서 일어난 트레스발드는 문을 열었다.

그러자 그의 심복 중 한 명이 숨을 헐떡이며 다급한 표정으로 서 있었다.

심복과 귓속말을 주고받은 트레스발드의 눈이 크게 떠지더니 황급히 문을 닫았다.

"무슨 일인가?"

엘리제 3세는 반쯤 마신 와인병을 들어 올리더니 빈 와인잔에 기울였다.

그러나 트레스발드의 보고를 듣는 순간 몸이 굳은 듯 멈춰버렸다.

"진짜 크레아가… 자살을?"

"네. 오늘 점심식사를 주러 갔던 간수가 두 눈으로 똑똑히 봤다고 말했습니다."

와인병 아래로 계속 흘러내리던 와인은 어느새 와인잔이 아닌 탁자를 붉게 물들였다.

"사인(死因)은?"

"좀 더 알아봐야 되겠지만, 음독으로 추정됩니다."

"흐음, 자살이라. 그 애 답지 않은데?"

그녀가 알고 있는 딸 '크레아'는 탈출을 시도하다가 죽을지언정 자살 따윈 절대 택할 인간이 아니었다.

"내가 직접 확인해 보겠다."

＊　　＊　　＊

　어두컴컴한 지하 감옥 안으로 들어온 엘리제 3세는 '진짜' 크레아를 가둬놓았던 감방 안으로 들어가 시체를 유심히 살폈다.

　차가운 눈빛으로 시체를 살피는 그녀의 얼굴엔 딸이 죽었다고 슬퍼하는 기색 따윈 눈곱만큼도 없었다.

　같이 따라온 트레스발드는 시야를 밝히기 위해 오른손으로 횃불을 들고서 왼손으론 코를 틀어막았다. 사방에서 오물 냄새가 퍼져 나온 탓에 당장에라도 토할 기세였지만, 간수는 물론 경비병까지 모두 물렸기 때문에 억지로 참으며 횃불을 들어야만 했다.

　"하아, 딸이 나에게 한 방 먹였군."

　30분 넘게 크레아의 시체를 관찰한 엘리제 3세는 허탈한 미소를 지으며 몸을 일으켰다.

　"예상은 했지만 역시야. 진짜 크레아가 아냐."

　"네?"

　"어릴 적 등에 생긴 흉터가 없어. 그것 말고도 여러 곳이 틀리더군. 가두기 전 아예 벗겨놓고 두 눈으로 직접 확인했어야 하는데, 내 실수야."

　이전부터 엘리제 3세와 크레아와의 사이는 결코 좋다고 볼 수 없었다.

특히 어머니를 능가하는 크레아의 권력욕은 전쟁이 일어나기 전부터 모르드 왕궁을 반으로 갈라놓았다.

결국 엘리제 3세는 진짜 딸을 몰래 지하 감옥 깊숙한 곳에 가두고 가짜 딸을 내세우는 방법을 택했다.

"이런 일이 있을 줄 알고 미리 대역을 준비했단 이야기겠지. 싫은 부분까지 날 빼닮다니, 역시 내 딸다워."

후한을 미연에 방지하기 위해 아예 죽여 버리는 선택도 고려했지만, 만약 밖에서 활동하고 있는 '크레아' 에 심각한 문제가 생기는 등의 경우를 대비해 목숨을 살려둔 결정이 결국 화근으로 변해 버렸다.

'나답지 않은 판단이었어. 뭣보다 같은 실수를 반복하다니, 그 남자에 대한 일도 그렇고.'

그녀는 비록 자신의 손으로 직접 몰락시켰지만 마음속 깊은 곳에 자리 잡고 있던 정 때문에 페이서를 죽이지 않고 10년 가까이 감옥에 가두어놨고, 모두의 관심이 사라진 틈을 타 출소시켰다.

그리고 현재 페이서는 자신이 원하는 세계에 가장 큰 방해요소 중 하나가 되어버렸다.

"폐하, 어떻게 하시겠습니까? 지금 시점에선 굳이 공론화시킬 필요는……."

"없겠지. 우선 '이것' 의 시체를 발견한 간수와 경비병부터 처리해라."

엘리제 3세는 쓴웃음을 지으며 손에 묻었던 와인을 혓바닥으로 핥았다.

　평소 달달하게만 느껴졌던 와인이 오늘만큼은 그 어느 때보다 쓰게만 느껴졌다.

Chapter 27
뭉치지 못하고 분열되는 인간들

1

그녀가 말을 마친 이후 막사 안에는 침묵만이 감돌았다.

카일과 카트리나 입장에선 전혀 예상 못한 인물이 나타났기에 앞서 떠올렸던 추측을 모조리 취소하고 생각을 정리할 시간이 필요했다.

정작 진짜인지 가짜인지 모를 '크레아'는 어떤 질문이 쏟아질지 기대하는 표정으로 싱글싱글 웃고 있었다.

"…그렇다면 지금 빛의 용사로 활동 중인 크레아는 가짜란 이야기입니까?"

카일은 가면을 벗고 모습을 드러낸 '자칭' 진짜 크레아를 정면으로 바라보며 입을 열었다.

"솔직히 쌍둥이라고 주장했다면 쉽게 납득했을 겁니다. 그쪽의 크레아나 지금 제 눈앞에 있는 당신은 놀랄 정도로 꼭 닮았으니까요."

"한때는 그런 식으로 주장할까 고려해 본 적도 있었죠. 하지만 진짜인 제가 굳이 가짜에게 동등한 입장을 줄 필요가 있을까요?"

그녀는 가면을 썼을 때와 똑같이 한 손으로 턱을 받히고 넘치는 자신감을 고스란히 드러냈다.

카일은 그녀의 얼굴을 뚫어져라 쳐다봤다. 아무리 다시 봐도 빛의 용사 크레아와 똑같은 얼굴이었다. 이전과 달리 그녀의 자신만만해하는 표정이 왠지 모르게 거슬려 인상까지 찌푸려질 정도였다.

"미리 말해두겠지만 그 빛의 용사가 가짜 크레아라는 증거는 제 쪽에서도 수집 중입니다만, 아직 남들 앞에서 공표할 정도도 아니고 시기도 적절하지 않아 참고 있는 중이지요."

"교단과 관련 있습니까?"

"카일 님도 역시 그렇게 생각하시고 있군요. 하지만 진짜 교단과 관계가 있다면 더더욱 신중하게 대처해야겠죠. 어설프게 대응했다간 엘레힘 교단과 모르드 왕국이라는 두 세력의 추적에 시달려야 하니까요. 안 그런가요?"

그녀는 카일의 의견에 동조하면서 동시에 자신이 알고 있는 가짜 크레아에 대한 정보를 쉽게 내놓을 수 없다는 의지를 돌려서 표현했다.

"그리고 굳이 상대가 가짜라는 증거에만 매달리지 않고 제가 진짜 크레아라는 증거를 내세우는 쪽이 수월하다고 판단했습니다. 실제로 모르드 왕국 내의 적지 않은 귀족이 저에게 지원을 약속했고, 그 결과물이 바로 두 분이 보신 언덕 아래의 전투랍니다."

그녀는 왕족 특유의 거만함을 조금도 감추지 않았고, 카일은 그런 그녀를 보며 더욱더 이쪽이 진짜 크레아일 가능성이 높다고 판단했다.

하지만 이대로 순순히 받아들이기보다 한 번 더 짚고 넘어가기로 결정했다.

"그래도 단지 외모와 분위기만으로 자신이 진짜 크레아 공주라 주장하시는 건 너무 배짱 넘치는 거 아닙니까?"

"페이서 님과 함께하셨던 두 분이라면 추가적인 설명 없이도 절 알아볼 거라 예상했습니다. 특히 카일 님께선 빛의 용사 '크레아'를 직접, 그것도 2번이나 본 적이 있으시죠? 그렇다면 누가 진짜 모르드 왕국의 공주인지 아실 거라고 확신했죠."

확실히 지금 카일 앞에 있는 '크레아'는 엘리제 3세의 딸이라는 점을 놓고 본다면 새로운 빛의 용사 '크레아'보다 훨씬 더 잘 어울렸다.

"여전히 제가 진짜 크레아라는 사실을 받아들이기 힘드신 모양인데, 사람의 눈을 속이는 방법은 무궁무진하답니다. 저도 그게 궁금해서 알아보고 있는 중이고요."

'하긴, 그땐 제럴드도 같이 있었으니. 어설픈 마법으로 모습을 바꾼 거라면 그 녀석이 눈치 못 챌 리가 없어.'

그리고 빛의 용사 크레아를 처음 봤을 때 페이서가 했던 말이 이제야 이해되었다.

'아니, 예전 감정 때문이 아니야. 그 크레아라는 공주는 그녀와 같으면서도 달랐거든. 그런데 그걸 말로 표현하기 힘들어.'

만약 이 자리에 페이서도 함께했다면, 가능성 높은 추측을 확신으로 결정지을 수 있었을 것이다. 여러 부분에서 페이서의 부재가 아쉽게만 느껴졌다.

"여전히 의심을 품고 계신 것 같은데, 이번엔 제 쪽에서 물어보도록 하죠. 제가 진짜 크레아가 아니었다면 어떻게 저 많은 병력을 손에 넣을 수 있었을까요?"

"알았습니다. 진짜 크레아 공주가 맞다고 치죠."

"그렇다면 앞으로 크레아라 불러주시길 바랍니다."

"정 원하신다면야, 크레아 공주님."

결국 카일은 그녀가 크레아 공주라는 사실을 받아들이며 살짝 인상을 찌푸렸다.

"그렇다면 진짜 본론으로 들어가도록 하죠. 앞서 말한 대로 모르드 왕국 전체가 제 어머니를 따르는 건 아니랍니다."

크레아 공주는 자리에서 일어나더니 전투가 거의 끝나가는 언덕 너머를 향해 몸을 돌렸다.

"이는 겉보기엔 멀쩡하지만 이전 마족과의 전쟁 이후 곪아들어간 모르드 왕국의 현황 때문입니다. 어머니는 권력을 한 손에 움켜쥐기 위해 너무나 많은 이를 희생시켰고 안정이라는 이름 아래 곪은 상처를 덮어두기만 했습니다. 곪은 부위를 치료하기 위해선 칼로 째고 고름을 짜내야 한다는 진실을 거부한 채 말이죠."

"……."

카일은 묵묵히 그녀의 말을 듣기만 했다.

"하지만 다행인지 불행인지 마족과의 전쟁이 다시 시작되었습니다. 덕분에 저는 곪은 부위에 과감히 칼질을 할 기회를 얻었습니다."

엘리제 3세의 불타는 권력욕은 자신의 딸마저 몰래 가두고 가짜 공주를 내세울 정도로 폭주하기 시작했다. 그러나 진짜 크레아 공주는 그 누구보다도 어머니를 잘 알고 있던 사람이기에 대역을 내세워 비밀리에 왕궁을 탈출했고, 이전부터 엘리제 3세에게 불만을 지니고 있던 귀족들을 몰래 포섭해 대규모 병력을 형성하기에 이르렀다.

"때가 된다면 전 모르드 왕국을 새롭게 태어나게 만들겠습니다. 그리고 과거 묻어두었던 진실을 파헤쳐 억울하게 희생된 이들의 무고함을 증명할 생각입니다. 물론 여기엔 페이서 님에게 그림자처럼 따라다니는 반역 음모도 포함됩니다."

2

그 뒤 크레아 공주는 현 전쟁 상황에서 자신과 실버 윙즈가 손을 잡아야 하는 이유에 대해 거침없이 역설했다. 이야기하는 내내 카일과 카트리나는 침묵만 지켰지만 그녀는 상관하지 않고 이야기를 이어나갔다.

"자, 이제 두 분께서 대답해 주실 차례입니다. 저와 손을 잡지 않겠습니까?"

할 말을 모두 마친 크레아 공주는 홀가분한 표정으로 카일과 카트리나를 번갈아가며 쳐다봤다.

"카트리나, 내가 대신 대답해도 되겠어?"

"네."

"내 의견이 어떤지는 알고 있고?"

카일의 물음에 카트리나는 가볍게 미소를 지으며 고개를 끄덕거렸다.

"크레아 공주님의 이야기는 잘 들었습니다. 확실히 공주님이 거느린 병력과 합세한다면 실버 윙즈는 더 큰 무대에서 수월하게 활약할 수 있겠죠."

"그렇다면?"

"하지만 현 시점에선 쉽사리 결정을 내릴 수 없군요. 확답은 당분만 보류하겠습니다."

"어머, 전 크게 마음먹고 중요한 패를 보여줬는데 그쪽에선 고려해 보겠다는 대답뿐인가요?"

실망의 뉘앙스를 팍팍 풍기는 말과 달리 그녀의 얼굴엔 그리 실망한 기색이 엿보이지 않았다.

"여러 가지 이유가 있지만, 단도직입적으로 말하도록 하죠. 크레아 공주님, 당신이 진짜 엘리제 3세의 딸이기 때문입니다."

"진짜라서 곤란하다는 이야기인가요?"

"당신은 엘리제 3세의 젊었을 적 외양만 닮은 게 아니라 엘리제 3세 그 자체라고 여겨질 정도로 많은 부분을 이어받았기 때문입니다. 무슨 의미인지는 공주님 스스로가 잘 아실 거라 믿습니다."

"……."

젊었을 시절 페이서와 약혼했던 엘리제 공주는 전쟁이 끝나기 전까지만 하더라도 순수하게 사랑에 빠져 있던 한 명의 소녀였다. 그러나 평화와 함께 온 권력투쟁의 소용돌이 속에서 차갑게 변해갔다.

카일은 여왕이 된 이후의 공주, 즉 엘리제 3세를 본 적은 없었다. 하지만 석화에서 풀려난 이후 페이서와의 대화를 통해 연상된 그녀의 이미지가 지금 눈앞에 있는 크레아 공주와 정확하게 들어맞았다.

크레아 공주와 손을 잡는다면 실버 윙즈를 이끌면서 카트리나가 짊어졌던 고민의 상당수가 해결될 것은 분명했다. 하지만 과거를 반복하고 싶은 마음은 조금도 없었다.

"그리고 그쪽과 손을 잡을지 아닐지의 결정은 저나 카트리나 단둘이서 판단하긴 힘들죠. 양해바랍니다."

이성보다 감정에 치우친 행동을 한다고 평가받는 그였지만 그런 자기 자신을 잘 알고 있기에 중요한 순간에는 남들에게(주로 제럴드에게) 결정권을 양도하곤 했다.

"소문과 달리 의외로 신중하시군요."

"그 소문, 뭔지 대충 알 것 같습니다. 소문이 틀린 건 아닐 겁니다. 단지 전 제 자신이 어떤 성격인지 제법 알고 있기에……."

카일은 자신의 능력 밖의 일을 억지로 해봤자 좋은 꼴 본 적 없었다는 걸 이전에 겪은 여러 번의 실패로 뼈저리게 알고 있었다. 제럴드는 물론이거나, 하다못해 페이서를 대동한 상태에서 결정해야 한다고 판단했다.

'제럴드였다면 줄 건 최소한으로 주면서 얻을 건 최대한 얻어냈겠지. 하지만 난 그럴 능력이 없어. 조력자를 얻을 기

대를 품고 여기까지 온 카트리나에겐 미안하겠지만⋯⋯.'

"그렇다면 현 상황에서 더 이상의 대화는 무의미하겠군요."

"그렇죠, 크레아 공주님."

공주 입장에선 진짜 중요한 카드인 자신의 정체를 드러냈음에도 이렇다 할 성과를 내지 못했기에 아쉬움이 큰 입장이었다.

그러나 실버 윙즈 쪽에서도 아쉽기는 마찬가지였다.

손을 잡자는 제안을 먼저 받았을 뿐, 약속 날짜나 장소, 그리고 제안의 세세한 내용 모두 그녀가 의도한 대로 결정되고 끌려갔음에도 결국 얻은 건 하나도 없었으니.

아니, 냉정히 따지면 얻긴 얻었다. 모르드 왕국 말고 경계해야 할 인간을 어둠 속에서 한 명 더 발견했다는 정도랄까?

"다음에 만날 때는 좀 더 심도 깊게, 그리고 양쪽 모두 웃을 수 있는 결과가 나왔으면 좋겠습니다."

"다음을 기약하시는 겁니까?"

"카일 님께서 직접 보류라고 하셨지 거절이라고 하시진 않았으니까요. 아, 그런 의미에서 부탁 한 가지만 해도 될까요?"

자리에서 일어나려던 카일은 부탁이라는 말에 살짝 표정이 일그러졌지만 크레아는 여전히 미소를 잃지 않았다.

"말 그대로 부탁입니다. 그리 어려운 것도 아니죠. 가능하다면 다시 뵐 땐 페이서 님과 함께 오시길 바랍니다."

"그 녀석과 함께 말입니까?"

"네. 젊었을 적 그 분의 얼굴은 질리게 봤지만 실제 모습은 한 번도 뵌 적이 없어서 개인적인 호기심이랄까? 그런 거랍니다."

'젊었을 때라고?'

페이서가 반역의 누명을 뒤집어쓰고 갇히기 전이라면 애초에 크레아는 태어나지도 않았을 때다.

'초상화라도 봤나?'라고 카일은 추측했지만 이내 부정했다. 빛의 용사로 명성을 떨쳤던 페이서의 초상화는 전쟁이 끝난 이후 많은 이의 방 한구석을 차지했지만, 반역죄로 투옥된 이후 전량 수거되어 광장 한가운데에서 불타 버린 전적이 있다. 이런 상황에서 모르드 왕국의 왕궁에서 자랐을 크레아가 페이서의 얼굴을 알 리 만무했다.

"반드시, 꼭 부탁드립니다."

앞서 말했던 '가능하다면'이란 수식어가 무색하게끔 그녀는 부탁을 어느새 재회의 필수 조건으로 확정지었다.

3

막사에 홀로 남게 된 크레아는 의자가 아닌 탁자 위에 걸터

앉더니 다리를 꼬았다. 그리고 꼰 다리 위에 팔꿈치를 대고서 턱을 손바닥으로 받쳤다.

대외적인 미소가 아닌 내면에서 우러나오는 진정한 웃음이 자연스레 얼굴에 자리 잡았다.

"드디어 만나게 되겠구나."

마지막에 살짝 방심해 속내를 드러내긴 했지만, 어찌 되었든 다음에 만날 땐 페이서 없이는 불가능하다는 의도를 확실히 표현한 것만으로도 그녀는 만족했다.

어차피 크레아의 입장에서 실버 윙즈와 손을 잡냐 아니냐는 그렇게 시급한 일은 아니었다. 당장 필요한 일이었다면 며칠이 걸리더라도 이 자리에서 받아들일지 아닐지를 결정했을 것이다.

엘리제 3세에 불만을 지니고 있는 귀족들을 포섭해 '적당히' 모은 병력만으로도 실버 윙즈의 몇 배에 달했고, 예정된 추가 병력을 감안한다면 천천히 시간을 둬도 될 문제였다.

'이왕 하는 김에 교섭도 오늘 해결했으면 좋겠지만, 저주받을 어머니 때문에 실패했어.'

엘리제 3세의 얼굴을 떠올리자 미소는 온데간데없고 짜증 섞인 표정으로 검지의 손톱을 마구 물어뜯기 시작했다. 그러나 다시 원래 표정으로 돌아가 뇌리에 각인되어 버린 초상화의 페이서를 떠올렸다.

지금으로부터 10년 전, 어머니의 집무실에 몰래 들어갔던 크레아는 천에 가려져 있는 초상화를 발견하고 천을 잡아당겼다.

순간 어린 소녀였던 그녀는 초상화의 주인공으로부터 눈을 뗄 수 없었다. 멍하니 초상화만 바라보고 있던 크레아는 뒤늦게 어머니가 등 뒤에 서 있는 걸 깨닫고 두려움에 휩싸였다. 그러나 항상 딸을 엄하게 대했던 엘리제 3세는 그때만큼은 꾸지람 없이 조용히 문을 가리키며 나가라고 지시만 했다.

그 뒤 엘리제 3세가 그 초상화를 바라보는 일은 다시는 없었다. 하지만 크레아는 남들의 눈을 피해 어머니가 버린 초상화를 몰래 가져왔고, 틈이 날 때마다 초상화의 주인공을 바라보며 마음의 위안을 얻었다.

훗날 그 초상화의 주인공이 과거 모르드 왕국은 물론 인간 모두를 구했던 빛의 용사 페이서였다는 사실을 알게 되자 꾹꾹 가슴 한구석에 감춰뒀던 호기심은 더욱 커져만 갔다.

"과연 어떤 남자일까? 정말 기대돼."

어머니가 사랑했고, 동시에 파멸시켰던 남자 페이서.

공주에서 한 나라의 국왕으로 권력의 정점에 올랐으면서, 그 권력을 위해 엘리제 3세가 버려야 했던 빛의 용사 페이서.

차갑기만 했던 어머니의 얼굴에 순간이나마 미소를 짓게 만들었던, 페이서에 대한 호기심은 시간이 흐르면서 뭐라 표현하기 힘든 감정으로 바뀌었다.

*　　　*　　　*

카일은 걸음을 멈추고 막사 쪽으로 몸을 돌렸다.

크레아 공주와 손을 잡기를 보류했지만, 아쉬움을 떨쳐내긴 힘들었다. 그런 그를 카트리나는 조용히 옆에 서서 기다렸다. 포르칸 역시 같이 기다리려고 했지만 실버 윙즈의 부대원들을 미리 집결시키기 위해 앞서 가버렸다.

포르칸이 멀리 가버리자 카일의 입술 왼쪽 끝이 살짝 아래로 내려갔다.

"아무리 봐도 저건 독이 든 성배인데……."

독을 억지로 삼키면서 얻게 될 성배의 가치를 카일로선 판단하기 힘들었다.

"카일, 너무 자책하지 말아요."

"이걸 쓰는 거라면 모를까 말로 사람 상대하는 일은 정말 힘들어. 그런데 정말 내가 결정해도 괜찮았어? 막상 넌 거의 말 안 했잖아."

카일은 등에 걸쳐 멘 대검을 어루만지며 아쉬운 표정을 지었다. 반면 카트리나는 평소 보여주던 인자한 미소가 아닌, 그녀답지 않게 눈썹 사이를 살짝 찡그린 표정을 보여주었다.

"전 상대가 엘리제 3세의 딸이라는 사실을 확신한 순간부터 보류가 아닌 거절부터 생각하고 있었답니다. 아무리 실버윙즈의 상황이 평탄치 않다 해도 페이서 님을 몰락시킨 핏줄과 손을 잡고 싶진 않았습니다."

20년이라는 기나긴 시간 동안 몰락을 경험한 그녀로선 크레아를 대하는 태도가 카일과 다를 수밖에 없었다.

"그래서 입을 다물고 있었던 거야?"

"아무래도 감정적으로 나설 게 당연해서 어쩔 수 없는 선택이었습니다. 제 개인 감정으로 모든 걸 처리할 순 없으니까요."

"확실히 그 여왕의 딸이 진짜 맞긴 하나 봐. 크로이저 요새에서 봤던 또 다른 크레아와는 사뭇 다른 느낌이었거든."

"그러고 보니 당신은 두 명의 '크레아'를 모두 봤겠군요."

"응, 둘 중 누가 진짜라고 물어본다면 저 막사 안에 있을 크레아를 택하겠어. 그런데 말이야, 아까 그 공주… 희한하게도 마지막에 이야기를 나눌 때 눈빛이 뭔가 색달랐어. 뭐였더라? 아, 이제 생각났다. 엘리제 3세가 여왕이 되기 전 공주였을 때 페이서를 보던 눈빛과 똑같았어."

페이서만을 바라보며 순수하게 사랑에 빠졌던 소녀의 모

습은 아직도 카일의 뇌리에 생생하게 남아 있었다.

연인을 보기 위해 거친 전장을 두려워하지 않고 방문했던 그녀라면 페이서에게 딱 어울리는 상대라고 모두 입을 모아 이야기했고 '당시'의 카일 역시 마찬가지였다.

그러나 두 남녀는 이어지지 못하고 한쪽의 일방적인 비극으로 끝나 버렸다.

"그렇게 보였나요? 전 좀 다르게 느껴졌는데……."

카트리나는 고개를 가로저으며 카일의 말을 반박했다.

"그러면 카트리나 눈에는 어떻게 보였는데?"

"말로 설명하기 애매해요."

"예전처럼 여자의 감이라는 대답으로 얼버무리려고?"

"네, 같은 여자라서 알 수 있답니다."

예전 같으면 가볍게 웃으면서 했을 대답이 도리어 분위기를 무겁게 만들었다.

"뭐, 그 아가씨가 진짜 크레아라는 사실에 만족해야겠지. 최소한 모르드 왕국에 협력할 입장도 아니니 우리와 당분간은 적대하지 않겠고. 문제는 가짜 쪽의 움직임이지."

단순히 진짜와 꼭 닮은 인간을 내세우는 경우야 역사를 훑어보면 의외로 흔했다.

하지만 겉모습을 제외하곤 완전히 다른 인간으로 바꿔 내놓았다면 이야기는 달라진다.

"이미 모르드 왕국과 교단이 손을 잡고 있긴 하지만 그 가짜 크레아와 교단과의 관계가 더욱 수상해지는걸. 아, 잠깐만."

카일은 품 안을 뒤지기 시작하더니 얼마 지나지 않아 '시드'를 꺼냈다. 시드 표면에 묻어 있는 핏자국을 보자 죽어가던 멜린이 건네줬다는 사실이 뒤늦게 떠오르며 손이 꾹 움켜쥐어졌다.

"데르콘 요새에서 교단의 부탁을 받아 보관하던 물건이라고 하더군. 이거에 대해 아는 거 있어?"

카일은 손바닥 위에 놓인 시드를 카트리나에게 넌지시 보여주었다. 그러자 다른 의미로 기억에서 지워 버리고 싶었던 20여 년 전이 그녀의 뇌리를 스치고 지나갔다.

"카트리나, 괜찮아?"

"네? 아, 무슨 일 있었나요?"

"방금 엄청나게 심각한 표정이었다고. 그렇게 위험한 물건이야?"

"그건 아니에요. 옛날에 본 것 같기도 한데 워낙 예전 일이라 기억이 가물가물해서… 생각 좀 하다 보니 그렇게 보였나 보군요."

"자세한 이야기는 있다가 하자. 이 추위에 노인네 분들 뼛속까지 시릴 거야."

카일은 카트리나의 등을 가볍게 두들기더니 걸음을 다시 앞으로 걸어갔다.

카트리나는 카일보다 일부러 한 걸음 뒤처져 걸어갔다. 아까처럼 그의 바로 옆에 붙어서 같이 걸어갔다간 여전히 어두운 표정을 숨길 자신이 없었다.

"아."

그녀의 은색 머리카락 위에 하얀 입자가 내려앉았다가 금세 녹아내렸다. 며칠간 멈췄던 눈이 다시 내리기 시작하면서 하늘이 온통 하얗게 변했다.

4

엘레힘 신성력 1327년 1월 1일.

매년 1월 1일은 새로운 해를 맞이하여 각 나라별로 성대한 축제가 열리는 날이었다.

그러나 재개된 마족과의 전쟁으로 인해 축제가 벌어지는 곳은 모르드 왕국의 수도 케이브란스 성을 제외하면 거의 사라졌다.

특히나 1326년의 마지막 전투를 마친 '빛의 군대'는 축제 같은 건 떠올릴 여유도 없이 전사자들의 시신을 수습하고 부상병들의 치료로 정신없는 새해를 맞이했다.

"으으윽……."

왼쪽 팔이 잘려 나간 병사의 입에서 신음 소리가 흘러나왔다. 절단면에 칭칭 감아 놓은 붕대 아래로 핏방울이 맺혀 뚝 뚝 떨어지면서 아래에 깔아놓은 모포를 붉게 물들였다. 그의 오른쪽에 누워 있는 병사는 왼쪽 눈과 머리에 붕대가 둘둘 감겨 있었고, 왼쪽의 부상병은 양다리의 무릎 아래가 더 이상 존재하지 않았다.

약초 특유의 독특한 향기와 피비린내가 뒤섞여 막사 안에 죽음의 그림자를 짙게 드리웠다.

일주일 전에 벌어진 코르디크 언덕에서의 전투는 빛의 용사 크레아를 앞세운 모르드 왕국 측의 승리로 끝났지만, 인간 측에서 입은 피해 역시 만만치 않았다.

예상보다 많은 부상자 수에 빛의 군대는 교단의 지원 병력이 도착할 때까지 전진을 멈추고 막사를 설치해 병력 수습에 나섰다. 수많은 부상자에게 치유마법을 시전하느라 대동한 사제들의 신성력은 이미 바닥을 드러냈다.

"차라리 날 죽여줘… 크윽…….."

"어머니… 어머니가 보고 싶어…….."

희망을 잃은 부상자들의 목소리가 여기저기서 흘러나오면서 분위기는 한층 더 무거워졌다.

그렇게 절망과 죽음의 그림자가 감돌고 있는 부상자들의 막사를 참담한 표정으로 지켜보는 여성이 있었다.

'내가 더 잘 싸웠다면 저런 일은 없었을 거야.'

새로운 빛의 용사의 재래라 칭송받는 크레아였지만, 본인은 점점 작아져만 가는 자기 자신에 자괴감을 느낄 뿐이었다.

'내 힘은 아직도 멀었어.'

지난 전투에서 홀로 마족 후작의 숨통을 두 명이나 끊었지만, 이전 빛의 용사라 불리던 페이서는 홀로 마족 공작을 상대하고 쓰러뜨릴 정도로 인간 중에선 압도적인 실력을 선보인 바 있다.

무엇보다 같이 온 마르코는 세 명의 마족 후작을 해치우면서 단지 아버지의 이름 덕분에 성당기사단장에 오른 게 아니라는 사실을 병사들이 보는 앞에서 당당히 증명했다.

'차라리 전투가 계속 이어질 땐 괜찮았는데…….'

의도치 않은 휴식이 지속되자 애써 잊고 있던 중압감이 크레아의 어깨를 강하게 짓눌렀다. 왕궁에서의 평온했던 생활을 떠올리며 스스로를 위안하려고 해도 머릿속에 안개가 낀 것처럼 뿌옇게 흐려진 이미지만 연상되었다.

그나마 쉘튼과 이야기를 나눌 때만은 마음의 안정을 조금이나마 찾을 수 있었지만, 다른 일로 바쁜 '그녀'를 계속 붙잡아둘 수도 없는 노릇이라 결국 혼자 가슴앓이를 하며 버텨야 했다.

오른손으로 얼굴을 매만지자 거칠어진 피부의 감촉이 고스란히 전달되었다. 입술은 부르텄고 아름다운 금발의 윤기는 사라진지 오래였다.

'그 사람… 카일처럼 강했다면 이렇게 마음고생도 안 할 텐데.'

순간 크레아는 자신도 모르게 가볍게 미소를 지었다.

이성보다 감정에 따라 행동하며 빛이 아닌 어둠의 힘을 지닌 카일은 그녀와 완전히 반대편에 서 있었다.

크레아는 카일을 처음 봤을 때, 그가 소유한 어둠의 기운을 보고 본능적으로 살의가 치밀어 올랐다. 하지만 거의 동시에 상대는 마족이 아닌 인간이라는 사실을 깨닫고 다른 이들이 눈치채기 전에 재빨리 살기를 거두었다.

타일론드 성에서 두 번째 카일과 만났을 땐 살의 대신 두려움에 사로잡혔다. 카일이 귓속말을 건네는 순간 그 두려움은 극에 달했지만, 할 일을 마치고 뒤돌아선 그의 등이 그 누구보다 넓게 보였다.

그렇게 회상에 잠겨 있던 크레아의 귀에 병사들의 잔뜩 흥분한 목소리가 들렸다. 그녀는 사람들에 둘러싸여 진지 안으로 들어온 '누군가'를 단번에 알아보고 급하게 달려갔다.

"오르갈트 추기경님!"

"고생이 많다고 들었습니다, 크레아 님."

"제가 부족한 탓에 다른 분들만 고생할 뿐이죠."

지원 병력을 이끌고 온 엘레힘 교단의 추기경 오르갈트는 그녀의 두 손을 꼬옥 붙잡아 주었다.

"이야기하기 앞서 부상자들을 치료하도록 하겠습니다. 괜찮겠습니까?"

오르갈트는 그를 뒤따라온 사제들과 함께 부상자들이 누워 있는 막사 안으로 들어갔다.

신성력으로 빛나는 그의 손이 상처 위를 지나가자 그 즉시 새살이 돋아나면서 고통 어린 병사의 얼굴에 미소가 자리 잡았다.

"저, 정말 감사합니다……."

"엘레힘 님의 가호가 여러분들과 함께 하길."

그는 성호를 그으며 자신이 섬기는 신의 이름을 읊었다. 죽을 날만 기다리며 누워 있던 부상자들은 이내 활기를 되찾았고 가라앉았던 분위기는 순식간에 화기애애하게 변했다.

5

"카일과 카트리나, 두 사람이 함께한단 말입니까?"

"그렇습니다."

부상자들을 치료한 뒤 크레아의 막사로 들어간 오르갈트는 데르콘 성에서의 일을 '빛의 용사' 일행에게 담담한 어조로 설명했다.

"물론 페이서와 제럴드는 여전히 카일과 떨어져 있지만 언젠가는 하나로 뭉칠 겁니다. 그들이 확실하게 성과를 거두기 전에 여러분이 뭔가를 보여줘야 합니다."

크레아와 마법사 쉘튼은 오르갈트의 말에 고개를 끄덕거렸다. 반면 성당기사단장인 마르코는 살짝 못마땅하다는 표정을 지었다.

"그래 봤자 카일을 제외하곤 이미 전성기를 한참 전에 지난 자들 아닙니까?"

"그렇긴 하지. 그래도 그들의 역량은 무시해선 곤란하네. 카트리나만 해도 과거 전쟁에서 활약했던 노병들을 모아 무시못할 세력을 형성했어. 현재의 능력에 관계없이 사람을 모을 수 있다는 점은 부럽게 여겨질 정도지."

마르코와 대화를 나눌 때의 오르갈트의 말투는 존대가 아닌 하대로 바뀌었다. 전쟁이 일어나기 전 오르갈트는 짧은 기간 동안 성당기사단장을 역임했고, 그때의 부단장은 마르코였기에 두 사람 사이의 대화는 이런 식이었다.

"그래 봤자 노인들 아닙니까? 제멋대로 성녀라고 자칭하면서 모은 병력이 다 늙어서 아무것도 못하는 퇴물들만 모은 용병 집단이라니, 검이나 제대로 휘두를 수……."

"마르코 경."

오르갈트는 마르코의 말을 도중에 끊으면서 고개를 가로저었다.

"감정과 별개로 상대에 대한 평가는 공정하게 이뤄져야 하네. 그들에겐 자네들에게는 없는 경험이란 장점이 있어. 그것만으로도 경계할 가치는 충분해."

"…알겠습니다."

마르코는 오르갈트의 지적에 입술을 살짝 깨물며 고개를 숙였다. 그런 그를 곁눈질로 바라보던 크레아와 시선이 마주치자 마르코는 아예 고개를 반대쪽으로 돌려 버렸다. 그리고 그런 둘 사이의 썩 좋지 않은 분위기를 오르갈트는 단번에 알아챘다.

'이런이런, 아직도 이 둘은 이런 상태인가. 공주와는 나중에 따로 이야기해야겠군. 그러면 우선은…….'

"공주님, 저희들끼리 따로 나눌 이야기가 있어서 그런데 죄송하지만……."

"알겠습니다. 그러면 전 부상병들의 막사로 가 있도록 하죠."

＊　　　＊　　　＊

크레아가 자리를 비우자 막사 안의 분위기가 순식간에 바뀌었다.

오르갈트는 일방적으로 명령과 지시를 내리는 입장으로, 그리고 쉘튼과 마르코는 고개를 끄덕이며 수긍하는 입장으로 나뉘었다.

"크레아 공주와 사이좋게 지내라는 말은 하지 않겠어. 하지만 남이 봐서 파악될 정도로 균열을 일으키진 말도록. 무슨 이야기인지 알겠나?"

"네."

"그리고 쉘튼, 아직 들키지 않았겠지?"

"네?"

무슨 질문인지 몰라 얼떨떨해하는 쉘튼을 향해 오르갈트는 오른손 검지로 로브 안에 감춰져 있는 '그녀'의 가슴을 가리켰다.

"여러 차례 말해서 듣기 지겹겠지만 다시 한 번 말하겠네. 대마법사 제이스가 여제자는 절대 키우지 않는다는 이야기는 마법사들 사이에서 제법 알려졌다는 걸 명심하도록. 혹시라도 자네가 여자라는 사실을 들켜도 '예외'였다고 변명하면 되지만, 조금의 의심이라도 끼어든다면 확고한 믿음은 언제든지 무너질 수 있어. 그나마 제이스가 제정신이 아니니 다행이었지."

"명심… 하겠습니다."

쉘튼은 붕대로 단단히 감아 눌러놓은 자신의 가슴에 손을 가져갔다.

"애초에 모르드 왕국 측에서 급하게 추진 안 했더라면 이렇게 귀찮은 일은 안 생겼을 텐데 말이야. 지금 와서 뭐라 해봤자 의미도 없고, 그저 조심하는 수밖에 없지."

부득이한 사정 때문에 빛의 용사 크레아의 출정식이 있기 전, 그녀와 함께하기로 했던 마법사가 다급히 변경되었다. 문제는 마법사로서의 실력이 아닌 성별이었다. 결국 쉘리나를 남자로 변장시키고 쉘튼이라는 이름으로 내세우면서 무마하긴 했지만, 영원한 비밀이란 없는 법이기에 오르갈트 입장에선 신경이 안 쓰일 수 없었다.

"그리고 이거."

또 한 가지의 비밀을 지키기 위해 오르갈트는 작은 가죽 주머니를 꺼내 쉘튼에게 건넸다.

"혹시라도 전투 중에 몬스터 시체를 보고 달려드는 일이 없도록 제때 먹이도록 하게나."

"알겠습니다."

"지금의 '크레아'는 여러 모로 불안할 수밖에 없어. 그런 그녀를 보조해 줄 수 있는 자네 둘의 역할이 크지. 불만이 있더라도 크레아가 완전히 자리를 잡기 전까지 참아두게. 그만큼의 보상은 이전에 약속한 대로 해줄 테니 염려 말고."

점점 성장하다가 전성기 때 빛의 용사란 칭호를 얻은 페이서에 비해, 빛의 용사란 칭호를 부여받고 시작한 크레아는 행보 면에서 차이를 보일 수밖에 없었다.

'내 그럴 줄 알고 서두를 필요 없다고 누누이 말했건만, 쯧쯧.'

오르갈트는 크레아가 어느 정도 전공을 세운 뒤 그녀에게 빛의 용사란 칭호를 부여하는 게 어떻겠냐며 제안했지만, 카일과 페이서의 행보에 조급해진 모르드 왕국 측은 서둘러 가짜 크레아를 빛의 용사로 만들어 세상에 공개했다.

막상 교단 측에서 먼저 손을 내밀었을 땐 신중히 고려해 보겠다면서 소극적으로 나왔으면서 말이다.

"애당초 저런 여자를 빛의 용사로 내세운 것 자체가 실수였습니다."

"마르코 경, 아직도 미련을 떨치지 못했나?"

미련이라는 단어에 마르코의 얼굴이 노골적으로 일그러졌다.

"왜 하필 그 불완전품을 택하신 겁니까? 전 아직도 이해할 수 없습니다."

"애초에 완전이라는 단어는 그 누구에게도 적용할 수 없다네. 예전 빛의 용사 페이서 역시 완전하지 않았어."

"하지만!"

"지금 와서 크레아 공주에게서 빛의 용사라는 자격을 뺏어 자네에게 준다면 그것처럼 웃기는 일이 또 어디 있겠나?"

빛의 용사와 함께 할 마법사 후보가 따로 있었던 것처럼 새로운 빛의 용사로 선택될 자 역시 여러 명이 있었고, 그들 중 가장 유력했던 이는 과거 엘레힘 교단의 성당기사단장을 역임했던 마르키아의 아들인 마르코였다.

'미안하군, 마르코 경. 자네로선 역부족이야.'

인간을 분류하는 기준은 일일이 세기 힘들 정도로 다양하지만, 오르갈트가 택한 방법은 좀 특이했다.

누군가 옆에 있어야 빛을 발하는 자와 스스로 빛날 수 있는 자, 이렇게 두 부류로 나눴다.

'자네의 그 성격은 절대 혼자 활동해서 빛날 순 없거든.'

자신만이 옳다는 사고방식은 언젠가 큰 화근을 불러올 수 있는 요소다.

오르갈트는 자신이 하는 일이 선으로도 악으로도 보일 수 있다고 인정했기에, 마르코의 내면에 숨겨져 있는 독선의 그림자를 어렵지 않게 엿볼 수 있었다.

하지만 아직까진 교단이라는 테두리 안에서 적응하는 모습을 보였고, 아버지 마르키아의 핏줄을 물려받아서인지 특출난 실력의 소유자이기에 크레아와 함께 활동하면서 '후자'로서 활약하길 내심 기대했다.

'차라리 카일처럼 행동했다면 모를까…….'

반면 카일은 후자에 가까움에도 일부러 전자를 택해 스스로의 힘을 제어하는 타입이었다. 그리고 그 이유를 어렵지 않게 밝혀낼 수 있었다.

오르갈트가 직접 본 적은 없었지만 20여 년 전 교단 상부로 올라온 카일에 대한 보고서 중, 특히 '블랙아웃'이라는 상태에 들어가면 흑염의 기운 중 어둠의 힘을 극대화시켜 공작급의 마족을 상대로도 본격적인 일대일도 가능해진다는 내용을 접했을 땐 전율이라는 게 뭔지 느꼈다.

그 주변에 아무도 없어야 진정한 강함을 과시할 수 있음에도 절제를 위해 동료들과 함께하는 카일의 선택은 마르코에게 대놓고 배우라고 말하고 싶을 정도였다.

'그나저나, 좀 더 그 문서를 연구할 시간이 필요한데… 내 몸이 하나뿐인 게 참으로 아쉬워.'

오르갈트의 부하 고든은 분명 유능한 자이지만 지시할 수 있는 일의 종류와 양이 한정되어 있다.

결국 오르갈트는 자신이 직접 여러 일을 해결해야 하는 상황인지라 '문서'에 대해 더욱 깊게 파고들 여유를 찾기 힘들었다.

그가 직접 여기저기 뛰어다니며 관리하는 이유는 성격 탓도 있었지만.

'왜 그 문서의 일부분이 고대 마족어로 적혀 있는지 빨리 알아내야 해.'

오르갈트는 카일 같은 자가 밑에 있었다면 좋았을 텐데, 라는 아쉬움이 섞인 한숨을 길게 내쉬었다.

"아무튼 다신 빛의 용사 자리에 미련을 두지 말게. 빛의 용사는 단순히 빛의 힘을 쓸 수 있어서, 마족을 상대로 싸운다고 될 수 있는 성질의 것이 아니거든."

빛의 힘이라면 오르갈트 역시 지니고 있다. 하지만 그는 자기 자신을 그 누구보다 잘 알고 있기에 빛의 용사가 되는 것에 미련조차 두지 않았다.

"고리타분할 정도로 자신의 손을 더럽히지 않고, 인간을 위해 싸워야 하네. 난 자네를 오랫동안 봐왔고, 그래서 어떤 타입인지 잘 알아. 사람은 변하게 마련이라지만 지금의 자네에겐 결코 어울리는 자리가 아니야."

Chapter 28
다시 찾은 인연

1

또 한 명의 크레아 공주와의 회담이 별다른 성과 없이 끝난 후, 실버 윙즈는 눈보라를 헤치며 남쪽으로 내려갔다.

이전까진 전쟁으로 피폐해진 전쟁 난민들을 구조하거나 몬스터들과 싸우는 일에 주력하던 실버 윙즈였지만, 본격적인 겨울이 시작된 지 한 달이 넘어가자 추위와 배고픔을 이겨내는 것만으로도 벅찬 하루하루가 이어졌다.

이전 전쟁 당시엔 빛의 용사로 활약한 페이서 덕분에 모르드 왕국의 전폭적인 지원을 받았고, 마족이 점령한 지역을 해방시켜 주는 것 자체만으로도 많은 이의 도움을 기대할 수 있었다.

하지만 20여 년이 흐른 지금, 모르드 왕국은 적이나 다름없는 관계가 되어버렸고 노병들로 구성된 실버 윙즈가 어느 곳에서나 환영받진 않았다.

*　　　*　　　*

엘레힘 신성력 1327년 1월 13일.

"이거 큰일인데."

포르칸은 짐이 실린 수레와 마차들을 둘러보며 고개를 설레설레 저었다.

"아무래도 이건 아닌 것 같습니다. 한 번 더 흥정해 볼까요?"

포르칸의 부관 제이콥스는 미련을 버리지 못한 표정으로 오른손에 쥐고 있던 청구서를 들어 올렸다. 몇 번이나 고치고 다시 쓴 숫자를 보자 가까스로 가라앉혔던 화가 치밀어 올랐다.

"그전에 이 마을을 먼저 지나간 용병단인가 뭔가가 싹쓸이 했으니 어쩔 수 없지. 마을 사람들도 먹고살 식량은 남겨야 할 테고, 더 이상의 지출은 무리라네."

상업도시 크루이드에 도착한 실버 윙즈는 부족했던 식료품을 보급하고 오래간만에 휴식을 취할 예정이었다.

하지만 크루이드에 도착하자 선계약을 했던 상인들은 상황이 바뀌었다며 원래의 세 배에 달하는 가격을 제시했고, 그나마 필요로 하는 양의 반도 얻지 못했다.

제이콥스는 이런 경우가 어디 있냐며 분노했지만 도시의 상인들은 '싫으면 다른 곳에서 사든가'라는 식의 배짱을 부렸다. 급기야 카일이 대검을 만지작거리며 도시 전체를 박살내버릴까 심각하게 고민했지만, 자신 혼자만이 아닌 다른 이들까지 휘말릴 수 있기에 쓴웃음을 지으며 가만히 있었다.

길고 지루한 흥정 끝에 통해 두 배의 가격을 내고 식료품을 사기로 결정하자, 이번에는 도시 근처에서 주둔하는 걸 금지하며 도시 내의 여관을 이용할 것을 종용했다.

애초에 실버 윙즈 전원이 머물 곳은 도시 내의 여관 전부를 빌린다 하여도 터무니없이 부족했지만, 도시의 상인들은 실버 윙즈에게 단지 물건을 팔며 바가지를 씌우는 걸로 만족할 마음은 처음부터 없었다. 물론 숙박비가 평소보다 몇 배로 올랐음은 불을 보듯 뻔했다.

"저러다가 나중에 큰코다칠 텐데, 바로 앞만 볼 줄 아는 놈들의 미래야 뻔하지."

카일은 이전 전쟁에서 '이런 식'으로 당장의 폭리를 취하다가 망한 도시나 마을을 적지 않게 봤다.

외지인들이나 용병들에게 터무니없이 비싼 값으로 물건을 팔다가 모두에게 외면당하고 장사꾼과 고용된 경비병들만 남아버린 쓸쓸한 마을이 되어 나중에는 마족들에게 짓밟히는 결말은 의외로 흔했다.

실버 윙즈의 대부분을 차지하는 노병들은 정 먹을 게 없으면 옛날처럼 몬스터 고기로도 충분하다며 호언장담을 했지만, 이전 전쟁을 겪지 않은 젊은 여성들과 아이들도 동행 중인지라 그들을 위해 제대로 된 식량의 보급은 필수였다.

"이럴 줄 알았으면 아무 나라의 왕이라도 알고 지냈으면 좋았을 걸."

"페이서 님이 모르드 왕국의 왕이 되셨다면 문제없었겠죠."

카일의 푸념에 제이콥스는 모르드 왕국의 수도가 있는 동쪽을 넌지시 바라봤다. 과거 페이서가 활약하던 시절과는 딴판으로 변해 버린 조국을 바라보는 제이콥스의 눈빛에는 실망과 안타까움이 서려 있었다.

"젠장, 저놈들이 왜 안 나타나나 싶었더니만 역시나……."

법의를 걸친 엘레힘 교단의 사제들이 멀리서 걸어오는 걸 보자마자 카일의 입에서 거친 욕설이 연달아 튀어나왔다.

뭔가 근엄한 표정을 한 세 명의 사제 뒤편엔 시민들이 줄지어 따라오더니 눈치를 보면서 수레에 쌓인 식량들을 응시했다.

세 명의 사제 중 가장 나이 들어 보이는 한 명이 손을 양옆으로 펼쳤다. 그러자 뒤따라오던 이들의 걸음이 일제히 멈췄고, 제일 앞으로 나온 주임사제는 바로 맞은편에 있는 카일을 보며 미소를 지었다.

"엘레힘의 가호가 그대와 함께하길 바랍니다. 저는 이곳 크루이드에서 엘레힘 님의 말씀을 전하고 있는……."

쿵!

카일은 검집째 뽑아 든 대검을 옆으로 강하게 내려쳤다.

땅바닥이 푹 꺼지면서 마른땅에 줄이 좍좍 그어졌다. 깜짝 놀란 난민들은 거의 동시에 엉덩방아를 찧더니 부들부들 떨기 시작했고, 사제들은 황급하게 그들을 진정시키느라 진땀을 뺐다.

"닥쳐."

카일은 주임사제가 읊었던 서론 뒤의 이야기를 듣고 싶지 않았다. 난민들을 대동하고서 신의 이름을 거론하는 자들의 '본론' 따위 과거에 지겹게 들었기 때문이다.

"꺼져."

그 어떤 것도 얼어붙게 만들 정도로 차갑게 식은 카일의 눈빛을 본 주임사제는 더 이상 말을 잇지 못하고 제자리에 털썩 주저앉았다. 같이 왔던 사제 두 명이 주임사제의 팔을 하나씩 붙잡고 급하게 끌고 가자 난민들은 얻을 게 없다는 걸 파악하고 축 처진 어깨로 뒤돌아갔다.

'카트리나를 마차에서 대기시켜 놨기 망정이지, 하마터면 귀찮은 일에 휘말릴 뻔했어.'

평소에 신경도 안 쓰던 빈민들을 끌고 온 뒤, 신의 이름이란 명목하에 식량과 돈을 뜯어내기 위해 기부를 요청하는 엘레힘 교단의 성직자들의 모순된 행태는 이번이 처음이 아니었다.

'역시 이럴 때마다 기분이 더러워져. 제럴드였다면 가장 무난하게 해결했을 텐데… 쯧.'

하지만 순진하게 타인을 돕는다는 명목하에 어렵게 구한 식량을 대방출할 수도 없는 노릇이었다. 이미 과거에 한 차례 그런 '실수'를 저질렀다. 그 후 나름 은혜를 베풀었던 마을을 다시 찾았을 때엔 마을 사람들은 입을 싹 씻고선 정가의 몇 배나 비싼 가격으로 음식을 내놓았다.

"다 실었으면 출발하도록 하죠."

카일은 이 망할 마을에 단 1초라도 더 발 디디고 싶지 않았다.

2

엘레힘 신성력 1327년 1월 16일.

"하아앗!"

다크블로우에서 뻗어 나온 검은 기운이 지면과 수평을 이루며 뻗어 나가더니 카일의 앞을 가로막고 있던 몬스터들을 관통했다.

촤아악!

카일이 오른손에 쥐고 있던 다크블로우를 뒤로 거두자, 마지 채찍처럼 휘어진 검은 기운이 위로 솟구치면서 피가 솟아올랐다.

토막 난 몬스터들의 시체가 두텁게 쌓인 눈 위에 나뒹굴었고, 빽빽하게 들어찼던 몬스터들의 진영이 '보이지 않는 거대한 쐐기'에 찔린 것마냥 양옆으로 갈라졌다. 그 쐐기의 중심은 두말할 것도 없이 카일이었다.

"어르신들! 가능하면 저에게 떨어져서 싸우십시오! 저보다 앞으로 나서지도 마시고요! 혹시 모르니!"

지금 카일에게 중요한 건 실버 윙즈를 구성하고 있는 노병들의 안전이었지 그가 상대하고 있는 몬스터들이 아니었다.

예전 같으면 아예 몬스터들의 진영 한가운데에 단독으로 파고드는 방식으로 싸웠겠지만, 어둠의 기운을 어느 정도 제어 가능케 하는 다크블로우를 손에 쥔 이후부턴 아군의 정면을 지키면서 보다 안전하게 싸울 수 있었다.

"걱정 말라고! 우리도 한 실력 한다네! 어이, 다들 손은 풀렸겠지?"

포르칸의 물음에 노병들이 일제히 무기를 꺼내며 앞으로 한 발 디뎠다.

와아아아!

함성이 울려 퍼지면서 은색 날개가 그려진 깃발들이 펄럭거렸다. 그리고 지면을 울리는 소리와 함께 실버 윙즈의 병사들이 몬스터들을 향해 돌격했다.

"절대 밀리지 마라! 하지만 너무 파고들지도 마라! 진형을 최대한 유지하면서 체력을 보존하도록!"

카일 다음으로 선두에 나선 포르칸은 거대한 할버드를 휘두르면서 실버 윙즈를 지휘했다. 차가운 바람을 온몸으로 맞으며, 발목까지 올라온 눈을 헤쳐 나갔다.

캉! 카앙! 캉!

무기가 서로 부딪히는 소리가 여기저기에 울려 퍼졌고, 몬스터들의 피가 지면에 흩뿌려졌다. 다크블로우에서 뻗어져 나온 어둠의 기운은 몬스터들의 몸을 난자했고 카일의 몸은 적들의 피로 붉게 적셔졌다.

"어이, 하늘 위에서 구경만 할 생각이냐?"

카일은 공중에서 거대한 날개를 퍼덕이며 몬스터들을 지휘 중인 데몬 마족을 응시하더니, 양손으로 쥔 다크블로우를 대각선 위로 향하게 살짝 치켜들었다. 그리고 검신을 둘러싼 화염의 기운을 거두어들였다.

"크헉!"

직선 형태로 뿜어져 나온 어둠의 기운이 데몬의 몸을 관통하고도 3미터는 더 뻗어나갔다. 카일은 그 상태에서 다크블로우를 지면과 수평이 되도록 내리더니 좌에서 우로 크게 휘둘렀다. 길게 뻗어나갔던 어둠의 기운이 다크블로우의 움직임에 맞춰 몬스터들을 도륙했다.

어둠의 기운을 제어하면서 싸우는 카일을 선두로 실버 윙즈의 노병들은 이전보다 훨씬 수월하게 전투에 임했다.

'모두 식사도 제대로 못한 상황인데, 흑염의 기운을 어설프게 사용했다가 필요 이상으로 체력을 소모시킬 순 없지.'

화염의 기운이 섞인 흑염으로 싸웠다면 열에 녹은 눈 때문에 일대가 진흙탕으로 변해 혼전이 벌어졌을 것이다. 물론 아군이나 적이나 힘들긴 마찬가지겠지만, 카일 입장에선 가능한한 노병들의 부담을 덜어주고 싶었다.

카일 나름대로의 계산이 들어간 공격이 이어지면서 시간이 흐르자, 그의 의도대로 몬스터들은 많은 사망자를 뒤로 하고 후퇴하기 시작했다. 반면 실버 윙즈는 훨씬 적은 피해를 입으면서 병력을 온존할 수 있었다.

"여기까지!"

카일은 다크블로우를 옆으로 내밀면서 몬스터들의 뒤를 쫓으려던 노병들을 멈춰 세웠다. 마주친 이상 싸울 수밖에 없는 상황이었지만, 승패가 확실히 결정된 지금 적들을 쫓아가서 얻을 수 있는 이득은 딱히 없었다.

"휴우, 우선 급한 불은 껐군."

카일은 이마의 땀을 손등으로 훔치며 뒤를 돌아봤다.

예상보다 훨씬 짧은 시간 내로 끝난 전투였지만 노병들의 표정엔 지친 기색이 역력했다. 거친 숨소리와 함께 그들의 입가엔 하얀 김이 연신 뿜어져 나왔다.

실버 윙즈의 병사들이 제자리에 서서 멀어져 가는 몬스터들의 뒷모습을 지켜보는 와중에 후방에 있던 카트리나가 카일에게 다가왔다.

"당신, 옛날과 많이 바뀌었군요."

"이거 덕분이지."

카일은 가볍게 웃으면서 어깨에 걸친 다크블로우를 까닥거렸다.

"타일론드 성의 크레익 기억해? 그 녀석이 만들어 냈던 검이야. 아들인 크리드가 보관하고 있었더군."

"크리드? 그 이름은… 당신이 찾고 있던 스승님의 이름 아닌가요?"

"어? 듣고 보니 그렇네. 동명이인이었잖아? 크레익 녀석, 내 스승님 이름을 본 따서 아들 이름을 지었을지도 모르겠는걸. 스승님에 대해 곧잘 이야기했으니까."

카일은 뒤늦게 자신이 찾고 있는 스승과 고인이 된 친구의 이름이 같다는 걸 깨닫고 피식 웃었다.

"뭐, 그분에겐 이름 따윈 중요하지 않아. 지금은 그때와 다른 이름으로 숨어 지내실지도 모르고."

스승과 처음 대면했을 당시 카일은 '당연하게도' 스승의 이름을 물어봤다. 그런데 그는 자신의 이름을 당장 말하지 않고 뭔가 생각에 골몰이 잠기더니 '이번에는 크리드라는 이름을 써볼까?'라며 묘하게 대답했다.

"참, 크레익 님은 잘 계시던가요?"

"아쉽게도 먼저 가버렸어."

카일은 오른손을 들어 올리더니 검지를 세워 하늘을 가리켰다. 카트리나는 자신들이 찾아올 때마다 넉살 좋은 미소를 짓던 크레익을 떠올리며 조용히 성호를 그었다.

"그러면 여기의 일은 해결되었고, 패잔병들을 추격할 필요는 없지만… 대신 다른 곳을 가봐야 할 거 같아."

카일이 다크블로우로 어둠의 기운만을 뽑아 쓴 또 하나의 이유는 몬스터의 기운이 이곳에서만 느껴진 게 아니었기 때문이다.

카일은 두 눈을 감더니 전투가 벌어지기 전 확인했던 또 한 무리의 몬스터를 찾기 시작했다. 어둠 속에서 몬스터들의 기운을 좇던 카일의 고개는 서쪽을 향하고 있었다.

3

드높은 절벽이 양쪽으로 길게 이어져 있는 도로엔 인간과 몬스터들의 시체가 즐비하게 쌓여 있었다. 그 시체들을 앞과 뒤에 두고 한데 뭉쳐 있는 인간 용병들의 입에서 거친 숨소리가 흘러나왔다.

그들이 쥐고 있는 무기와 걸치고 있는 갑옷 아래로 몬스터들의 피가 뚝뚝 흘러내리면서 방금 전까지 계속 이어졌던 전투가 얼마나 격렬했는지 보여주고 있었다.

하지만 그들의 선전에도 불구하고 몬스터들은 용병단을 앞뒤로 완전히 포위한 상태였다. 게다가 엎친 데 덮친 격으로 절벽 양쪽 위에는 여러 종족이 뒤섞인 마법사들이 진을 치고 있었다.

"정말 지독한 인간들이로군."

몬스터들을 지휘하던 오크 후작 벨트로는 끈질기게 저항하던 인간 용병들을 바라보며 혀를 찼다.

"진짜 끈질겼어. 하지만 이젠… 크헉?"

순간 빛이 번쩍이면서 벨트로는 말 위에서 굴러떨어졌다. 녹아내린 눈 때문에 진창이 된 땅바닥에 처박힌 벨트로는 머리끝까지 화가 치밀어 올랐지만, 이내 왼쪽 어깨에서 느껴지는 극심한 고통에 이를 악물었다.

"무, 무슨 일이냐!"

급하게 몸을 일으킨 벨트로의 눈앞에 믿을 수 없는 장면이 펼쳐졌다. 그의 뒤에 있던 부하들이 발리스타에 관통당한 것처럼 일렬로 쓰러져 피투성이가 되어버렸다. 불타는 듯한 고통에 시달리는 어깨를 움켜쥔 손은 어느새 피에 흠뻑 젖어버렸다.

"도대체 어떻게 된 일이지? 등 뒤에서 빛이 번쩍이더니 그

다음엔… 어떤 공격이었기에 이렇게 되어버린 거냐!"

부하들의 부축을 거절하고 스스로 일어선 벨트로는 순식간에 전황을 바꿔 버린 원인을 찾아 주변을 두리번거렸다.

아까의 공격에서 운 좋게 살아남은 몬스터들이 순식간에 그들 옆을 스치고 지나간 '빛의 화살'이 날아온 방향을 가리켰다.

몬스터들을 향해 두 기의 말이 멀리서 전속력으로 달려오고 있었다. 그중 선두에 선 말에 타고 있던 카일이 상체를 숙인 채로 휘파람을 불었다.

"휘유~ 이런 식으로 네가 활 쏘는 거 오래간만에 보는데?"

카일과 함께 말에 타고 있던 카트리나는 성궁(聖弓) 세인트 윙을 지면과 수직이 아닌 수평이 되도록 쥐고서 시위를 잡아당겼다. 그러자 주변에서 빛의 입자가 모여들면서 활대와 시위 사이에 세 개의 화살이 형성되었다.

피융!

빛이 세 갈래로 갈라진 직선을 그리며 발사되더니, 세인트 윙의 활대를 둘러싸고 있던 백색 깃털들이 사방으로 흩날렸다.

"호오, 명중했나 본데?"

카일은 몸을 일으키더니 망원경을 꺼내 빛의 화살이 날아간 방향을 바라봤다. 생각치도 못한 거리에서 공격을 맞고 쓰러진 마법사들로 인해 절벽 위는 혼란의 도가니에 빠졌다.

"워워워~!"

카일은 고삐를 강하게 잡아당기며 말을 급하게 멈춰 세웠다. 말을 타고 두 사람을 뒤따라오던 포르칸은 방향을 옆으로 틀며 멈췄다.

"포르칸 님, 카트리나를 부탁합니다."

"알았네."

"그러면 흐음… 어떻게 해야 하려나."

말에서 내린 카일은 망원경을 통해 포위망 한쪽을 풀고 자신들을 향해 달려오는 몬스터들을 관찰했다. 예상보다 마족 부대의 병력이 적음을 확인한 카일의 얼굴에 미소가 자리 잡았다.

'여기까진 예상대로 전개되었고, 그렇다면 안전하게 다크 블로우로… 아니, 원래의 방식으로 싸워야겠어.'

압도적인 힘으로 몬스터와 마족들을 쓰러뜨리는 장면을 연출해야 살아남을 용병들에게 뭔가 얻어내더라도 더 많이 뽑아낼 수 있다는 계산이 카일의 머릿속에서 빠르게 전개되었다.

"카트리나, 상황 봐서 블랙아웃 모드로 들어갈 테니 뒷일을 대비해 줘."

"그럴 필요까지 있나요?"

"아무래도 몬스터들 말고도 저기 있는 용병들에게도 겁을 줘야 할 필요성이 느껴져서 그래."

'블랙아웃'이라는 단어에 카트리나의 표정은 어두워졌지만 정면을 바라보고 있는 카일의 시야엔 들어오지 않았다.

"…무리하지 말아요."

"되도록이면 페이즈 1에서 멈출 테니 너무 걱정 마. 날 믿으라고."

카일은 쥐고 있던 고삐를 카트리나에게 넘기며 어깨를 으쓱거렸다. 그사이 멀리서 달려오고 있는 몬스터들과 카일과의 거리가 점점 좁혀졌다.

"그러면 포위망의 한쪽을 뚫기 전까진 이걸 써야겠군."

카일은 두 개의 대검 중 다크블로우를 먼저 뽑았다.

＊　　　＊　　　＊

콰아앙!

어둠의 기운이 폭발하면서 카일에게 달려들었던 몬스터들의 살점이 산산이 흩어졌다. 높이 솟구쳤던 핏방울이 도로 내려오면서 카일의 검은 머리카락 위에 후드득 떨어졌다.

"고작 이 정도야?"

폭발의 중심에 있던 카일은 대검을 대각선 아래로 휙 휘두르더니 천천히 앞으로 걸어갔다. 뒷걸음치는 몬스터들을 향해 다가가던 카일이 시체가 된 몬스터의 머리를 짓밟고 지나갈 때 입술 왼쪽 끝부분이 살짝 올라갔다.

눈동자뿐만 아니라 흰자위마저도 검게 물들어 버린 그의 두 눈은 블랙아웃 상태라는 걸 나타냈다. 용병들을 사방으로 포위했을 때와 달리 몬스터들의 사기는 떨어진 지 오래였다.

절벽 위에서 병사들을 지원하던 몬스터 마법사들은 연달아 발사된 빛의 화살에 모두 무력화되었고, 기껏 포위했던 인간 용병들은 카일이 난입하면서 일으킨 혼란을 틈타 후방으로 후퇴했다. 남은 건 블랙아웃 모드로 들어간 카일 앞에서 일방적으로 학살당하는 일뿐이었다.

'거의 다 이긴 전투였는데… 이런 식으로 전멸당할 위기에 처하다니. 왜 에르카이저 님께서 저 인간에 한해서만큼은 무조건 후퇴해도 죄를 묻지 않겠다는 지시를 내렸는지 절실히 이해했어.'

죽음을 직감한 벨트로에게 남은 선택은 지금이라도 살아남은 병력을 최대한 온존하면서 후퇴하는 거였지만, 그러기 위해는 카일의 발을 어떤 식으로는 묶어놔야 했다.

"나는… 물러서지 않겠다!"

우워워!

광기의 기운으로 온몸을 감싼 벨트로의 눈동자가 붉게 변하더니 우렁찬 함성 소리가 멀리까지 울려 퍼졌다.

"모두 후퇴해라! 나 혼자서 저 인간을 상대하겠다!"

벨트로의 부하들은 순간 머뭇거렸지만, 이미 광기에 모든 걸 맡긴 그의 결단에 고개를 끄덕이고는 서둘러 후퇴하기 시작했다.

"날 뚫고 가진 못할 것이다!"

벨트로는 천천히 걸어오던 카일을 향해 전력을 다해 달려
갔다. 둘 사이의 거리가 5미터 이내로 좁혀지는 순간, 벨트로
는 높이 뛰어오르며 검을 휘둘렀다.

카앙!

검과 검이 부딪혔지만 뒤로 멀리 밀려난 쪽은 벨트로였다.
단 한 번 서로 교환했을 뿐인데도 검자루를 움켜쥐고 있는 벨
트로의 오른손이 찢겨 나가 피투성이가 되어버렸다.

"하아앗!"

다시 한 번 도약한 벨트로는 왼손에 들고 있던 방패를 내밀
며 돌진했지만, 아까와 마찬가지로 카일의 대검에 멀리 팅겨
나갔다.

진흙탕 위를 뒹굴면서 흙투성이가 되어버린 벨트로는 다
급히 몸을 일으키며 왼손을 앞으로 내밀었다. 하지만 있어야
할 방패는 완전히 산산조각 났고 팔꿈치 아래 부분은 더 이상
존재하지 않았다.

"이럴 수가……."

광기에 휩싸인 벨트로는 고통을 느끼지 못했다. 하지만 똑
같이 느낄 수 없어야 할 공포가 엄습해 오기 시작했다.

온몸이 찢어 갈겨지더라도 맹공을 가해야 할 그의 몸이 본
능적으로 카일과의 거리를 더 이상 좁히길 거부했다. 단 두

차례의 반격을 당했을 뿐인데도 벨트로의 두 다리는 부들부들 떨었고 눈에 서려 있는 광기가 서서히 사그라들기 시작했다.

"벌써 끝이야? 그렇다면……."

카일은 벨트로를 응시하던 시선을 후퇴 중이던 몬스터들을 향해 돌렸다. 그러자 벨트로는 어금니를 악물고선 다시 한 번 광기를 불러일으켰다.

"아니다! 난 물러설 수 없다!"

"그래?"

이번에는 카일과 벨트로 모두 상대를 향해 달려갔다.

붉게 변한 벨트로의 눈이 적색 잔상을, 그리고 검은색으로 점철된 카일의 눈이 각각 흑색 잔상을 남기면서 서로 가까워지더니 격돌했다.

"우워워워!"

우레와 같은 함성과 함께 벨트로의 맹공이 시작되었다. 검과 검이 부딪히는 소리가 연달아 이어졌고, 벨트로의 입에선 피와 함성이 연달아 터지면서 물러설 수 없다는 강한 의지를 나타냈다.

반면 카일은 오른손에 쥔 대검을 비스듬히 기울여 벨트로의 공격을 아무렇지 않게 막아냈다. 타일론드 성에서 수선을 마친 대검은 연이은 공격을 막아내면서도 흠집 하나 나지 않았고, 도리어 벨트로의 검에서 부서진 검날 파편이 튕겨져 나갔다.

휘익!

계속 공격을 막고만 있던 카일이 검날 끝을 지면에 닿도록 아래로 내리더니, 땅을 긁으면서 대검을 위로 휘둘렀다. 지면과 수직을 이루며 발사된 어둠의 기운이 벨트로를 그대로 관통하며 멀리 뻗어 나갔다.

벨트로의 시선은 핏줄기를 그리며 하늘로 높이 솟구친, 자신의 잘려 나간 오른팔을 향하고 있었다.

"아……."

양팔 모두가 잘려 나간 벨트로의 입에서 탄식이 터져 나왔다.

카일의 왼손이 벨트로의 목을 움켜쥐는 순간, 절망에 가득 찬 벨트로의 표정과 입술 왼쪽 끝이 살짝 치켜 올라간 카일 특유의 미소가 서로 교차되었다.

4

콰앙! 쾅!

폭발음이 쉬지 않고 연달아 이어지면서 몬스터들의 시체가 진흙과 함께 사방으로 튀었다. 승패가 이미 결정된 상황에서 카일이 뿜어내는 어둠의 힘은 블랙아웃 모드 특유의 음산한 분위기와 융합되어 공포를 자아냈다.

폭발이 멈추자 고요함이 감돌았고, 승자인 카일은 아무 일도 없었다는 듯 뒤돌아서더니 무뚝뚝한 표정으로 멀리 물러서 있던 용병들을 향해 뚜벅뚜벅 걷기 시작했다.

그의 오른손에는 대검이, 그리고 왼손에는 피에 젖은 벨트로의 머리가 들려 있었다.

카일의 일방적인 승리로 끝난 대결을 망원경으로 관찰하던 용병들은 자신들이 살아남았다는 안도감보다 그에 대한 두려움이 앞섰다.

숨을 내쉴 때마다 입에서 검은 기운을 뿜어내는 카일의 모습은 인간이라기보단 고위 마족에 가까웠다.

뒤늦게 달려와 용병들을 보호 중이던 실버 윙즈의 노병들도 비슷한 두려움을 품었다.

"정말… 강하군요."

멀리서 둘을 지켜보던 포르칸은 그의 강인함에 감탄을 넘어 경악했다.

"소문으로는 들었지만, 직접 보는 것과는 비교도 안 되는군요. 그가 소유한 어둠의 기운이 이렇게까지 압도적인 힘일 줄 몰랐습니다."

카일이 싸우는 광경 자체는 이전 고르반 마을에서도 본 적이 있었지만 블랙아웃 모드에 들어선 그의 모습은 처음이었다.

특히 포르칸 입장에선 자신과 똑같이 광기(狂氣)에 특화된 마나를 지닌 벨트로가 압도당하는 장면이 뇌리에서 떠나지 않고 계속 맴돌았다.

"그렇죠……."

카트리나는 천천히 걸어오고 있는 카일을 착잡한 시선으로 응시했다.

'카일, 아직도 당신은 어둠의 그림자에서 벗어나지 못했군요.'

어둠의 기운을 스스로 택한 카일이 처음으로 블랙아웃 모드에 빠져들었던 날, 카트리나는 그가 동료라는 사실을 망각하고 공격할 뻔했다. 그녀의 머릿속에 각인된, '빛과 어둠은 공존할 수 없다'는 진리 때문이었다.

하지만 빛의 힘을 선택한 페이서와 어둠의 기운을 거머쥔 카일이 서로를 보완하며 앞으로 나가는 모습을 보자, 그동안 한 치의 의심도 없이 받아들이던 교단의 가르침에 의구심을 가지게 되었다.

그 의구심은 카일 개인에 대한 호기심으로 바뀌었고, 그저 같은 목적을 지닌 동료로서의 관계 이상으로 그에 대해 알게 되었다. 그리고 카트리나는 어느새 카일의 뒷모습을 특별한 감정을 지니고 바라보게 된 자기 자신을 발견하게 되었다.

그렇기에 카일이 블랙아웃 모드에 돌입할 때마다 안타까워하며 아무도 보지 못하는 곳에서 남몰래 눈물을 훔쳤다. 특히 진정한 어둠인 페이즈 3에 돌입했을 땐, 그를 다시 어둠에서 끄집어낼 수 있는 자는 페이서뿐이라는 사실에 가슴 아파했다.

"휴우……."

카일이 길게 한숨을 내쉬자, 까맣게 변했던 눈이 원래대로 돌아가면서 어둠의 기운이 사라졌다. 그와 동시에 왼손에 쥐고 있던 벨트로의 머리가 아래로 툭 떨어졌다.

"카일!"

카트리나는 진흙탕 위를 달려가더니 카일의 품에 안겼다.

"걱정했어?"

"네."

"날 믿으라고. 네가 있는 한 나는 어둠의 유혹에 쉽게 빠지지 않아."

카일은 진흙으로 엉망이 된 카트리나의 치마 끝자락을 안쓰럽게 바라보더니 머리를 자상하게 쓰다듬어 주었다.

그사이 둘을 향해 두 명의 남자가 걸어왔다. 한 명은 실버윙즈의 지휘관 포르칸이었고 다른 한 명은 카일이 처음 보는 젊은 남자였다.

"호, 혹시 당신이 카… 카일 맞습니까?"

"네, 맞습니다만."

카일은 카트리나를 조심스럽게 옆으로 물러나게 한 뒤 청년의 얼굴을 유심히 살펴봤다. 가까이에서 자세히 보니 어딘가 익숙한 인상이었다.

"저는 폴스타드 용병단의 단장 레이크입니다. 저희를 구해 주셔서 정말로 감사합니다."

"폴스타드 용병단? 어디서 들은 적 있는데?"

카일은 뒤통수를 긁적이며 기억을 더듬었다. 그러나 흐릿하게 뭔가가 떠오를 뿐 기억해내진 못했다.

"카일, 당신이 몸담았던 용병단이잖아요?"

"아?"

카트리나의 말에 카일은 레이크의 갑옷을 가리키며 페이서를 만나기 전의 기억을 되살려냈다. 갑옷 왼쪽 상단에 새겨져 있는 늑대의 옆얼굴은 다름 아닌 카일이 제안한 용병단의 문장이었다.

'내가 너무 동료들 생각만 했나? 그래도 나름 오랫동안 머물렀던 폴스타드 용병단을 까먹다니. 이거, 면목없는걸.'

카일은 너무 한쪽으로 편중된 자신의 기억을 탓하면서 난감한 표정을 지었다.

그래도 카트리나 덕분에 폴스타드 용병단에 대한 기억이 되살아나자 자신 앞에 서 있는 청년이 누구인지도 짐작할 수 있었다.

"그렇다면 레이크 씨는 혹시 그 사람 아들입니까?"

"네? 그 사람이라뇨?"

"아, 바르타. 바르타였지. 아무튼 바르타의 아들 맞습니까?"

"네. 당신에 대해서는 아버지께 많이 들었죠."

"이제 보니 아버지를 많이 닮았군요. 바르타 단장은… 아, 이젠 전(前) 단장이라고 불러야겠군요. 아무튼 그 사람 잘 지내고 있습니까?"

아들에게는 '씨'를 붙이면서 정작 아버지를 '그 사람'이라 지칭하는 기묘한 대화였지만 레이크는 그저 가볍게 미소 지을 뿐이었다.

"검을 놓은 이후 항상 붓을 쥐고 다니신답니다."

"그 사람 하는 짓과 달리 꽤나 그림 잘 그렸는데… 그렇단 이야기는 살아 있단 이야기죠? 맞습니까?"

"네. 부상 후유증으로 고생하고 계시긴 해도, 이 정도로 낑낑대면 먼저 간 동료들에게 욕먹기 딱 좋다고 말씀하시곤 하죠. 아, 그리고 말 놓으셔도 됩니다. '그 사람'이라 부르는 사람의 아들에게 존댓말을 쓰면 어색하지 않습니까?"

"아, 그렇군요. 흐음… 에이, 모르겠다."

카일은 20년 동안 석화된 탓에 실제 나이에 어울리지 않게 꼬여 버린 인간관계에 난감해했다. 그리고 동시에 가슴을 쓸어내리며 바르타가 살아 있다는 사실에 안도감을 느꼈다.

'다행이야.'

용병단을 나올 때 그리 좋은 모양새로 헤어지진 않았지만, 한때나마 같이 싸운 이들이 살아 있기를 카일은 항상 바랐다.

"그러면 그 사람은 지금 어디에 있……."

꼬르륵.

"이런. 아침도 제대로 못 먹었더니……."

하지만 카일뿐만이 아니었다. 긴장이 풀려서인지 노병들의 뱃속에서 제발 먹을 걸 달라는 '아우성'이 제멋대로 흘러나왔다.

여기저기서 난감함을 감추려는 헛기침 소리와 꼬르륵하는 소리가 뒤섞여 나오는 기묘한 분위기 속에서 카일은 레이크의 양어깨를 덥석 붙잡았다.

"미안한데 먹을 것 좀 없냐?"

5

전투가 벌어졌던 절벽 사이를 빠져나간 실버 윙즈와 폴스타드 용병단은 늦은 '아침' 준비를 시작했다. 물론 식사 준비하는 인원을 제외하고는 두 번의 전투에서 사망한 노병들과 용병단원들의 시신을 거두어 매장했다. 카트리나는 전사자들에 대해 추모의 기도를 했고, 그때만큼은 모두가 그녀 뒤에 모여서 먼저 간 이들에 대해 안녕을 고했다.

그 뒤 다소 가라앉은 분위기 속에서 사람들은 식사를 시작했다. 나름 담담하게 식사 중인 실버 윙즈의 노병들과 달리, 폴스타드 용병단 소속의 용병들은 뭐라 형용하기 힘든 공기를 형성하며 배를 채우고 있었다.

"휴우, 이제야 살 것 같네."

고기가 듬뿍 들어간 스튜를 세 그릇이나 비운 카일은 포만감을 만끽하며 기지개를 폈다. 이전 크루이드에서 식량을 싹슬이했던 용병단이 다름 아닌 폴스타드 용병단이었기에 재료는 충분했고, 실버 윙즈와 동행 중인 여성들의 음식 솜씨 덕분에 실버 윙즈와 폴스타드 용병단 모두 평소보다 맛난 식사를 먹을 수 있었다.

물론 용병단의 젊은이들은 맛 따위 느끼지 못하고 그저 먹어야 한다는 본능 때문에 먹고 있을 뿐이었다.

"허어, 저의 아버지보다 10살이나 연상이십니까?"

"우리들이 비정상인 게야. 자네 아버지가 정상이고."

"그 나이에도 현역으로 싸울 수 있다니, 정말 대단하시군요."

카일과 같이 식사 중이던 포르칸과 폴스타드 용병단의 단장 레이크는 서로 이야기를 나누고 있었다.

"대단하긴 무슨… 자네 앞에 있는 사람이야말로 진짜 대단하지."

포르칸은 맞은편에 앉아 있는 카일을 가리키면서 빵을 한움큼 뜯어먹었다. 레이크는 아버지와 동시대에 마족들과 싸웠던, 그럼에도 겉보기엔 자신과 비슷한 나이로밖에 안 보이는 카일을 바라보며 고개를 끄덕거렸다.

"아버지 말이 거짓이 아니었군요. 직접 봐야 내 말을 이해할 거라 말씀하셨지만 이 정도일 줄은 몰랐습니다."

카일은 바르타 특유의 과장된 몸짓으로 이야기하는 장면을 상상하며 피식 웃었다.

"솔직히 말만 듣고 믿기엔 무리지. 그나저나 단장이 그 사람 아들인 너였다면 굳이 블랙아웃 모드에서 싸울 필요도 없었잖아."

앞서 상업도시 크루이드에서 겪었던 푸대접 때문일까, 용병단을 단순히 구해줘 봤자 그저 고맙다는 말만 하고 가버릴지도 모른다는 생각에 과하게 손을 쓴 것은 사실이었다. 하지만 막상 예전에 속했던 용병단인 것도 모자라 알고 지내던 단장의 아들이 용병단을 이끌고 있으니 다소 허탈한 기분이었다.

"아버지께선 술을 마시면 곧잘 당신 이야기를 하곤 했죠."

"무슨 이야기를 했는데?"

"검 실력이 있었기에 망정이지 그것마저 없었다면 당장 쫓아냈을 개자식이었다고… 아, 지금 말은 잊어주십시오!"

레이크는 급하게 정색하면서 손사래를 쳤다. 카일은 가볍게 웃어넘겼지만, 말을 꺼낸 레이크의 이마엔 식은땀이 송글송글 맺혔다.

"정말 죄송합니다!"

"괜찮아. 그렇게 두려워할 필요 없어. 내가 어렸을 때 좀… 아니, 많이 설치긴 했거든."

레이크는 수건으로 이마를 계속 닦아냈지만 한 번 흐르기 시작한 땀은 좀처럼 멈추질 않았다.

"그, 그래도 아버지께선 일개 용병으로 시작해서 세상을 구한 영웅 중 하나로 올라선 당신을 자랑스럽게 생각했답니다. 그러면서 한마디를 꼭 덧붙이셨죠."

'그 녀석에게 딱 한 가지 부러운 게 있어. 그건 성녀님 곁에 있을 수 있다는 거지. 그러니 혹시라도 네가 성녀님을 만나게 된다면……'

"카트리나의 초상화를 그려달라고 부탁했어?"

예전 마족과의 전쟁에 직접 뛰어들었던 젊은 남자치고 성녀라 불렸던 카트리나를 흠모하지 않았던 이는 드물었지만, 바르타가 그에 해당될 줄은 미처 생각지 못했다.

"네, 저 역시 아버지처럼 화가 지망이었습니다. 막상 아버지께선 화가 따위 돈도 안 된다며 당장 때려치라고 하셨지만요."

"그런데 진짜 그 사람 아들 맞기는 해? 내 앞이라서 그런지 모르지만 용병답지 않게 말투가 너무 정중한데."

"아버지 입이 걸걸하시긴 한데, 젊었을 때도 그랬습니까?"

"내가 알고 있는 욕의 반 이상은 그 사람에게 배웠다고. 나, 처음부터 그렇게 막 나가는 인간은 아니었다니까?"

"그런 것 치곤 카일 님 말투도 생각처럼 거칠진 않군요."

"욕을 욕으로 대응하다 보니 말싸움이 끝나질 않아서 다른 방식을 택했지. 하아, 그 인간하고 지겹게 싸웠던 일을 생각하니 아련한 느낌이 드는데……."

카일은 오랫동안 잊고 있었던 용병단 시절을 회상하며 스쳐 지나간 이들의 얼굴을 하나씩 떠올렸다.

용병단에 모인 이들 중 원래부터 용병이었던 이는 의외로 적었다. 전쟁이 끝나면 모은 돈으로 가게를 차리겠다며 기대에 부푼 자도 있었고, 고리타분한 가업을 잇기 싫어 용병단에 지원했다는 사람도 있었다. 부모님의 약값을 벌기 위해 용병이 되었다는 우울한 뒷배경을 풀어놓는 이가 있는 반면, 자칭 미래의 음유시인이라며 근사한 솜씨로 풀피리를 부는 이도 있었다.

하지만 대부분 꿈을 이루지 못하고 땅속에 묻혔다.

카일이 용병단을 떠난 이유 중 하나가 바로 더 이상 동료들이 죽어나가는 모습을 견딜 수 없어서였다. 그 어떤 고난 속에서도 죽지 않을 자들을 동료로 택해 지긋지긋한 전쟁을 끝내고자 결심했었다.

그렇게 해서 만난 이들이 바로 페이서와 제럴드, 그리고 카트리나였다.

'나도 참 웃긴 놈이야. 인간을 그렇게 미워하면서도 반대로 구하고 싶어서 안달이니 말이야.'

"미안하다."

"네?"

"결국 전쟁을 끝내지 못해서."

"그건 카일 님께서 사과하실 일은 아니지 않습니까? 반대로 카일 님께선 그 누구보다 마족과의 전쟁에서 이기기 위해 두 번이나 전쟁에 뛰어드셨지요."

"그래, 그렇긴 하지."

카일은 쓴웃음을 지으며 고개를 들어 올렸다.

뜬금없이 왜 미안하다는 말을 꺼냈는지 레이크는 물어보고 싶었지만, 말없이 하늘을 응시하는 그에게 말을 걸 수 있는 분위기가 아니었다.

Chapter 29
다섯 번째 공작(公爵)

1

엘레힘 신성력 1327년 2월 25일.

매서운 눈보라가 휘몰아치며 세상을 온통 하얗게 뒤덮었
다.

겨울도 막바지에 다다른 지금 그 눈보라 속을 헤치고 수많
은 병사의 행렬이 길게 이어졌다.

수염이 길게 자라난 노병들과 20대 전후의 청년들이 서로
뒤섞여 진형을 이루고 있었고, 세 남자가 선두에 섰다. 과거
마족과의 전쟁에서 활약했던 '비운의 검사' 카일과 실버 윙
즈의 총지휘관 포르칸, 그리고 폴스타드 용병단의 단장 레이

크였다.

"힘들어?"

카일은 자신의 왼편에서 같이 걸어오고 있는 레이크를 향해 말을 건넸다. 겉보기엔 둘 다 20대 중반의 청년이었지만, 석화로 인해 20년이라는 세월을 뛰어넘은 카일 쪽이 실제 나이론 훨씬 위였다.

"확실히 추워서 힘들긴 하군요. 하지만 이 벌판에 어디 쉴 곳도 없지 않습니까?"

레이크가 입을 열자 허연 입김이 연신 뿜어져 나왔다.

"애당초 나와 어르신들 안 따라왔으면 이 고생 안 했잖아."

"또 그 소리입니까? 어차피 전쟁 중에 고생 안 하는 쪽이 더 이상하죠. 게다가 용병이 고생하지 않으면 어떻게 돈 벌겠습니까?"

둘은 한 달 전 맺었던 계약에 대해 가볍게 투닥거리더니 서로를 마주보며 웃었다.

원래 카일은 용병단을 구해준 대가로 식량 좀 나누어 받고 헤어질 작정이었다. 그러나 식사 중 포르칸과 계속 이야기를 나누던 레이크가 동행을 제의했다.

사실 폴스타드 용병단 자체는 이전 마족과의 전쟁이 끝난 이후에도 계속 유지되었다. 단, 대륙을 뒤흔들 정도의 전쟁은 없던 터라 국경 경비나 주요 인물 경호 혹은 물품 수송 등등의 '비교적' 규모가 작은 일에 투입되었다. 과거 마족과의 전쟁에서 무수한 경험을 쌓은 베테랑들은 시간이 흐르면서 자연스레 다른 일을 찾아 용병단을 떠났고, 막상 전쟁이 터지자 남은 이는 대부분 실전 경험이 적은 청년이었다.

"이전에도 몇 번 전투에 참여해 봤지만 지난번처럼 위기에 처한 적은 처음이었습니다. 그때 여러분들을 만나지 않았다면 폴스타드 용병단은 더 이상 존재하지 않았겠죠."

레이크는 실버 윙즈를 만난 이후 폴스타드 용병단에 부족했던 '경험' 이라는 요소를 뼈저리게 깨달았고, 지체 없이 노병들에게 손을 내밀었다.

"그런데 정말로 수익의 일부분만 받으실 생각입니까? 실력은 둘째 치더라도 병력 비율로 치면 실버 윙즈 쪽이 저희보다 더 많은데……."

"애초에 일거리는 네가 받아 오는 거잖아? 나와 어르신들은 그걸 하청받는 셈이고. 어차피 식비나 장비 등등에 들어가는 돈은 공동으로 관리하기로 했으니 문제없고. 무엇보다 실버 윙즈에 들어온 어르신들은 딱히 돈 벌려고 모이신 분들이 아냐. 카트리나 보고 뭉친 거지."

관록과 패기의 결합.

비록 경험이 적은 젊은이들로 구성된 폴스타드 용병단이지만, 전멸을 눈앞에 둔 상황에서도 동료들의 죽음을 잊지 않고 악에 받혀 싸우는 투지를 가지고 있다.

반대로 실버 윙즈의 노병들은 말 그대로 나이가 들긴 했지만, 험난했던 과거 마족과의 전쟁에서 살아남았을 정도로 숙련된 실력과 관록을 갖췄다.

실버 윙즈와 폴스타드 용병단이 서로 연합한 이후 각자 자극을 받으며 예상을 넘어선 시너지를 이뤘다. 한 달 동안 이동하면서 젊은 용병들은 노병들의 가르침을 거의 일대일로 받으며 급성장 중이었다.

"아무튼 이번 의뢰로 그동안 쌓은 실력의 성과를 보고 싶습니다. 지난번 몬스터들에게 하도 당해서 그런지 다들 이번만큼은 본때를 보여주겠다고 벼르고 있더군요."

"그러면 좋겠구먼."

기대감에 가득 찬 레이크와 달리 포르칸의 얼굴엔 걱정이 가득했다. 그들의 목적지가 다름 아닌 포르칸의 고향인 카르노사 왕국이었기 때문이다.

"역시 걱정되십니까?"

"난 괜찮네. 성녀님 쪽이 더 걱정이지."

카트리나는 요 며칠 사이 몸이 좋지 않아 마차 안에서 쉬는 중이었다. 추운 날씨에도 불구하고 용병단 측의 부상자를 혼자서 계속 치료한 여파 때문이었다.

"자자, 내 걱정은 됐으니 우선 도착부터 하고 봄세."

포르칸은 걷는 속도를 올리더니 홀로 앞서나갔다. 눈으로 뒤덮인 하얀 지평선 너머로 거대한 성의 끄트머리가 모두의 시야에 들어오기 시작했다.

포르칸의 고향인 카르노사 왕국은 20여 년 전 마족과의 전쟁에서 활약했던, 몇 안 되는 인간 국가 중 하나였다. 당시 빛의 용사 페이서나 북의 귀공자 아르고스처럼 막강한 실력을 지닌 자가 없는 대신 탄탄한 조직력을 지닌 병력을 바탕으로 마족이 차지한 영토를 야금야금 뺏어먹는 전법을 구사했다.

그 전법의 주축이 바로 2,000명의 정예 병력으로 구성된 카르노사 왕국의 돌격부대였다. 죽음을 두려워하지 않고 적과 맞서 싸우는 돌격부대의 용맹함은 일반인들보다 직접 전쟁에 뛰어든 자들에게 더 잘 알려졌다.

하지만 특유의 저돌적인 전법은 사망자를 동반하게 마련이었고, 인간의 승리로 전쟁이 끝나자 2,000명의 부대원 중 마지막까지 생존한 자는 고작 200명에 불과했다.

그 1/10의 확률로 살아남은 카르노사 돌격부대의 전(前) 부대장이었던 포르칸 빌트리언은 20년 만에 찾은 고향을 허망하게 바라보았다.

"이럴 수가……."

카르노사 왕국의 수도 메르키어스 성의 드높은 성벽 위에는 인간 병사들이 아닌 몬스터들이 진을 치고 있었다.

카르노사 왕국을 상징하는 깃발 대신, 검은 바탕에 검과 창이 서로 비스듬히 교차되어 있는 흰색 문양이 그려진 깃발이 눈보라에 펄럭거렸다. 이는 이전 데르콘 성과 달리 메르키어스 성은 몬스터와 마족들의 요새로 바뀌었음을 의미했다.

"레이크, 이거 이야기가 다르잖아? 수성(守城)이 아니라 탈환 작전에 참여해야 할 것 같은데?"

포르칸과 같이 망원경으로 메르키어스 성을 관찰하던 카일은 예상과는 딴판으로 돌아가는 전황에 표정이 살짝 일그러졌다.

"열흘 전에 연락 받았을 땐 분명히 이렇지 않았는데… 참 난감하군요."

"그렇다고 너에게 뭐라 하는 건 아니야. 어찌 되었든 간에 여기까지 왔으니 일거리는 맡아야지. 그런데 이거, 만만치 않아 보이는 걸."

카일은 망원경을 통해 들어오는 동그란 시야를 뚫어져라 응시했다. 굳건히 닫힌 성문 앞에는 인간들의 시체가 서로 뒤엉켜 길게 이어져 있었고, 그 성문 위에 두 팔을 걸치고 모습을 드러낸 거대한 생명체로부터 붉은 기운이 뿜어져 나왔다.

"저놈 때문에 성을 빼앗겼다면 충분히 이해할 만하네. 그런데 저렇게 거대한 마족은 처음 보는데? 덩치만 따지면 암흑의 화신 제이블란트보다 더 강해 보여."

외형은 도마뱀과 유사했지만, 어깨 위로 솟아오른 두 개의 날개와 등 위로 솟아오른 날카로운 돌기들은 단지 덩치만 큰 도마뱀이 아니라는 걸 여실히 보여주었다. 입을 벌릴 때마다 드러나는 날카롭고 커다란 이빨과 성벽 위에 걸치듯 내민 두 개의 앞발에는 인간들의 피가 잔뜩 묻어 있었다.

무엇보다 성벽에 팔을 걸칠 수 있을 정도로 거대한 몸집은 이전에 봤다면 절대 잊어버릴 리 없는 압도적인 위압감 그 자체였다.

"도대체 저놈 정체가 뭐지? 바실리스크… 라고 보기엔 너무 크고, 리자드맨… 처럼 이족보행도 아닐뿐더러 역시 너무 거대하고. 칼틴이 귀엽게 보일 정도의 적이 나타날 줄은 꿈에도 생각 못 했어."

카일은 이제까지 상대하고 쓰러뜨렸던 몬스터와 마족들을 떠올려 봤지만, 역시나 기억에 없었다.

"혹시 드래곤(Dragon)이 아닐까요?"

"드래곤? 아, 그렇겠군. 그것밖에 없겠지."

레이크의 말에 카일은 전설 속의 영웅담이 적힌 책의 삽화를 떠올렸다. 그와 동시에 어두운 표정을 지으며 망원경을 갈무리했다.

"그런데 저게 진짜 드래곤이라면 우리 다 죽을지도 모르겠는데?"

수명이 정해진 필멸자 중 가장 강하다고 알려진 드래곤이 실제로 등장한 적은 그리 많지 않다. 하지만 역사에 모습을 드러낼 때마다 인간과 마족 모두 두려움에 떨어야 했고, 엄청난 피해를 각오하고 쓰러뜨려야 했다.

"그래도 암흑의 화신 제이블란트보다는 약하지 않겠습니까? 카일 님께선 드래곤보다 훨씬 더 강한 존재와 싸워 이겼잖아요."

"그땐 나 빼고도 페이서나 제럴드, 카트리나까지 모두 전성기였으니 가능했던 이야기지. 무엇보다 제이블란트는 완전히 쓰러진 게 아냐, 봉인된 거지."

카일은 처절했던 제이블란트와의 사투를 떠올리며 이를 악물었다.

"드래곤이 나올 줄 알았다면 의뢰를 받을지 아닐지 좀 더 고심했을 텐데 말입니다. 어떻게 한다……."

"그렇다고 도착하자마자 없던 일로 해달라는 건 모양새가 안 서. 진짜 드래곤인지 아닌지도 확실히 알아본 뒤에 판단해도 늦지 않고. 게다가 우리만 싸우러 오진 않았잖아. 명색이 한 나라의 수도 탈환이다 보니 꽤 많이 모였는데?"

카일은 고개를 좌우로 돌리더니 메르키어스 성을 멀리서 빙 둘러싼 병력들을 번갈아가며 가리켰다. 조국의 수도를 탈환하기 위해 모여든 카르노사 왕국의 병사들은 물론이거니와 주변 국가에서 지원해 준 병력과 다른 용병단들이 각자 거리를 벌린 상태로 진형을 유지했다.

그들 중 카르노사 왕국 병력 후방에서 한 기의 말이 빠른 속도로 실버 윙즈를 향해 달려왔다. 카일 바로 앞에서 멈춰

선 말에서 카르로사 왕국의 기사로 보이는 젊은 남자가 내려서더니 포르칸의 얼굴을 조심스럽게 살폈다.

"실례지면 돌격부대의 전 부대장이셨던 포르칸 경이 아니십니까?"

"맞긴 하오만……."

포르칸은 자신의 이름 뒤에 붙여진 '경'이라는 칭호에 어색함을 느끼면서 젊은 기사의 얼굴을 찬찬히 바라봤다.

"저는 카르노사 왕국군의 총지휘관이신 세이르 보르작의 손자인, 코르디어 보르작이라합니다."

"세이르? 돌격부대의 총지휘관이었던?"

"네, 이전에는 돌격부대를 지휘하셨다고 들었습니다. 기억하고 계셨군요."

코르디어는 왼팔을 수평으로 세워 가슴에 대며 예를 표했다. 반면 포르칸은 그답지 않게 살짝 표정을 일그러뜨렸다.

3

'세이르라면… 부하들에게 돌아갈 예정이었던 보상금을 통째로 가로챈 인간이잖아?'

카일은 이전에 들었던 이야기를 기억해 내며 포르칸과 같은 표정을 지었고, 돌격부대 시절부터 포르칸을 따랐던 아스레인과 케이븐은 한술 더 떠 역겹다는 얼굴로 땅바닥에 침을 뱉었다.

"돌격부대의 맹장으로 잘 알려진 포르칸 경을 이렇게 뵙게 되어서 감회가 남다릅니다."

"코르디어 경의 할아버지는 그렇게 이야기하지 않았을 거요. 자신 말고는 그 누구도 인정하지 않는 사람이니. 그리고 이 몸은 더 이상 '경'이라 불릴 자격이 없는 몸이오."

웬만한 일은 너털웃음으로 넘겨 버리는 평소의 포르칸이 아니었다. 그러나 더 이상한 건 그 말을 듣고 고개를 끄덕이는 코르디어의 반응이었다.

"네, 그렇게 말하지 않으셨죠. 그래서 포르칸 님의 용맹을 믿는 겁니다."

"흐음? 무슨 소리인지……."

"그분은 타인을 대할 때도, 가족을 대할 때도 아주 공평하셔서 말입니다."

"아, 그런 의미였나. 아무튼 경이란 칭호는 빼주시게."

포르칸은 더 이상 이야기를 나누기 언짢은 듯 뒤로 물러섰다. 코르디어는 이해한다는 표정으로 고개를 끄덕이더니 레이크와 카일에게 번갈아가며 인사를 건넸다.

"먼 길 오시느라 고생 많으셨습니다. 우선은 회의가 끝나야 탈환 작전이 시작되니 그 전까지 대기해 주시길 바랍니다."

"고생은 이제부터 시작이죠. 그런데 코르디어 경, 저기 있

는 저놈 드래곤 맞긴 합니까?'

카일은 멀리서도 엄청난 존재감을 과시하고 있는 괴생명체를 가리키며 물어봤다.

"저희 쪽에서도 처음엔 진짜로 드래곤이 나타난 줄 알고 많이 당황했습니다."

"어, 그러면 아닌가요?"

"정확히는 드래곤이 아니라 드래고뉴트입니다. 인간과 드래곤의 혼혈이죠."

"드래고뉴트? 예전에 몇 번 상대해 본 적이 있었지만 저렇게 큰 덩치는 아니었는데요. 커도 오우거 정도랄까. 외형 자체도 인간에 가까웠고⋯⋯."

"저희 측 마법사들의 조사에 따르면 일정 시간 동안 드래곤으로 변신하는 능력을 지녔을 거라 추측 중입니다. 지금이 바로 그 상태입니다."

"호오, 마치 저의 블랙아웃 모드와 비슷하다는 이야기로군요. 그렇다면 싸워볼 만하겠는데?"

상대가 항상 지금처럼 거대한 드래곤이 아닌 이상, 드래고뉴트로 돌아갔을 때 붙어본다면 카일에게도 승산은 충분했다. 또한 저 '드래곤'일 때의 힘이 어느 정도인지 파악하고 작전을 짠다면 굳이 자신이 본격적으로 나서지 않아도 이길 수 있다는 생각까지 이어졌다.

'잠깐, 저 드래고뉴트가 데르콘 성을 쑥대밭으로 만들었던 그 정체불명의 공작일까?

아직 구체적으로 어떻게 싸우는지 본 적은 없지만, 전설 속에 나오는 드래곤의 힘을 쓸 수 있다면 성 하나쯤 박살 내는 것쯤이야 시간문제에 지나지 않는다.

그러나 멜린의 말에 따르면 겉모습은 인간과 다를 바 없었고 생명체를 썩어 문드러지게 만드는 부(腐)의 힘을 발휘했다고 들었다. 지금 성벽 위에 모습을 드러낸 드래곤에서 흘러나오는 기운은 부의 기운과는 거리가 먼 냉기였다.

무엇보다 인간에 대한 강렬한 증오가 이 전장에선 느껴지지 않았다. 데르콘 성의 경우처럼 인간을 무수히 학살했다는 증거로 일부러 해골과 뼈만을 가득 남겨놓지는 않았으니까.

피융!

그때, 공기를 가르는 소리와 함께 하늘에서 날아온 무언가가 대각선 아래 방향으로 카일의 왼쪽 뺨을 아슬아슬하게 스치고 지나갔다.

"무, 무슨 일이지? 적들의 공격이 시작되었나? 어떻게 된 일인지 알아봐라!"

"카일! 자네 괜찮나?"

주변이 완전히 난리법석이 된 와중에 정작 카일은 손바닥으로 뺨에 난 상처를 아무렇지 않게 스윽 닦았다. 피부만 살짝 베인 정도라 피가 조금 묻어나온 정도에 불과했다.

"이거 어디에선가 본 기억이 있는데……."

그의 뺨을 스치고 지나간 날카로운 바람의 정체는 땅바닥에 비스듬히 박힌 스피어였고 끝에는 아주 가는 와이어가 연결되어 하늘 위로 죽 이어졌다.

카일은 망원경을 꺼내 스피어가 날아온 방향을 주시하더니 가볍게 피식 웃었다.

"호오, 그때 그 말 아가씨잖아?"

휘리릭!

지면에 박혔던 스피어가 팽팽하게 당겨진 와이어에 이끌려 뽑히더니 날아왔던 방향 그대로 빠르게 돌아갔다.

지상으로부터 수십 미터 위 하늘에서 공격을 가한 이는 다름 아닌 켄타우로스 공작 안젤리카였다. 그녀는 특기인 '천마의 날개'로 형성된 백색 깃털의 두 날개를 펄럭이면서 높은 하늘 위에 떠 있었다.

안젤리카는 던졌던 스피어를 회수하고 다시 집어 던질 준비를 취했다. 그런 그녀를 카일은 망원경의 동그란 시야 안에 놓고 계속 바라봤다.

"날 당장에라도 죽일 듯한 눈초리로 노려보는군. 그야 당연하겠지."

이전 전투에서 안젤리카는 자매처럼 지내던 직속 부하들을 대다수 잃고 패배했다. 다행히 목숨은 건졌지만 스스로 도망친 것도 아닌, 에르카이저의 도움 덕택이었기에 그녀가 느낀 굴욕만큼 카일을 향한 분노가 커져만 갔다.

피융!

다시 한 번 하늘에서 투척된 스피어가 카일을 향해 날아갔다.

카일은 여전히 망원경으로 안젤리카를 바라보면서 왼쪽으로 한 걸음 이동했다.

"진짜 화끈한 도발이로군."

카일은 아슬아슬하게 자신을 비켜 나가 땅바닥에 박힌 스피어를 바라보고선 입술 왼쪽 끝을 살짝 치켜 올렸다. 그리고 대검을 꺼내 스피어에 연결된 와이어를 끊어버렸다.

"괘, 괜찮으십니까?"

"응? 상처 하나 없는데 왜?"

하늘에서 두 번이나 투척된 스피어를 보고 놀란 레이크와 달리 카일은 아무렇지 않게 대응했다.

날개를 펄럭이며 공중에 떠 있던 안젤리카는 여벌의 스피어를 꺼냈지만 다시 던지지 않고 가만히 지상에 있는 카일을 노려보았다. 그녀는 태어날 때부터 소유한 시력증폭능력을 통해 카일의 여유로운 미소를 멀리서도 확인할 수 있었다.

결국 안젤리카는 더 이상의 도발을 관두고 이를 악문 채 메르키어스 성으로 돌아갔다.

"저 마족이 그냥 돌아가는 걸 보고만 있어야 합니까?"

"난 마법사가 아니라 저렇게 높이 날아가는 적을 쫓아갈 순 없어. 별수 있나? 그리고 잔뜩 열 받은 쪽은 내가 아니라

저쪽일 거야. 이전에 한 번 화끈하게 손봐준 적이 있었거든.”

카일은 자신이 죽인 몬스터와 마족의 수만큼 자신을 향해 돌아올 증오가 커지는 걸 당연하게 여겼다. 그리고 그 증오를 안고 냉철한 판단력을 잃은 채 달려드는 적들을 예상보다 쉽게 처리했다.

반대로 카일의 능력을 높게 치면서 조심스레 다가오는 적은 질색이었다.

“무엇보다 내가 저 말 아가씨의 도발에 발끈해서 맞받아쳤다면 주변이 완전 난장판이 되었을걸. 나 혼자 싸운다면 모를까, 관련 없는 사람들도 잔뜩 모여 있는 이곳에서 창 맞을 뻔했다고 날뛰긴 우습잖아? 그러니 다들 진정하라고.”

정작 가장 화내야 할 장본인이 태연하게 나오자 갑작스러운 기습으로 혼란에 빠졌던 분위기가 천천히 가라앉기 시작했다.

카일은 다시 망원경을 꺼내 여전히 엄청난 존재감을 피력 중인 드래곤, 정확히는 드래곤으로 변신 중인 드래고뉴트를 관찰했다. 여전히 많은 부분이 의문에 휩싸여 있었지만, 메르키어스 성을 놓고 벌어질 전투가 치열하게 전개될 것은 명확했다.

‘공작급 마족 하나에 드래곤으로 변신할 수 있는 드래고뉴트라… 이거 만만치 않겠는 걸?’

켄타우로스 공작 안젤리카의 도발에 잠시 혼란스러웠던 실버 윙즈와 폴스타드 용병단은 곧 있을 전투에 대비하기 위해 분주하게 움직였다. 임시로 설치된 막사 안에서 무기와 장비를 정비했고, 실버 윙즈의 노병들은 젊은 용병들에게 공성전에서 주의할 사항을 구두로 전달 중이었다.

그렇게 바쁘게 돌아가던 분위기가 카르노사 왕국 측 인사가 방문하자 또 한 번 급격하게 바뀌었다.

"네? 이제 와서 계약 파기라니 무슨 말입니까?"

레이크는 어이없다는 표정으로 계약서를 카르노사 왕국 관리의 얼굴을 향해 불쑥 내밀었다.

"여기 적혀 있는 항목 중에서 저희가 어긴 게 뭡니까?"

"흐음, 그런 문제가 아닙니다. 모르드 왕국의 지원병이 오기로 예정되어 있는 이상 불필요한 충돌이 발생할 우려 때문입니다."

"그렇다면 미리 전령을 저희들에게 보내 사정을 알리거나 해야 할 거 아닙니까? 기껏 여기까지 온 저희들에게 계약 파기라니, 너무 무책임하지 않습니까!"

쾅!

레이크는 잔뜩 흥분한 얼굴로 계약서를 움켜쥔 오른손을 그루터기에 강하게 내려쩍었다. 거칠게 숨을 내쉬는 레이크

와 달리 상대는 믿는 구석이 있는지 가볍게 코웃음을 칠 뿐이
었다. 그 뒤 레이크의 말이 빠르게 이어졌지만 카르노사 왕국
의 관리는 계속 같은 대답만을 반복했다.

"이 개자……."

"안 되겠다. 레이크, 너무 흥분했어. 지금부턴 나에게 맡겨
라."

카일은 여전히 씩씩거리는 숨소리를 내며 감정을 주체 못
하고 있는 레이크를 억지로 끌어냈다. 포르칸에게 이끌려 뒤
로 밀려난 레이크의 입에서 온갖 욕설이 튀어나왔다.

"뭐, 이렇게 된 이상 이야기 길게 끌어봤자 피차 좋을 건 없
겠죠. 계약 파기를 제시한 쪽은 카르노사 왕국이니 위약금만
물어주시면 말없이 물러나겠습니다."

"위약금? 저따위 병사들을 몰고 왔으면서 말입니까?"

관리는 어이가 없다는 얼굴로 실버 윙즈의 노병들을 가리
켰다.

"우리는 제대로 된 병력을 원했지 저런 노인들은 원한 게
아닙니다. 수도 탈환이라는 막중한 임무가 부여된 전투에 저
렇게 허술한 병력을 끌고 온 의미 자체를 모르겠군요."

'이것 봐라?'

순간 카일은 자리에서 벌떡 일어나 관리의 멱살을 붙들고
싶은 충동에 휩싸였다.

"그래서 위약금을 줄 겁니까, 안 줄 겁니까?"

"우선 그 건에 대해서는 이번 탈환 작전이 성공리에 끝난 뒤에 이야기하는 편이 적합하다고 봅니다. 앞서 말했지만, 카르노사 왕국의 운명이 걸린 전투가 바로 코앞인데 고작 위약금 때문에 다시 윗선에 보고하느라 시간을 소모하기엔 좀……."

"하아, 말이 안 통하네."

"그렇다면 이건 어떻습니까? 소문을 듣자 하니, 폴스타드 용병단과 같이 온 실버 윙즈는 자원봉사 전문이라고 알려져 있더군요. 아무런 보답도 받지 않고 피난민들을 도와주신다면, 이곳에서도 굳이 돈을 받지 않고 싸워주셔도 문제없지 않습니까? 뭣보다 '성녀'라 칭송받는 카트리나 님의 도움까지 덧붙여진다면 부상자들의 고통이 상당히 덜어질 거라 기대 중입니다."

지난번 상업도시 크루이드에서 있었던 해프닝은 원래 교단이 그런 식으로 종종 나왔던 적이 있었기에 카일 입장에선 나름 자제하면서 해결했다. 하지만 말단직에 불과하더라도 그래도 엄연히 한 나라의 관리 입에서, 그것도 자국의 수도 탈환이 걸린 전투를 무상으로 도와달라는 발상이 어떻게 나왔는지 심히 궁금해졌다.

'이놈을 어떻게 처리할까? 그냥 멱살을 붙잡고 메르키어스 성으로 끌고 가 성벽 안으로 휙 내던져 버려? 아니면 교단 놈들을 손봐줬을 때처럼 적당히 팔다리 하나씩만 분지르고…….'

카일의 머릿속엔 어떻게 하면 인간을 최대한 괴롭힐 수 있는지에 대해 온갖 아이디어가 떠올랐다. 그리고 그것 중 가장 적합한 방법을 하나 택해 실행에 옮기기 직전…….

"타이서스! 아직도 이야기가 끝나지 않았나? 당장 이놈들을 돌려보내지 못하고 뭐하는 거냐!"

우렁찬 목소리와 함께 백발의 기사가 병사들을 대동하고 모습을 드러냈다.

"며, 면목없습니다. 세이르 님."

'세이르' 란 이름에 타이서스라 불린 관리에게 쏠렸던 카일의 적의가 순식간에 백발의 노(老)기사를 향해 옮겨졌다. 포르칸은 세이르의 얼굴을 보자마자 반사적으로 두 주먹을 불끈 움켜쥐었다.

"별 실적도 없는 용병단 나부랭이 따위를 상대하느라 도대체 얼마나 시간을 소모할 생각이냐?"

길게 자라난 턱수염을 매만지며 용병들을 마땅찮은 눈빛으로 둘러보던 세이르는 돌연 낯익은 얼굴을 발견하곤 기억을 더듬었다.

"자넨 어디선가 본 거 같은데……."

"그럴 겁니다. 서로 질리도록 봤으니."

"호오, 그렇군! 이제야 생각이 났어. 나라를 등지고 떠난 포르칸 아닌가?"

세이르는 팔짱을 끼더니 비아냥이 잔뜩 섞인 말로 옛 부하를 도발했다.

"포르칸이라면 예전 돌격부대를 실질적으로 지휘했다던
그……."

"용맹함 하나 만큼은 카르노사 왕국 제일이었다고 아버지
에게 들었던 적이 있어."

하지만 세이르가 이끌고 온 병사들은 포르칸을 경외가 담
긴 눈빛으로 바라봤다. 20년 만에 등장한 카르노사 왕국의 옛
'영웅'의 등장은 젊은 병사들의 호기심을 자극했고, 세이르
의 비아냥에 상관없이 묘한 분위기가 형성되었다.

"시끄럽다!"

세이르의 호통에 부하들이 다급히 입을 다물며 부동자세
를 취했다.

"용맹? 광기에 미쳐 날뛰었던 놈이 무슨?"

세이르는 포르칸의 유일한 약점인, 세 아들이 전투 도중 죽
었을 때 광기에 휩싸여 피아를 구별하지 못했던 실책을 걸고
넘어졌다.

"너희들, 잘 들어라. 저 포르칸이란 인간은 자신의 힘도 제
어하지 못해 부하들을 몰살시킨 놈이다. 그나마 내가 자비를
베풀어 처벌만은 면하게 해줬지만 그 은혜도 모르고 나라를
떠났다."

사실을 일부만 섞으면서 전적으로 자신에게 유리한 해석
만을 집어넣은 세이르의 말에 포르칸을 바라보던 카르노사

병사의 시선이 차갑게 식어갔다.

"포르칸! 너에게 애국심은 처음부터 없었나?"

세이르의 호통에 포르칸은 입을 꾹 다물고 아무런 항변도 하지 않았다. 포르칸의 부하였던 아스레인과 케이븐은 당장에라도 세이르에게 달려들 기세였지만, 그랬다간 일을 더 꼬이게 만들게 뻔했기에 분노를 속으로 삭혀야만 했다.

"누가 들으면 영감님이 전쟁 도중에 아군을 떼몰살시킨 줄 알겠네. 그리고 그때 같이 전투에 참여했던 아드님 셋이 안타깝게 전사해서 광기에 빠졌다는 말은 왜 쏙 빼?"

"뭣이?"

"더군다나 영감님은 그때 안타깝게 죽은 부하들의 가족에게 일일이 찾아가 직접 용서를 구하고, 직접 사재를 털어 위로금까지 지불했다고. 그럼에도 아직까지도 죄책감에 시달리고 계시거든. 조국을 위해 싸우다가 전사하고 부상당한 부하들의 보상금을 착복한 누구와는 다르게 말이지."

"넌 누군데 그런 터무니없는 망발을 지껄이냐? 나이도 어린 것이 감히……."

세이르는 일부러 숨겼던 뒷이야기를 거침없이 쏟아낸 흑발의 청년을 살기 가득한 눈초리로 노려봤다.

"나? 카일."

"카일? 카일이라면 설마……."

세이르는 허리에 차고 있던 검을 뽑지 못하고 검자루만 강하게 움켜쥐었다. 동시에 뜨겁게 달아올랐던 분위기가 순식간에 얼어붙었다.

"혹시 내가 여기 있다는 걸 모르고 이렇게 막 나온 건 아니겠지?"

"네가 카일이라고? 말도 안 돼! 아무리 봐도 20대로밖에 안 보이는데?"

"20년 동안 석화된 상태에서 나이 먹을 리가 없잖아? 나 원 참, 꼭 증거를 보여줘야 믿겠어?"

카일은 오른손을 위로 살짝 들어 올리더니 손바닥을 흑염의 기운으로 감쌌다.

"자, 아직도 믿기 힘들다면 다른 걸 보여줄까?"

"지… 진, 진짜 카일이었나?"

부하들을 의식해서 이야기하는 내내 당당하게 나오던 세이르는 말을 더듬으며 당황했다.

"이었나는 뭐야? 이었나는."

흑염의 기운을 본 카르노사 왕국의 관계자들과 병사들은 과거 '미친개'라는 악명을 이름 앞에 달고 살았던 카일을 떠올리며 공포에 사로잡혔다. 특히 그 앞에서 고자세를 취했던 타이서스의 얼굴엔 핏기가 완전히 사라졌다.

"아무튼 내가 필요한 건 위약금이야. 그거만 제대로 지불해부면 곤히 물러갈 테니 너무 겁먹지들 말라고."

카일은 세이르를 향해 오른손을 내밀더니 손바닥을 보이

며 그 위에 금화주머니를 올려놔 주길 기다렸다. 하지만 세이르는 못마땅하다는 표정을 지으며 코웃음을 칠 뿐이었다. 물론 점점 커져가는 두려움을 애써 무시하면서.

"그렇게 돈이 중요한가?"

"당연히 중요하지. 돈만 있었다면 남편을 잃은 과부들이 돈 걱정 없이 원래 나라를 떠나지 않고도 자식들을 키웠을 거야. 그리고 그렇게 자라난 아이들이 아버지들의 피로 지켜졌던 나라를 위해 싸우려 나서는 거고. 애국심이란 강요로 생겨나지 않아. 이런 식으로 알아서 생성되게 만들었어야지."

"뭣이?"

"뭣보다 포르칸 영감님은 더 이상 카르노사 왕국민이 아니라고. 고향이라면 모를까. 애국심 운운하는 거 자체가 아무런 의미 없다, 그 말이지. 그리고……."

카일은 슬그머니 세이르 뒤로 물러선 타이서스를 가리키며 그를 멈춰 세웠다.

"우리를 보고 자원봉사가 주력이지 않냐며 물어봤지? 그래, 맞아. 그런데 그 자원봉사가 진짜 아무런 돈 없이, 사람들의 땀 없이 이뤄지는 건 아니거든?"

"저, 저는 그저 위에서 시키는 대로 말했을……."

"먹을 게 없어 굶주리는 난민들이나 우리나 밥은 먹고살아야 해. 그 외 여러 가지 들어가는 돈도 많고. 우린 그런 일에 들어가는 돈을 남에게 손 내밀지 않고 순수하게 자체적으로 해결했어. 물론 우리를 도와주는 사람들도 아주 없지는 않아. 하지만 자원봉사를 하기 위해선 우리의 도움만으로는 부족하지. 본 적도 없는 타인을 도와주러 대륙을 떠돌아다니는 우리에게 봉사를 강요한다면 그에 걸맞는 지원 정도는 해줄 수 있다는 말부터 꺼냈어야 하잖아? 내 말이 틀렸어?"

카르노사 왕국군 소곡 병사들이 '미친개'가 언제 날뛸까 두려워하는 것과 반대로 카일은 침착하게 하고 싶었던 말을 술술 늘어놨다.

"그리고 성녀라는 칭호에 대해 나도 한마디 하자면, 그래… 그냥 그렇게 부르지 말라고 부탁하면 끝일 문제야. 성녀라는 칭호에 큰 가치가 있는 것도 아니고, 무조건적인 희생만을 강요하는 의미가 내포된 게 처음부터 맘에 들지 않았어."

실버 윙즈의 노병들이 카트리나를 과거의 그림자가 남아 있는 '성녀'라 부르는 것까진 그냥 넘어가 줬다. 하지만, 언젠가 그 칭호가 이런 식으로 발목 잡힐 일로 번질 거라 카일은 예상했었다.

"나는 모르겠지만, 카트리나를 따라온 어르신들은 남들을 도와주려고 다시 무기를 집어 든 거지, 호구가 되려고 온 게 아냐. 무슨 말인지 알겠어? 휴우……."

말을 마친 카일은 길게 한숨을 내쉬고는 주변을 둘러봤다.

카르노사 왕국 측 인사들은 물론이거나 실버 윙즈와 폴스타드 용병단 중 그 누구도 입을 여는 자는 아무도 없었다.

바로 그때, 세이르가 직접 데리고 온 기사 중 일부가 카일의 주위를 둘러쌌다. 상관의 잔뜩 일그러진 얼굴을 보고서 어떤 명령이 내려질지 미리 짐작하고 움직인 결과였다.

"이것들 봐라?"

카일이 등에 걸쳐 멘 다크블로우의 검자루를 움켜쥐자, 기사들이 움찔거리면서 조심스레 뒷걸음질을 쳤다.

"내가 몬스터나 마족들에게만 검을 휘두를 수 있다고 생각했다면 오산이야. 난 인간을 되도록 안 죽이는 거지, '못' 죽이는 건 아니라고?"

"이노옴!"

세이르가 고함을 지르더니 허리에 찬 검을 뽑아 들기 위해 검자루를 움켜쥐었다. 그러자 카일을 포위했던 기사들이 일제히 세이르에게 달려가 그를 붙들고 말리기 시작했다.

"날 말리지 마라!"

"상대는 미친개 카일입니다! 참으십시오!"

"놔라! 이런 모욕을 당하고 가만히 있으란 말이냐?"

세이르는 자신의 두 팔과 허리를 붙들고 놔주지 않는 부하들을 떨쳐 내기 위해 몸을 마구 흔들었다.

"본인이 정 싸우고 싶다는데 말리지 말라고."

순간 카일이 뽑아 든 다크블로우에서 어둠의 기운이 길게 뻗어 나왔다. 그는 어둠의 기운을 채찍처럼 휘두르더니 세이르를 말리던 부하들을 모조리 튕겨내 멀리 날려 버렸다.

"자, 말리는 사람도 없으니 이제 괜찮겠지? 검을 뽑으라고."

"……."

카일은 어깨를 으쓱거리더니 다크블로우를 왼손에 바꿔 쥐고 오른손을 까닥거렸다.

"자, 넌 기사니 검을 뽑을 때까지 기다려 줄게. 이게 소위 말하는 기사들의 결투지? 난 기사가 아니라 이런 적이 드물어서 내심 아쉬웠거든. 오래간만에 한번 경험해 보고 싶어."

카일은 다크블로우를 자신의 어깨에 가볍게 툭툭 내려치며 세이르에게 먼저 덤비라고 손짓했다.

하지만 많은 부하가 보는 앞에서 검자루를 움켜쥔 세이르의 오른손은 부들부들 떨기만 했다.

"훗."

카일은 비꼬는 표정을 지으며 다크블로우를 검자루에 집어넣었다. 그리고 뒤돌아서더니 세이르를 완전히 무시하고 걸어갔다.

"이, 이노오옴!"

챙강!

순간 세이르가 뽑아 든 검이 산산조각 나 바닥에 흩뿌려졌다.

카일의 오른손에는 어느새 다시 뽑아 든 다크블로우가 쥐어져 있었다.

"으, 으윽!"

세이르는 피투성이가 된 오른손을 움켜쥐고 제자리에 주저앉았고, 여전히 카일은 뒤돌아선 채였다.

"무기를 뽑지도 않은 상대의 등을 노리는 게 카르노사 왕국의 기사도였군. 아주 좋은데? 실용적이어서 정말 맘에 들어. 이런 식이라면 수도 탈환도 순식간이겠는걸?"

세이르는 자신을 부축하기 위해 다가온 부하들을 밀쳐 내며 스스로 일어서려고 했다. 하지만 이내 온몸의 힘이 빠지면서 도로 풀썩 주저앉았다.

고개를 옆으로 돌린 카일과 눈이 마주친 순간, 세이르는 고통 이전에 끝이 보이지 않는 공포에 휩싸여 아무것도 할 수 없었다.

"그러니 너 하나 정도 흠씬 조져 놔도 앞으로 있을 전투에 별 영향 없을 거라고 봐."

카일은 다크블로우를 사용할까 잠시 망설이더니 고개를 가로저으며 땅바닥에 꽂아 넣었다. 그리고 아까 타이서스와 이야기할 때 떠올렸던 '방법' 중 어떤 게 가장 적절할까 고민에 빠졌다.

"뭐, 뭣들 하느냐! 저놈을 당장 붙잡아라!"

두려움에 사로잡힌 세이르는 카일에게 삿대질을 하며 부하들에게 명령을 내렸지만 응하는 이는 아무도 없었다. 평소 세이르의 행보에 질린 것도 있지만, 흑염의 기운으로 온몸을 감싼 카일에게 다가갈 용기 따위 아무도 지니지 못했다.

"아까 내 별명 들었지?"

우두둑!

뼈가 으스러지는 소리와 함께 세이르의 왼손이 불길에 휩싸였다.

"미친개, 말이야. 그런데 다들 날 그렇게 부르면서 정작 내가 왜 그렇게 불리는지 이유를 모르더군."

"으… 아……."

공포에 질린 세이르는 몸 여기저기서 뼈가 부서지는 느낌을 받았음에도 비명조차 지르지 못했다. 갑옷이 통째로 뜯겨 나간 뒤, 카일의 양손이 어깨를 움켜쥐었다. 카일에게 잡힌 살갗이 타들어가며 연기가 피어올랐지만 세이르는 입을 크게 벌리고 뻐끔뻐끔거릴 뿐이었다.

카일은 이전처럼 상대를 주먹이나 발로 때리지 않고, 순수하게 흑염의 기운만을 사용했다. 어둠의 기운으로 근육 안의 뼈를 으스러뜨렸고 화염으로 살갗을 지져 버렸다.

아무런 반항도 못하고 멍하니 자신의 육체가 망가지는 걸 느끼던 세이르의 아랫도리가 축축하게 젖어버렸다.

"그래도 최소한 이 자리에 있는 사람들은 그 이유를 알게 될 거야. 내 악명을 증명해 줄 자리를 손수 마련해 줘서 정말 고마워."

두 팔과 다리, 그리고 양쪽 어깨가 완전히 으스러지고 살갗이 타버린 세이르는 카일의 비아냥에 아무런 반응도 하지 못했다.

마지막으로 세이르의 머리를 홀라당 태워 버린 후에야 카일은 흑염의 기운을 거두었다.

"덧붙이자면, 공작급 마족 2명은 나도 상대하기 버거워. 열심히 선전해서 수도 탈환에 성공하도록 무운을 빌지."

다크블로우를 검집에 도로 집어넣은 카일은 메르키어스 성을 흘낏 처다본 뒤 앞으로 걸어갔다. 자연스레 그의 뒤를 실버 윙즈와 폴스타드 용병단의 일원들이 따라갔다. 카일이 주위를 두리번거리는 것만으로도 카르노사 왕국 병사들이 알아서 길을 비켜주었다.

'내키는 대로 설치긴 했는데, 이거 괜찮을까?'

분위기는 분명히 이쪽이 이긴 것 같은데, 서로 말도 없이 묵묵히 따라오기만 하는 포르칸과 레이크가 마음에 걸렸다.

"흐음, 혹시 제가 괜히 나선 거 아닙니까?"

"아니네. 내 입장상 뭐라 할 수 없었는데 자네가 나서줘서 다행이었지."

"레이크, 아무래도 위약금은 받아내긴 무리일 거 같다. 미안해."

"아닙니다. 어차피 돈이야 언제든지 벌 수 있으니까요."

"그렇게 생각해 주면 나야 마음이 편하지만……."

괜찮다는 말을 듣고 나서도 카일의 마음 한구석엔 여전히 찜찜함이 남아 있었다. 특히 여전히 굳어 있는 표정으로 생각에 잠긴 포르칸이 내내 마음에 걸렸다.

"아, 그러고 보니……."

걸음을 멈춘 포르칸은 동쪽을 응시했다.

"잠시 들를 곳이 있는데 괜찮겠나?"

5

메르키어스 성에서 멀리 떨어진 언덕 위에 비석과 십자가들이 촘촘히 자리 잡고 있었다.

20여 년 전, 마족과의 전투에서 카르노사 왕국을 지키기 위해 전사한 자들이 묻힌 묘지에 도착한 실버 윙즈와 폴스타드 용병단은 입을 굳게 다물었다. 여전히 몸이 좋지 않아 마차에 쉬고 있었던 카트리나도 같이 따라왔다.

"고맙네. 이곳만큼은 반드시 들러야 한다고 생각했거든."

포르칸은 카일에게 고마움을 표하더니 들고 있던 할버드를 땅바닥에 내려놓았다. 많은 이가 이곳에 묻힌 뒤 오랜 시간이 흘렀건만, 진한 피비린내가 아직도 풍겨나는 듯한 느낌을 지우기 힘들었다.

"꽤 많은 분이 돌아가셨군요."

"사실 이곳에 실제로 묻힌 자는 그리 많지 않네. 언제 어디서 죽었다는 걸 알리기 위한 비석이 대부분이지."

묘지 입구에 '고귀한 용사들' 이란 문구가 적인 추모비가 큼지막하게 자리 잡았지만, 막상 묘지 안은 비석 사이로 잡초가 무성하게 자라나 있었다. 전혀 관리되지 않아 엉망진창인 모습이 카르노사 왕국의 현 주소를 고스란히 드러냈다.

포르칸이 비석들을 앞에 두고 무릎을 꿇자, 카르노사 왕국 출신인 아스레인과 케이븐이 투구를 벗어 고인에 대한 예를 표했고 다른 이들도 뒤따랐다.

"정말 미안하네."

포르칸의 입에서 나지막하게 흘러나온 말에 아스레인과 케이븐은 고개를 옆으로 돌리더니 눈물을 닦아냈다.

광기에 지배당해 자신의 손으로 죽였던 부하들에 대한 속죄는 이전에도 몇 번이나 했지만, 포르칸에게 있어서 평생 지워지지 않을 낙인임은 분명했다.

"아들들아, 미안하구나."

포르칸은 먼저 보낸 세 아들의 이름을 하나씩 읊으면서 지그시 두 눈을 감았다.

"아무런 보답도 해주지 못한 나라를 위해 너희들을 죽음으로 몰아붙인 내가… 너무나 어리석구나."

자칫 분노에 휩싸일지 모르는 상황이었지만 그보다 더 큰 슬픔에 포르칸은 광기를 가까스로 억누를 수 있었다.

각자 성호를 긋거나 묵념하면서 추모하는 분위기가 침묵 속에서 이어지는 가운데, 카일은 옆에서 기도 중이던 카트리나의 어깨에 손을 살며시 가져갔다.

"카트리나, 이분들을 위한 진혼곡(Requiem)을 불러줄 수 있겠어?"

"네."

카트리나는 고개를 끄덕거리더니 두 걸음 앞으로 걸어 나갔다. 그리고 양손을 모아 기도하는 자세로 진혼곡을 부르기 시작했다.

엘레힘이시여… 영원한 안식을 저들에게 주소서…….

평소 부르던, 듣는 이로 하여금 미소를 짓게 만드는 감미롭고 잔잔한 음색이 아닌 엄숙하며 슬픔이 서려 있는 목소리가 그녀의 입술 사이로 흘러나왔다.

…끝없는 빛이 그대와 함께하오니…….

고요함이 감도는 가운데 카트리나의 진혼곡만이 멀리 울려 퍼졌다.

"크흑……."

포르칸은 참았던 눈물을 끝내 터뜨렸다.

두 눈을 뜬 포르칸이 고개를 위로 들어 올리자, 멈췄던 눈이 다시 내리기 시작했다.

　　　　*　　　*　　　*

　이전 전쟁에서 희생된 자들을 위한 추모를 끝낸 실버 윙즈와 폴스타드 용병단은 한층 가라앉은 분위기 속에서 남쪽으로 진군을 시작했다.

　추모의 여운이 남아 있어서인지 평소처럼 서로 잡담을 나누며 이동하는 자가 한 명도 없었다. 굳게 닫힌 그들의 입술 사이로 하얀 김이 뿜어져 나올 뿐이었다.

　'흐음, 역시 이상해.'

　카일은 턱을 쓰다듬으며 그리 유쾌하지 않았던 메르키어스 성에서의 일을 떠올렸다.

　'아무리 카르노사 왕국 쪽 인간들의 판단력이 떨어지더라도, 공작급 마족이 두 명이나 버티고 있는 수도를 공략하려면 조금이라도 더 많은 병력을 필요로 할 텐데… 핑계 같지도 않은 핑계를 대면서 우리를 돌려보내다니? 계획 없이 용병들을 고용하다가 돈이 모자라서 돌려보낸 것 같지는 않아 보이고. 그렇다고 포르칸 영감님이 맘에 안 들어서 그런 것 역시 아닐 테고.'

　모르드 왕국의 지원 병력 때문에 눈치가 보여서 돌려보냈다는 가정이 그나마 가장 타당성이 높았지만, 썩 납득할 만한 가정은 아니었다.

"흐음?"

진영의 선두에 있던 카일은 맞은편에서 접근 중인 병력을 발견하고는 걸음을 멈췄다.

"저건 모르드 왕국의 깃발이잖아?"

보는 것만으로도 절로 표정이 일그러지게 만드는 문양에 카일의 신경이 날카롭게 곤두섰다.

"카일 님, 어떻게 할까요?"

모르드 왕국의 군대가 다가오는 걸 알아챈 레이크는 걱정 스러운 눈초리로 카일을 바라봤다.

"어떻게 하긴. 그냥 알아서 지나가길 바라야겠지. 그쪽에 서도 그걸 원한다면 좋겠지만."

모르드 왕국에 대한 증오와 별개로 득이 될 게 하나도 없는 충돌은 피하고 싶었다.

그렇게 기대를 품고 가만히 서 있던 도중, 모르드 왕국군을 선두에서 이끌고 있는 한 여성이 카일의 눈에 들어왔다.

"아하, 그런 거였나?"

단순히 모르드 왕국의 지원 병력이 오는 수준이 아니라, 새 로운 빛의 용사 일행이 온다면 이야기는 달라진다. 카일이나 카트리나처럼 정해진 소속 국가 없이 떠돌아다니는 '과거의 잔재'에 기대기보단 확실한 지원과 실력을 기대할 수 있는 모르드 왕국을 택하는 쪽이 나으니까.

'그리고 새로운 빛의 용사가 활약해야 할 전장에 나나 카

트리나가 대신 부각되면 여러모로 귀찮아지겠지? 모르드 왕국이나 카르노사 왕국 쪽이나.'

그렇게 생각에 잠긴 카일을 알아본 크레아가 멈춰 섰고 '빛의 부대' 역시 행군을 중지했다. 그녀 옆에 있는 두 사람, 마르코와 쉘턴은 카일을 보고 당장이라도 전투에 돌입할 준비를 취했다.

그러자 세이르에게 카일이 본때를 보여줬을 때와, 그리고 묘지 앞에서 추모했을 때와는 다른 의미의 침묵이 길게 이어졌다.

"오래간만입니다, 공주님."

카일이 넉살 좋게 먼저 인사하며 크레아를 향해 다가가자 마르코와 쉘턴이 급하게 둘 사이에 끼어들었다. 하지만 크레아는 손을 내밀며 둘에게 물러서라고 지시했다.

'흐음, 아무리 봐도 그 진짜 크레아 공주와 닮았단 말이야. 이렇게 보니 또 이쪽이 진짜 같기도 하고. 그런데… 뭐야, 저 얼굴은? 오래간만에 만난 친구를 대할 때나 짓는 표정이잖아.'

가까이에서 크레아를 관찰하던 카일은 상대가 의외의 반응을 보이자 무슨 꿍꿍이가 있나 의심했다. 하지만 그녀의 표정이 금세 원래대로 돌아가자 카일은 별일 아니었다고 여기고 가볍게 피식 웃었다.

"저쪽으로 가는 겁니까?"

카일이 주먹 쥔 오른손의 엄지로 메르키어스 성이 있는 등 뒤를 가리키자 크레아가 고개를 끄덕이며 긍정했다.

"공주님, 좋은 거 하나 가르쳐 드릴까요? 웬만하면 메르키어스 성에서 몸 사리는 게 좋을 겁니다."

"네?"

"왜냐하면……."

순간 두 남녀의 머리 위를 지나간 거대한 그림자에 대화가 중단되었다. 하늘을 향한 카일의 시야에 거대한 생물체가 빠른 속도로 날아가고 있었다.

"아, 마침 잘되었네."

카일은 오른손 검지로 하늘을 가리켰다.

"저런 게 있기 때문이죠. 드래곤으로 변신하는 능력을 지닌 드래고뉴트라고 하더군요."

"아……."

드래곤을 처음 본 크레아는 더 이상 말을 잇지 못하고 멍하니 드래곤이 날아간 방향을 응시했다.

"하늘 높이 날고 있었기 망정이지 만일 저 드래곤이 낮게 날아와 브레스를 뿜고 가버렸다면… 아, 더 이상 말할 필요는 없겠군요. 그러면 전 이만."

카일은 크레아의 어깨를 가볍게 툭 내려치더니 그녀를 지나갔다. 그러자 실버 윙즈와 폴스타드 용병단의 일원이 카일을 따라 크레아가 이끄는 빛의 군대 왼쪽으로 빙 돌아 전진하기 시작했다.

"……."

크레아는 카일이 손을 얹었던 어깨 왼쪽을 오른손으로 움켜쥐었다. 그의 손을 통해 어둠의 기운이 몸 안으로 살짝 스며들었지만 상상만큼 기분 나쁜 느낌은 아니었다.

6

서로 다른 두 세력의 병력이 교차하지 않고 평행으로 비켜가는 장면을 높은 하늘 위에서 지켜보고 있는 이들이 있었다.

"저 인간이 흑염의 카일인가? 과연… 안젤리카 공이 고전할 만한 상대답군."

드래곤으로 변신해 창공을 부유 중인 드래고뉴트 공작 헤리온은 멀찌감치 떨어진 지상을 바라보며 감탄했다.

"이런 말 하면 실례가 될 수 있겠지만, 카일이라는 인간이 소유한 힘을 감안한다면 안젤리카 공이 그와 맞붙고도 살아 돌아온 것은 운에 가까워."

"분하지만 저도 그렇게 생각합니다."

헤리온 옆에 같이 하늘을 날고 있는 켄타우로스 공작 안젤리카는 스스로의 부족함을 순순히 인정하며 지상에서 이동 중인 카일에게서 눈을 떼지 않았다.

"그런데 메르키어스 성에서 봤을 때, 왜 더 이상 공격하지 않고 물러섰나?"

"또다시 지난번처럼 저의 무모함 때문에 부하들을 잃지 않기 위해서입니다."

"그렇다면 처음부터 도발 같은 건 하지 말았어야 했을 텐데?"

헤리온의 지적에 안젤리카는 얼굴에 남은 크고 작은 흉터를 천천히 어루만졌다.

카일과의 전투 당시 입었던 얼굴의 상처를 일부러 치료받지 않고 그대로 남긴 결과로, 언젠가 카일을 자신의 손으로 처치하고 말겠다는 결심의 표현이었다.

"그냥 보고 있기엔 가슴속에서 계속 치밀어 오르는 분노를 주체하기 힘들었습니다. 그래서… 죄송합니다."

"아니네. 부하들을 그런 식으로 잃은 이상 그 정도야 용납될 만했네. 다행히 상대도 그대의 도발을 그냥 흘려 넘겼으니 문제없었고. 젊은 혈기라는 것은 주체하기 힘든 법이니까."

인간 나이로 치면 이제 갓 20대에 들어선 격인 안젤리카를 헤리온은 너그럽게 이해해줬다.

"그런데 그때와 달리 아까는 공격하기 최적 아니었나?"

메르키어스 성을 지키던 헤리온은 막상 여기까지 와놓고도 무슨 영문인지 다른 곳으로 이동해 버린 카일의 행동을 이해할 수 없어서 하늘 높이 이동해 뒤따라갔다.

그리고 인간들의 무덤을 한데 모아놓은 언덕에 모여 있는 실버 윙즈와 폴스타드 용병단을 멀리서 바라보기만 했다. 같이 따라온 안젤리카가 어떤 대응을 할지 살짝 기대를 품고서.

"아무리 증오스러운 적이라 하여도, 전사자들을 추모하는 자리에서 피를 보고 싶진 않았습니다. 그 인간과는 전장에서 승부를 보고 싶습니다."

"의외로 꽉 막힌 타입이로군, 안젤리카 공은."

"저에겐 더 이상 지켜야 할 명예 같은 건 없지만, 먼저 간 부하들의 명예까지 더럽힐 자격은 없습니다."

시각과 마찬가지로 청력까지 증폭시킬 수 있는 안젤리카는 전사자를 추모하는 카트리나의 진혼곡을 듣고서 끝내 치켜들었던 스피어를 지상으로 투척하지 못했다.

"그런데 안젤리카 공, 계속 날고 있어도 괜찮은가? 천마의 날개를 그렇게 오래 지속시키긴 힘들 텐데?"

"천마의 날개는 이제 하루에 6시간까진 유지시킬 수 있습니다."

"허어, 벌써 그 경지까지? 계속 노력한다면 내 변신 유지시간을 초월하겠군. 대단해."

"과찬의 말씀입니다."

"그나저나 난 슬슬 다음 목표인 페드로스 성으로 이동해야 할 것 같군. 안젤리카 공, 메르키어스 성을 부탁하겠네."

"무운을 빕니다."

안젤리카는 오른손에 쥔 스피어를 수직으로 세우며 예를

표한 뒤 메르키어스 성을 향해 날아갔다. 그리고 헤리온은 반대 방향인 페드로스 성 쪽으로 몸을 돌렸다.

"그런데, 다시 생각할수록 참 특이했어. 빛과 어둠이라는 서로 상반된 힘을 지닌 것으로도 모자라 겉과 속이 거울에 비친 듯 반대라니."

헤리온은 서로 스쳐 지나간 카일과 크레아를 떠올리며 호기심이 솟구치는 걸 느꼈다.

겉보기엔 안정된 것처럼 보이는 크레아의 내면은 혼란 그 자체였다. 반면 어둠의 힘을 소유한 카일의 내면은 의외로 안정된 상태였다. '어둠'의 힘 자체가 지닌 피할 수 없는 혼돈까지 무시하면서.

"아무래도 내가 잠들었던 사이 진행되었던 실험과 관련 있는 것 같은데… 직접 확인해 봐야겠다."

하지만 헤리온이 용혈의 힘을 제어하기 위해 잠든 기간은 '사이'라는 말로 치부하기엔 너무나 긴 시간이었다. 그 '사이' 동안 마족에게 유리했던 전쟁은 결국 인간의 승리로 끝났고, 다시 또 한 차례 전쟁이 발발하기에 이르렀다.

"데미트리의 비밀 연구소가 아직도 그 자리에 있을까?"

과거 인간과의 전쟁 당시 5공작 사이의 경쟁의식은 겉으로 표면화가 되지 않았을 뿐 내부적으로는 꽤나 심각했다.

'어둠의 후예'라는 거창한 이름으로 뭉치긴 했지만 결국 각자 다른 종족들이 모인 집단이라 내부 갈등은 피할 수 없는 문제였고, 더 나아가 자신이 속한 종족만의 이익을 추구하는 일도 빈번찮게 일어났다.

그 중심엔 인간과의 전쟁을 뒷전으로 미뤄놓고, '무언가'의 연구에만 치중했던 스펙터 공작 데미트리가 있었다.

"내 기억이 맞으면 좋으련만⋯⋯."

Chapter 30
부(腐)의 힘을 지닌 자

1

　인간과 마족 간의 다시 시작된 전쟁으로 대륙 곳곳이 혼란에 빠진 지도 어느덧 1년 반이라는 시간이 흘러갔다.

　하지만 모든 곳이 전쟁의 소용돌이에 휘말리진 않았다. 20여 년 전 전쟁에선 모르드 왕국과 함께 인간 세력의 한 축을 담당했던 보르니아 왕국은 재개된 전쟁 속에선 의외의 행보를 보였다. 모르드 왕국이 새로운 빛의 용사 크레아를 앞세워 활발히 움직이는 것과 대조적으로 보르니아 왕국은 자국 내 영토 수호에 무게를 두고 힘을 축적 중이었다.

　하지만 과거 인간을 승리로 이끌었던 빛의 용사 페이서가 당시 라이벌 관계였던 아르고스의 도움을 받아 보르니아 왕국에 거주 중이라는 사실은 그리 알려지지 않았다.

*   *   *

엘레힘 신성력 1327년 3월 10일.

주변이 온통 수풀로 둘러싸인 아르고스의 별장 앞은 계절
에 맞지 않게 냉기가 감돌고 있었다.

"휴우……."

차갑게 식은 공기가 제럴드의 주위를 둘러쌌다.

그가 숨을 내쉴 때마다 하얀 입김이 연신 뿜어져 나왔고,
그가 디디고 있는 땅바닥은 단단히 얼어붙어 넓은 빙판을 형
성했다. 천천히 걸음을 옮기자 제럴드가 발을 디딘 자리에 서
릿발이 솟아올랐고, 원래 있었던 자리의 얼음이 금세 녹아내
렸다.

"이 정도면 괜찮습니까?"

"마나가 극도로 소모된 상황에서도 마나의 제어가 거의 흐
트러지지 않는군요. 훌륭합니다."

아르고스의 부인인 케이드린은 제럴드를 옆에서 지켜보며
감탄했다.

"그러면 오늘은 여기까지 하도록 하죠."

그녀의 대답이 떨어지자 제럴드는 오른손을 앞으로 내밀

더니 그를 휘감고 있던 차가운 기운을 천천히 흡수했다. 빙판이 녹아 물로 변해 땅바닥에 스며들었고, 차가웠던 공기가 햇빛을 받아 봄기운을 물씬 풍기기 시작했다.

"이 정도라면 실전에서도 마나의 특화를 더욱 활용할 수 있을 겁니다. 역시 프로스트 엣지라는 아명이 괜히 붙은 게 아니었군요."

과거 마족 5공작 중 코델리아의 부하였던 케이드린은 제럴드의 부탁을 받아 그를 지도 중이었다. 특이하게 그녀는 실전 위주의 대련보다는 마법의 근원 자체에 대해 심도 깊게 가르쳐 주면서 기초를 다지는 쪽에 중점을 두었다.

여름에 시작된 수련은 어느새 가을과 겨울을 지나 봄이 시작되는 3월까지 반년 넘게 지속되었고, 배우고 가르치는 입장의 제럴드와 케이드린은 마법적인 측면에서 서로에게 특이점을 느꼈다.

"원래 마법의 기초 실력 자체가 탄탄했다 쳐도 늦은 나이에 마나의 특화는 결코 쉬운 결정은 아니죠. 그런데도 상당한 진전을 이루다니, 역시 인간의 습득 속도는 꽤 빠르군요."

"저는 반대로 케이드린 님 쪽이 신기하게 느껴집니다. 제 나름대로 마법에 관해서만큼은 마나량을 제외하곤 남에게 뒤처지지 않는다고 자부하고 있었는데 케이드린 님 앞에선 이야기가 달라지더군요."

"구체적으로 설명한다면?"

"제 자신을 포함해 이제까지 제가 보고 접한 마법사들과 달리 뭐랄까… 마법 그 자체를 자연스럽게 받아들인 느낌입니다."

식사를 위해 접시 위에 놓인 스테이크를 나이프로 써는 것처럼, 대야에 담긴 물로 세수를 하는 것처럼 케이드린의 마법 구현은 일상의 하나처럼 물 흐르듯 자연스럽게 이뤄졌다.

"그건 인간과 뱀파이어가 지닌 삶의 차이 때문일 거예요. 뱀파이어는 오랜 시간을 살아가는 만큼, 마법 그 자체에 대해 고민하고 생각할 시간 역시 길게 마련이죠. 그에 반해 인간의 경우 상대적으로 짧은 수명을 최대한 활용하기 위해 우선 마법 자체를 사용하기 위한 방법을 터득하는 데 치중하게 됩니다. 이건 굳이 마법에 한정된 이야기는 아니긴 하죠."

100년이 넘는 시간 동안 살아왔음에도 10대 중반의 소녀로밖에 보이지 않는 케이드린의 입에서 연륜이 묻어난 말이 나오자 제럴드는 어색함을 느꼈다.

하지만 그것과 반대로 케이드린의 몸 안에 흐르고 있는 마나를 감지하자, 그녀의 말이 맞다는 걸 깨닫고 고개를 끄덕거렸다.

"하지만 이것은 반대로 마족들 간의 정보나 기술 교류가 드문 이유이기도 하죠. 시간만 지나면 알아서 깨우칠 내용들을 굳이 문서나 기록으로 남길 필요가 없다고 여기는 점이 크답니다."

코넬리아의 부하로서 인간과의 수많은 전투를 겪은 그녀는 단기간 동안 눈부신 성장을 이끌어내는 인간들을 보며 감탄과 두려움을 동시에 느꼈었다. 그리고 그 이유가 일반적인 마족에 비해 짧은 인생을 살아야 한다는 인간의 단점이 강한 추진력으로 탈바꿈했기 때문임을 깨달았다.

"흠흠, 이야기가 옆으로 좀 샜군요. 아무튼 이대로 쭉 마나의 특화에 중점을 둔다면 제럴드 님은 머지않아 절 능가할 겁니다. 아니, 정정하도록 하죠. 20여 년 전 실력에 좀 더 가까워질 겁니다."

"가까워진다, 이 말이로군요."

"그 당시 제럴드 님이 소유한 마법사로서의 종합적인 능력은 저를 한참 뛰어넘었죠. 결국 전 공작이 아닌 후작에 머물렀으니까요."

"그때의 제가 그렇게나 강했단 말입니까……."

현재가 아닌 과거의 자신을 칭찬하는 말에 제럴드는 착잡한 기분을 떨쳐 낼 수 없었다. 과거를 추월해 더 강한 마법사로서 동료들을 뒤에서 지원해야 한다는 책임감이 더욱 무겁게 그를 짓눌렀다.

"그렇다면 조금이라도 더 빨리 과거에 가까워지면 되겠지요."

그러나 고민에 잠시 빠졌을 뿐, 제럴드는 마나를 회복시키기 위해 제자리에서 명상에 들어갔다. 언제, 어디에서든 마법을 구현할 준비가 되어야 한다는 케이드린의 조언을 받아들여 한쪽 무릎을 꿇은 자세에서 오른손을 지면에 대고 눈을 뜬 채로 마나를 끌어모으기 시작했다.

한편, 저택 왼편에 설치된 대련장 안에선 페이서와 아르고스 간의 대련이 진행 중이었다. 말이 대련이지, 거의 실전에 가까울 정도로 격렬한 공방을 주고받는 터라 두 사람은 온몸이 땀투성이가 되어버린 지 오래였다.

"그러면 페이서 님은 어떻습니까?"

명상을 마친 제럴드는 대련 중인 두 남자를 가리키며 케이드린에게 물었다.

"저분이라면 흐음… 좀 애매하군요. 전 아무래도 마법 전문이지 검술에는 문외한이니까요."

"그렇다면 부군과 비교해서 누가 더 위입니까?"

케이드린은 중년에 들어선 두 남자의 격렬한 대련을 담담한 시선으로 살펴봤다. 방금 말한, 검술에는 문외한이라는 이야기와 다르게 그녀의 눈은 페이서의 움직임 하나하나를 놓치지 않았다.

"그이가 젊었을 땐 페이서 님의 압도적인 승리였다면서요?"

"네, 그리고 그 뒤 크로이저 요새에서 다시 맞붙었을 땐 아슬아슬하게 페이서 님이 또 이겼죠. 물론 마나의 특화를 배제하고 순수하게 검술로만 겨룬 경기였으니 어느 쪽이 확실히 앞선다고 판단하긴 무리였습니다."

"그리고 지금은… 그이가 우세하네요."

케이드린은 잠시 머뭇거리더니 페이서의 현 실력에 대해 냉정하게 평가를 내렸다.

"페이서 님이 지닌 힘의 가장 큰 근원은 아무래도 빛에 특화된 능력이겠죠. 그걸 원하는 때에 끌어낼 수 없다면 그저 검술에 탁월한 실력을 지닌 기사 정도에 불과할 겁니다."

아르고스의 저택에 머무른 반년 동안 페이서가 빛의 힘 자체를 이끌어낸 적은 고작 5번에 불과했다. 물론 술에 절어 완전히 폐인이었던 시절에 비하면 고무적인 성과였지만, 빛의 용사라 불리기엔 여전히 부족했다.

"당시의 페이서 님은… 어둠의 후예였던 저에게 너무나도 두려운 존재였죠. 코델리아 님께서 일대일 대결로 시간을 끄는 사이 후퇴하지 못했다면 전 지금 이 자리에 없었을지도 모릅니다."

한때 적으로서 페이서를 대한 적 있었던 그녀였기에 빛의 힘이 가지는 무게를 제럴드와 다른 입장에서 느낄 수 있었다.

"물론 빛의 힘을 제외한다면 지금의 페이서 님은 과거보다 더 강해졌을……."

케이드린은 하던 말을 멈추고 오른손으로 얼굴을 감쌌다. 다시 손을 뗐을 땐 평소 사람들 앞에서 보여주는 중년 여성의 얼굴을 하고 있었다.

멀리서 달려온 한 기의 말이 케이드린 앞에 급히 멈추면서 먼지를 확 일으켰다. 말 위에서 내린 전령은 그녀에게 예를 표한 뒤 편지를 꺼내 전달하고는 다시 말에 올라타 왔던 길로 빠르게 되돌아갔다.

"여보, 당신에게 온 편지로군요."

"나에게?"

수련을 중단하고 케이드린 쪽으로 걸어온 아르고스는 그녀가 들고 있는 편지를 보며 고개를 갸웃거렸다. 그러나 봉투를 열고 편지의 내용을 읽기 시작하자 인상이 순식간에 험악하게 변해 버렸다.

2

"부(腐)의 디케이드?"

"새로 등장한 5공작 중 가장 종잡을 수 없는 마족이지. 의도한 건지 아닌지는 모르겠지만 기묘하게도 모르드 왕국령에 속한 곳만 공격해서 안심하고 있었는데, 이번에 돌연 보르니아 왕국 안으로 넘어왔다는군. 벌써 성 하나를 완전히 초토화시킨 모양이야."

아르고스는 씁쓸한 표정을 지으며 갑옷을 입는 중이었다.

언젠가 보르니아 왕국을 향한 마족의 본격적인 공격이 시작될 거라 예측했다. 그러나 하필이면 가장 골칫거리로 판단되는 디케이드를 상대하게 될 줄은 예상하지 못했다.

"현재 디케이드는 프렐루드 성에 있다는군. 이전과 달리 자리를 뜨지 않고 계속 있다는 점이 마음에 걸려. 특히 수도 인 그레인 성에서 그리 멀지 않은 곳이라 더욱 걱정된다네."

"잠깐, 지금 그 디케이드라는 마족이 계속 한 곳에 머무르 고 있단 이야기입니까? 이제까지의 행보로 보아 절대 이럴 타 입은 아닌데……."

제럴드는 남들의 눈을 피해 수련에 전념하는 것과 별도로 새로 시작된 전쟁에 대한 정보를 수집해 왔다.

물론 새로 결성된 마족의 수장들인 5공작에 대한 정보도 입수한 상태였는데 그들 중 제럴드의 이목을 가장 끄는 이는 바로 디케이드였다.

"더 두고 봐야 알겠지만, 디케이드의 이번 행보는 이전까 지의 무차별적인 학살과 반대로 특별한 목적을 지녔음이 확 실합니다."

"그 목적이 뭔지가 나도 참 궁금하네. 별일 없어야 할 텐 데… 아니지, 이미 일은 벌어졌으니 어떻게 수습하느냐가 문 제야."

갑옷을 다 입은 아르고스는 크로이저 요새에서 선보인 적 이 있었던 대검을 등에 메고 길게 한숨을 내쉬었다.

"후우, 두렵군. 후작도 아닌 공작급의 마족이라니, 옛날에 도 제대로 상대해 본 적이 없었는데. 과연 이길 수 있을까?"

아르고스는 거울에 비친 자신을 바라보며 세월의 흐름을 실감했다. 과거 보르니아 왕국에게 승리를 안겨주었던 북의 귀공자는 더 이상 존재하지 않았다.

하지만 그는 물러설 수 없는 입장이었다.

"페이서, 자네 뭐하나? 같이 갈 준비는 안하고?"

"제가 도움이 될 수 있겠습니까?"

페이서는 시선을 아래로 내리더니 아직 검집에 집어넣지 않고 오른손에 쥐고 있던 연습용 검을 바라봤다. 반년 동안 거의 쉬지 않고 수련에 매진한 결과 견고하게 만들어진 연습용 검 수십여 자루가 부러졌지만, 정작 그가 그토록 갈구하던 빛의 힘은 지금처럼 필요한 때에 돌아오지 않았다.

그리고 강적을 상대로 죽을지도 모른다는 두려움이 아닌, 같은 편의 짐밖에 되지 않을까하는 다른 의미의 두려움에서 벗어나지 못했다.

"내가 알던 페이서와는 많이 달라졌군."

"죄송합니다."

"하지만 오히려 이쪽이 더 인간미가 느껴져. 옛날처럼 자네 혼자서 모든 걸 감당하려고 하지 말게. 너무 한꺼번에 모든 걸 되찾으려고 조급해할 필요 없어. 우선 지금 당장 할 수 있는 걸 해봐야지. 안 그런가?"

아르고스는 미소를 머금더니 페이서의 어깨를 가볍게 다독거린 후 마굿간으로 향했다.

"지금 당장 할 수 있는 걸 해본다라……."

페이서는 아르고스의 말을 되새기면서 검자루를 강하게 움켜쥐었다. 결심을 굳힌 페이서는 제럴드를 바라봤고, 제럴드는 말없이 고개를 끄덕이며 동행할 것을 표명했다.

두 남자가 입을 다물고 교감하는 사이 저택 입구에서 검은 머리칼의 여성이 천천히 걸어 나왔다.

"리에트 양, 저희들은 프렐루드 성으로 떠날 예정입니다만… 어떻게 하겠습니까?"

"갈게."

"상대는 이제까지 리에트 양이 상대했던 마족과 수준 자체가 다를지도 모릅니다. 그래도 같이 가겠습니까?"

"응."

여전히 감정이 드러나지 않는 짧은 대답이었지만 동행의 의지만큼은 확고하게 드러낸 리에트였다.

그사이 아르고스가 네 마리의 말을 손수 이끌고 저택 앞으로 왔다. 페이서와 제럴드, 그리고 리에트가 준비를 위해 저택 안으로 들어가자 케이드린이 조심스럽게 입을 열었다.

"여보, 저도 같이……."

"안 된다오. 당신의 손에 더 이상 피를 묻히게 만들 수는 없소. 내가 원하는 건 승리를 안고 돌아올 날 맞이해 줄 부인이지 옆에서 같이 싸워줄 동료가 아니라오."

아르고스는 말고삐를 왼손으로 바꿔 쥐더니 오른손으로

케이드린의 머리를 다정하게 쓰다듬었다.

"당신은 더 이상 뱀파이어 후작 케이드린이 아니라오. 지금이야 세월을 이기지 못해 볼품없이 변해 버렸지만, 북의 귀공자였던 나 아르고스 케르슈타인의 부인이라는 걸 명심해주시오."

케이드린은 결국 아르고스에게 말고삐를 빼앗지 못하고 고개를 끄덕이더니 뒤로 한 걸음 물러섰다. 그녀가 마족임을 숨기고 인간으로서, 동시에 한 남자의 부인으로 살아가길 원하는 남편의 부탁을 그녀는 거절할 수 없었기에.

침묵 속에서 두 남녀의 교감이 계속 이어졌고, 준비를 마친 페이서 일행이 다시 돌아왔다. 아르고스는 쥐고 있던 말고삐를 각각 넘겨주고 말 위에 올라탔다.

"자, 서두릅세!"

3

엘레힘 신성력 1327년 3월 13일.

일주일 전까지만 하더라도 전쟁의 여파와 전혀 상관없이 평화로웠던 프렐루드 성에 죽음의 그림자가 짙게 깔렸다.

완전히 박살 난 성문 앞에 한 남자가 홀로 있었고 보르니아 왕국군 소속 병사들의 포위망은 그를 중심으로 넓고 촘촘하게 형성되었다.

성문 앞에는 엄청난 수의 해골과 뼈다귀들이 높게 쌓여 있었고, 그 위에 걸터앉은 디케이드는 여송연을 입에 물고 병사들을 내려다보고 있었다.

"휴우……."

디케이드는 연기를 길게 내뿜으며 왼쪽 발을 살짝 움직였다. 그러자 발끝에 걸린 해골 하나가 아래로 떼굴떼굴 굴러갔고, 1만에 달하는 병사가 일제히 움찔거리는 진풍경이 펼쳐졌다.

"벌써 일주일째인가."

디케이드가 프렐루드 성을 아무도 없는 죽음의 도시로 만드는 데 걸린 시간은 고작 이틀에 불과했다.

사흘째 되는 날부터 다급히 집결된 보르니아 왕국의 지원 병력이 반격을 시작했지만, 그가 걸터앉고 있는 '해골의 산'이 드높아질 뿐이었다.

보르니아 왕국군 측은 자신들이 먼저 다가가지 않는 이상 디케이드가 공격하지 않는다는 걸 깨닫고 포위망만 두텁게 형성한 채 아르고스가 오기만을 기다리고 있었다. 젊었을 시절 북의 귀공자로 불리며 보르니아 왕국에 승전보를 매번 안겨주던 '그'라면 저 정체불명의 마족을 이길 수 있을 거란 기대감을 품고서.

"뭐냐, 넌?"

디케이드는 허락도 없이 자신만의 영역에, 그것도 등 뒤에 나타난 누군가를 감지하고 인상을 찌푸렸다.

"저는 에르카이저 님을 모시는 뱀파이어 백작 하리올드라고 합니다. 디케이드 공께서 이곳에 오시기 전부터 보르니아 왕국군을 상대하고 있었습니다."

"뱀파이어가 데몬 공작인 에르카이저를 섬겨? 코넬리아는 어쩌고? 아, 그 여자는 예전에 그에게 갔었지."

'그' 라는 단어를 언급할 때 잠시나마 표정이 풀렸지만, 이내 원래의 찡그린 얼굴로 돌아갔다.

"그런데 너 설마, 이왕 보르니아 왕국으로 쳐들어온 김에 절 도와주십시오… 라는 판에 막힌 말 따위 꺼내려고 온 건 아니겠지?"

디케이드는 자리에서 일어서더니 뒤돌아서며 하리올드를 정면으로 바라봤다.

"저, 저는 단지……"

눈을 마주친 것만으로도 하리올드의 안색은 새파랗게 질려버렸다. 텅 빈 왼쪽 안구 안에 자리 잡은 녹색 안광이 가까이 다가오자 하리올드는 본능적으로 죽음의 공포를 느끼고 물러서려고 했다. 하지만 디케이드 쪽이 더 빠르게 움직였다.

"으아악!"

디케이드는 하리올드의 머리를 오른손만으로 움켜쥐더니 그대로 위로 들어 올렸다. 그의 몸에서 흘러나오는 나오는 녹색 기운에 하리올드는 발끝부터 썩어 들어가기 시작했다.

"내 일에 조금이라도 참견한다면 인간이든 마족이든 가리지 않고 처리해 버리겠다는 경고를 질리도록 반복했다고 기억하는데… 내가 틀렸나?"

"크윽… 커헉!"

"에르카이저도 날 제어하지 못한다. 그런데 감히 공작도 아닌, 후작조차 못 되는 백작 따위가 내 일에 끼어들어?"

짙은 연기가 피어오르더니 살점은 물론이고 내장마저 썩어문드러졌고, 뼈만 남아버린 하리올드의 양팔과 두 다리가 아래로 축 처졌다.

우드득!

뼈가 으깨지는 소리와 함께 박살 난 해골 파편이 디케이드의 오른손 아래로 산산이 흩어졌다. 같은 편을 별다른 이유없이 죽인 디케이드의 행보를 보르니아 왕국의 병사들은 마른침을 꿀꺽 삼키며 그저 지켜볼 뿐이었다.

"역시 가만히 기다리고 있기엔 너무 심심해."

'기다리던' 사람이 오기 전까지 일부러 가라앉혔던 살기가 다시 피어오르더니, 디케이드의 녹색 안광이 잔상을 그리며 주변을 둘러보았다.

그가 해골로 만들어진 산 위에 꽂아났던 대검 러스티 블레이드(Rusty Blade)에 손을 가져가자 병사들이 뒤로 황급히 물러섰다.

"후퇴하지 마라! 도망치는 자는 즉결 처분하겠다!"

"뭣들하는 거냐! 포위망을 유지해라!"

기사들이 마구 고함을 지르며 병사들을 윽박질렀지만 아무런 소용이 없었다. 병력이 빠르게 이탈하면서 포위망이 순식간에 무너졌고, 걸려 넘어진 병사를 마구 짓밟고 지나가는 이들 때문에 여기저기서 비명 소리가 터져 나왔다.

막상 디케이드는 러스티 블레이드의 검자루를 움켜쥐기만 했을 뿐, 뽑아 들지는 않고 혼란에 빠진 보르니아 왕국군을 응시하기만 했다.

"모두 제자리로!"

순간, 우렁찬 함성이 울려 퍼지더니 후퇴하던 병력이 빠른 속도로 재집결하기 시작했다. 손을 놓고 병사들이 도망가는 걸 보고만 있던 기사들은 뒤늦게 정신을 추스르곤 포위망을 형성하도록 지시했다.

다시금 전열을 갖춘 보르니아 왕국군을 가로지르며 디케이르를 향해 다가가는 이가 있었다. 이제까지 상대했던 마족들이 남겼던, 여기저기 긁히고 깎여 나간 자국이 선명하게 남아 있는 갑옷을 걸친 그를 보고 병사들은 두려움을 잊어버리고 희망을 품었다.

"아르고스 님이다!"

"그분이 오셨어!"

가라앉았던 병사들의 사기가 하늘 끝까지 치솟았다.

하지만 아르고스는 극심한 긴장감에 자신에게 쏟아지는
환호성을 묵묵히 듣기만 했다. 지금 그가 할 수 있는 건 앞으
로 벌어질 혈투에 쓸데없이 병력이 소모되는 걸 막기 위해 손
을 휘저어 포위망을 넓게 퍼뜨리는 일 뿐이었다.

시간이 지나자 흥분에 휩싸였던 분위기가 다시 가라앉았
다. 침묵이 이어지는 가운데 페이서와 제럴드가 아르고스의
뒤를 따라갔다.

단, 리에트만은 더 이상 다가가지 못하고 제자리에 서 있었
다. 넓은 소매 안에 가려진 그녀의 오른팔에 소름이 잔뜩 돋
아 있었다. 무표정한 얼굴과 대조적으로 하염없이 솟아난 식
은땀이 뺨을 타고 목 안쪽까지 흘러내렸다.

"아르고스? 아르고스라……. 잠깐, 북의 귀공자 아르고
스?"

디케이드는 과거의 기억을 더듬으며 위풍당당하게 앞으로
나선 중년의 기사를 살펴봤다. 그리고 얼마 지나지 않아 '피
식' 하는 웃음소리가 새어 나왔다.

"20년이라는 시간을 어떻게 보냈는지 잘 알겠어, 북의 귀
공자 아르고스."

디케이드의 노골적인 비아냥에 아르고스는 입을 다물고
검자루를 움켜쥔 오른손에 힘을 잔뜩 주었다.

반면 페이서는 해골과 뼈다귀가 쌓인 곳 위에 서 있는 디케
이드에게 눈을 떼지 못했다.

"당신은……?"

"페이서, 날 알아보겠나?"

"아, 아니야. 그럴 리가 없어."

"그래, 그럴 리가 없어야 하겠지. 네가 알고 있는 나는 이곳에 존재하지 않아야 하니까."

해골을 짓밟으며 아래로 내려온 디케이드는 살짝 미소를 머금고 페이서를 넌지시 바라보았다.

그러자 흑백으로만 그려진 그림처럼 흐릿하게 남아 있던 기억에 색이 덧씌워지면서 페이서는 두 눈을 크게 떴다. 기억 속에 남아 있는, 그러나 이 자리에 결코 나타날 수 없는 한 인물을 떠올리며 페이서는 부들부들 떨기 시작했다.

"케… 케트란 경?"

4

"케트란이라, 한때 그렇게 불렸던 인간이었지. 하지만 지금은 케트란도 인간도 아니다."

"설마 케트란 경이 소문의 마족 공작이었습니까?"

"페이서, 날 더 이상 인간이었을 때의 이름으로 부르지 마라."

차분하게 가라앉은 어조와 반대로 강한 살기가 디케이드의 몸에서 뿜어져 나왔다. 자신도 모르게 뒤로 물러선 페이서는 두근거리는 가슴을 손바닥으로 꾹 누르며 디케이드를 바라봤다.

다시 봐도 그가 케트란임은 분명했다. 하지만 이렇게 변해버릴 줄은 꿈에도 생각하지 못했다.

반면 병사들은 '또 다른 남자'의 정체를 알고서 웅성거리기 시작했다.

"페이서라면… 모르드 왕국에서 이름을 날렸던 빛의 용사 페이서?"

"무슨 짓을 저질렀는지는 모르겠지만, 모르드 왕국에서 거액의 현상금을 걸었다고 들었어! 아무래도 저 마족과 아는 사이로 보이는데 그것과 관련이 있을까?"

"분명히 아르고스 님과 같이 온 거 너도 봤지? 어떻게 된 거야?"

과거의 이야기와 모르드 왕국이 퍼뜨린 거짓된 악명이 서로 뒤섞여 기묘한 분위기가 형성되었다.

모두의 시선이 서로 다른 입장에 놓인 두 남자에게 쏠린 가운데, 디케이드는 반쯤 태운 여송연을 바닥에 떨어뜨리더니 발로 비벼 껐다.

"왜 내가 이런 모습으로 네 앞에 나타났는지 물어보고 싶겠지?"

페이서는 입을 다문 채 고개를 끄덕거렸다.

"그러면 우선 내가 누구에 의해, 어떻게, 어떤 이유로 죽었는지부터 말해야 하는데 그건 굳이 설명이 필요하진 않겠군."

디케이드는 잘려 나갔던 머리와 몸을 이은 흉터를 손으로 살짝 매만졌다.

"사형집행자가 내 목을 내려쳤을 때, 내 의식은 끝이 보이지 않는 어둠 속에 빠져들었고… 이대로 저세상에 가는 줄만 알았지. 그러나 눈을 다시 떴을 때 날 맞이한 건 천국의 천사도 아닌, 지옥의 파수꾼도 아닌 현실의 마족 에르카이저였다."

"데몬 공작 에르카이저가 당신을 되살렸습니까?"

"그래, 목과 사지가 모두 잘려 죽은 내 육체에 영혼을 다시 불어 넣었다더군. 처음에는 다른 언데드 몬스터나 마족처럼 되살아날 거라 예측했었는데, 몸과 마음 모두 죽기 전과 거의 다를 바 없이 부활할 줄은 몰랐다더군."

하지만 지금 페이서에 눈에 비친 디케이드는 외모를 제외하고는 거의 모든 것이 케트란이었을 때와 달라져 있었다.

인간을 위해 그 누구보다 뜨겁게 달아올랐던 모르드 왕국의 장군은 차갑게 식은 시선으로 인간들을 응시했고, 적을 쓰러뜨리되 미워하지 말라는 가르침을 주며 아버지처럼 인자한 미소를 보여주었던 그는 증오와 살기를 온몸으로 발산하며 보는 이들로 하여금 두려움에 휩싸이게 만들었다.

그리고 무엇보다도 달라진 부분은 마나의 특화였다. 자신과 함께하는 이들을 지키기 위해 대지의 마나로 특화되었던 케트란의 능력은 다가오는 자는 적이든 아군이든 구별 않고 썩어 문드러지게 만들어버리는 부(腐)의 능력으로 바뀌어 있었다.

"모르드 왕국의 인간들을 위해 싸우던 내가 그 '인간' 들 때문에 죽었고, 막상 내가 수도 없이 쓰러뜨렸던 마족에 의해 되살아나게 됐을 때, 나는 어떻게 해야 할까 갈피를 잡지 못했지. 그랬던 날 더욱 혼란스럽게 만들었던 건 에르카이저의 말이었다."

'나와 손을 잡을지 아닌지는 지금 당장 결정할 필요는 없다. 네가 구했던 인간들이 어떻게 변했는지 직접 보고 느낀 뒤 판단해도 늦지 않을 거다. 기한은… 그래, 20년 정도가 적당하겠군.'

"그 뒤 나는 정체를 숨기고 모르드 왕국 전역을 돌아다녔다. 내가 죽은 뒤에도 모르드 왕국 내의 권력 투쟁은 쉽게 가라앉지 않았고, 그럼에도 평화는 계속 유지되었어. 위에서 말하는 내용을 아무런 의심 없이 곧이곧대로 받아들인 인간들은 나를 반역자라 욕하며 비방했지."

페이서 역시 억울하게 반역죄로 투옥되어 10년이라는 긴 시간을 어둠 속에서 보내야 했기에 디케이드의 말 하나하나가 가슴에 와 닿았다.

물론 그의 결백함을 끝까지 믿어준 이도 있었지만, 그렇다고 과거에 입은 마음의 상처 자체가 사라진 건 결코 아니었다.

"아니, 차라리 날 욕하는 거라면 어떻게든 참을 수 있었다. 그러나 나처럼 억울하게 누명을 쓰고 형장의 이슬로 사라진 전우들까지 함께 매도당하는 것만은 견디기 힘들더군. 몇 번이나 그런 자들 옆을 스쳐 지나가며 검을 뽑아 들고 싶은 충동에 휩싸였다. 그래도 가까스로 일궈낸 평화를 내 손으로 직접 깨뜨리는 일만큼은 할 수 없다며 계속 나 자신을 설득했지. 그런데… 그런데!"

돌연 디케이드의 어조가 격렬해지더니 왼쪽 안구 안의 녹색 안광이 강렬하게 불타올랐다.

"그 저주받을 공주와 측근을 상대로, 난 있지도 않은 죄를 인정하는 대가로 내 가족들만은 살려달라고 애원했지. 그런데, 진짜로 가족들을 살려두기만 했을 뿐, 죽음보다 더한 고통 속으로 밀어 넣었다고! 그토록 저주하던 마족의 힘으로 되살아난 내가 아내를 어디서 찾았는지 알아? 집창촌이었어! 몸을 팔지 않으면 하루도 먹고살기 힘든 그런 곳에서 마약에 절어 만신창이가 되어버린 아내를 보고 이제까지 억눌렀던 분노와 증오가 일순간에 터져 나왔다고! 게다가 아내의 가랑이를 벌리고 히히덕대던 인간들은 다름 아닌 내가 생전에 거느렸던 부하들이었어!"

거침없이 흘러나오는 디케이드의 분노에 페이서는 뭐라 할 말을 찾지 못했다. 제럴드는 물론, 살아 있었을 때의 디케이드를 어느 정도 알고 있던 아르고스마저도 입을 굳게 다물었다.

"다시 정신을 차렸을 땐 내 아내를 사러 온 놈들의 시체가 바닥에 나뒹굴고 있더군. 아내는… 날 알아봤는지 아닌지는 모르겠어. 한 가지 확실한 건, 단지 숨을 쉬고 있을 뿐 죽은 거나 다름없었지. 침대 건너편 방구석에 웅크리고 있는 어린 아들 역시 마찬가지였어."

디케이드는 양손을 살짝 들어 올리더니 서로 교차시켜 어깨를 움켜쥐었다.

"마지막 희망을 품고 연거푸 이름을 불러봤지만 아내는 아무런 반응도 보이지 않고 침대 위에 축 늘어진 채 날 바라보기만 했어. 아내와 아들 모두 구할 수 없다는 확신이 들었을 때, 내 양손은 둘의 목을 조르고 있었지. 정말 웃기지 않는가? 너에 비하면 한참 모자랄지 모르겠지만, 나 역시 내 손으로 모르드 왕국의 많은 인간을 구했어. 그런 내가! 나에게 가장 소중한 존재를 구할 수 없었다고!"

디케이드는 산송장이나 다름없었던 아내와 자식을 구하지 못했던 자신을 비웃어주길 바라며 천천히 고개를 들며 주변을 둘러보았다. 하지만 그의 말을 듣고 웃음 짓는 이는 단 한 명도 없었다.

"아내가 죽기 직전에 뭐라고 했는지 알아? 죽여줘서 고맙다고 말했어. 지옥 같은 삶에서 벗어나게 해줘서 고맙다고! 남편이 있을 저세상으로 보내줘서 고맙… 다고……. 하… 하하… 하하하하!"

허망함이 담긴 디케이드의 웃음소리가 침묵 속에서 공허하게 울려 퍼졌다.

"난 비로소 깨달았지. 인간의 죽음만이 마족으로 변한 나를 구원해 줄 수 있는 유일한 방법이라는 걸."

디케이드가 왼팔을 뒤로 뻗자, 해골의 산 위에 꽂혀 있었던 러스티 블레이드가 저절로 뽑혀 그의 왼손에 쥐어졌다.

순간 페이서는 기습을 대비해 허리에 차고 있던 검에 손을 가져갔지만, 디케이드는 왼손 대신 아무것도 쥐지 않은 오른손을 내밀었다.

"페이서, 너는 나와 같다. 똑같이 인간을 위해… 모르드 왕국을 지키기 위해 나섰고 평화가 찾아온 이후 버림받았지. 모르드 왕국과 조금이라도 관련된 자들은 내 손으로 모두 죽여버리고 싶지만 페이서, 너만은 예외다."

"케트란 경, 저는…….."

"처음이자 마지막으로 너에게 말하겠다. 더 이상 빛의 용사로 살아갈 이유는 너에게 없다. 인간들이 너에게 했던 짓 그대로 돌려주자."

디케이드는 자신을 둘러쌌던 분노와 증오를 가라앉히더니

아까 내밀었던 오른손을 살짝 움직이면서 페이서의 대답을 기다렸다.

여전히 다른 이들은 입을 다문 채, 고뇌에 빠진 페이서는 한동안 생각에 잠기더니 천천히, 그리고 조심스럽게 말을 시작했다.

"저 역시 저와 동료들을 내팽개친 자들에 대해 복수하고 싶은 마음은 분명히 있습니다."

"호오, 그래?"

"하지만 전 당신과는 다른 방법의 복수를 택했습니다."

페이서 쪽으로 살짝 움직였던 디케이드의 오른손이 동작을 멈췄다.

"절 다시 이끌어준 친구가 했던 말이 있습니다. 후회하도록 만들되 용서조차 구하지 못하도록 만들어라, 라는 말이었죠."

'페이서, 잘 생각해 봐. 널 이렇게 만들었던 모르드 왕국의 개자식들은 네가 죽는 그 순간까지 널 모함하고 인정하지 않을 인간이야. 그런데 네가 다시 예전의 힘을 되찾고, 또다시 인간들을 위해 싸운다면 어떻게 될까? 너의 힘에 군침을 흘리면서도 너에게 했던 짓을 생각하면서 접근하지 못하고 아쉬움을 감출 게 분명해. 그리고 시간이 흐르면 흐를수록 아쉬움은 왜 널 버렸나, 하는 안타까움과 후회로 바뀔 거야. 그리고…….'

"모두 구원받을 수 있는 상황에서 자신들만 제외되는 상황이 닥친다면, 그것만큼 그들에게 절망스러운 상황이 또 있겠습니까?"

"모르드 왕국 말인가?"

"네, 당신이 겪은 고통과 슬픔에 비할 바 못 되겠지만 저 역시 그들로 인해 20년이라는 긴 시간 동안 괴로워해야 했습니다. 그런 제가 다시 모르드 왕국을 위해 싸워야 할 이유가 어디에 있겠습니까?"

"널 편협하다며 욕할 인간들이 분명 있을 거다."

"그렇다면 그런 반응을 보이는 이들 역시 모르드 왕국과 똑같은 길을 걷게 될 겁니다. 오만하게 들릴지 모르겠지만, 전 제 젊음을 바쳐 많은 이를 구했습니다. 그런 저를 구렁텅이에 빠뜨린 자들까지 다시 구할 정도로 전 마음이 넓지 못합니다."

구원받을 가치가 있는 자들만 구한다.

그것이 페이서가 다시 검을 들면서 새롭게 다진 각오였다.

"그래서 내가 틀렸다는 건가?"

"틀렸다기보단 저와 다른 선택을 할 수밖에 없는 상황이었을 겁니다. 만약 옛 동료가 모두 죽고 저 혼자만 남았다면, 아마도 케트란 경과 같은 선택을 했을지도… 모릅니다. 더 이상 지켜야 할 것이 없었을 테니."

'…물론 아까 이야기한 내용은 어디까지나 '네'가 소중히 여기는 가치가 남아 있는 상황에서가 가능해. 석화에서 풀려난 이후 너나 제럴드, 그리고 카트리나 모두 죽었다면 유일하게 남게 되었을 난… 마족이 아닌 인간의 목을 베었을 거다. 아니, 아예 마족과 손을 잡고 인간과의 전쟁에 가장 앞서서 싸웠을 거야.'

가족 모두가 몰살당하고 홀로 남게 된 자가 있다면, 그 자가 선택할 복수의 방향은 극도로 한정된다. 어차피 더 이상 잃을 것도 없는 상황에서 가족을 죽인 자를 똑같은 식으로 죽이는 '일반적인' 복수처럼 합리적인 선택은 쉽게 찾을 수 없다.

하지만 자신 말고도 한 명이라도 가족이 살아남았다면 선택의 폭은 조금 더 넓어진다. 일반적인 복수의 길을 걷든가, 아니면 다른 가족들까지 복수귀로 끌어들이는 걸 거부하며 다른 방식을 택하든가.

"모르드 왕국과 관련된 이를 모두 죽이러 달려드는 복수의 화신, 혹은 모르드 왕국을 제외한 이들을 구하는… 이전과는 좀 달라진 빛의 용사. 전 그 둘 중 후자를 골랐습니다."

페이서는 카일이 남긴 말을 곱씹으며 여전히 앞으로 내밀고 있는 디케이드의 오른손을 응시했다.

"당신은 지키지 못한 이들을 위한 복수를 택했고, 전 지켜야 하는 이들을 위한 복수를 택했을 뿐입니다."

"차라리 모두를 용서하는 구태의연한 결정을 내렸다면 모를까, 가장 힘들면서 제일 멀리 돌아가는 길에 발을 디뎠군."

"전… 항상 그러지 않았습니까?"

"그래, 그랬지."

디케이드는 내밀었던 오른손을 주먹 쥐면서 천천히 거두어들었다.

"그러면 우리 둘은 서로 대적할 수밖에 없군."

디케이드가 왼손에 쥔 러스티 블레이드가 녹색으로 빛나기 시작했다.

"하지만 여기까지 온 김에 다시 한 번 널 설득해야겠는데? 그러기 위해선 널 나처럼 지켜야 할 것이 하나도 없도록 만들어야겠어. 우선은……."

페이서와 이야기하는 내내 억누르고 있던 부의 기운이 서서히 그를 중심으로 사방으로 퍼져 나가기 시작했다. 갑작스러운 상황 변화에 아르고스는 팔을 마구 휘두르며 병사들이 휘말리지 않도록 물러서라 명령했다.

다시 시작한 혼란 속에서 디케이드는 페이서를 바라보던 시선을 아르고스에게 돌렸고, 다시 다른 인간들을 향해 빠르게 옮겼다.

"그래, 저 남자가 있었지."

제럴드와 눈이 마주친 순간, 디케이드의 입가에 미소가 살짝 떠올랐다.

"모두 피하십시오!"

제럴드는 허리에 찬 마법서를 다급히 펼쳐들더니 미리 외워두었던 주문을 발동시켰다. 그러나 지면을 뚫고 높이 솟아오른 얼음 속에 갇혀 있어야 할 디케이드는 제럴드의 바로 앞에 불쑥 나타났다.

"크윽!"

제럴드는 마나의 장벽을 구현하며 정면을 방어했지만, 충격으로 인해 쓰고 있던 안경이 벗겨지며 뒤로 멀리 날아갔다.

첫 번째 공격을 간신히 피한 제럴드는 재차 주문을 외우기 위해 뒤로 물러섰지만, 앞으로 뻗은 디케이드의 오른손이 마나의 장벽을 뚫고 제럴드의 얼굴을 움켜쥐었다.

"으아악!"

5

제럴드를 붙잡은 디케이드의 오른손에서 연기가 피어오르며 살이 썩어가는 고약한 냄새가 마구 풍겼다.

"난 머리 잘 쓰는 인간은 딱 질색이야. 의도치 않은 변수를 너무 잘 만들어내거든."

디케이드는 제럴드를 붙잡은 오른손에 힘을 주면서 위로 들어 올렸다. 하지만 살갗이 찢기고 뼈가 부서지는 감각은 느껴지지 않았다. 대신 차가운 무언가가 그의 손에 맹렬히 저항하고 있었다.

"흐음? 호오… 얼음으로 상처를 순식간에 덮어버렸나? 부(腐)의 힘을 억제하기엔 탁월한 선택이로군."

순식간에 썩어 문드러져야 했을 제럴드의 얼굴이 얇은 얼음에 뒤덮여 있었다. 제럴드가 허리에 차고 있던 마법서가 푸른빛에 휩싸여 마나를 공급하고 있었다. 제럴드는 그 마나를 이용해 디케이드가 더 이상 자신에게 부의 기운을 불어넣지 못하도록 그의 오른팔을 양손으로 강하게 붙잡고 있었다.

"그러기에 더더욱 이 자리에서 결판을 내야겠어. 너 같은 인간은 살려두면 두고두고 후회하게 되거든."

디케이드의 오른손이 천천히 안으로 굽혀지면서 제럴드의 얼굴을 둘러싸 보호하고 있던 얼음에 금이 쫙쫙 그어졌다.

휘이잉!

거대한 반원을 그리며 날아온 플레일이 디케이드의 오른팔을 강하게 내려찍었다. 그와 거의 동시에 앞으로 달려든 리에트가 제럴드의 허리를 왼팔로 붙들더니 뒤로 급하게 후퇴하며 디케이드와의 거리를 확 벌렸다.

"크으윽……."

제럴드는 얼굴에 오른손을 급히 가져가더니 상처를 뒤덮고 있던 얼음을 다시 구축했다. 이번에는 제대로 숨 쉴 수 있도록 두 눈과 그 주위만 부의 기운이 더 파고들 수 없도록 보호했다.

"마치 살쾡이 같군."

디케이드는 플레일에 가격당한 오른팔을 넌지시 바라보며 가볍게 웃었다. 날카로운 돌기에 뚫리고 찢긴 상처에서 연기가 피어오르더니 언제 다쳤냐는 듯 원래대로 복구되었다.

"하아, 하아……."

반면 리에트는 단 한 번의 공격을 시도했을 뿐인데도 거친 숨을 연달아 내쉬었다. 극렬한 긴장 속에서 흘러내린 땀이 그녀의 백색 법의를 흠뻑 적셨다.

현재 그녀는 '이길 수 없는 상대에겐 접근조차 하지 마라'는 본능을 억지로 거부 중이었다. 당장이라도 도망쳐야 한다는 마음 속의 외침에 저항하며 플레일을 잇고 있는 쇠사슬을 강하게 움켜쥐었다. 이제까지 만난 마족 중 가장 강한 힘이 느껴지는 디케이드를 보는 것만으로도 살기가 마구 솟구쳤지만, 그와 반대로 싸워서는 안 된다는 본능이 되살아나 그녀를 재차 공격하지 못하도록 얽매고 있었다.

"하아아앗!"

예상치 못한 기습에 몸이 굳어버렸던 아르고스가 기합을 지르며 디케이드를 향해 돌진했다. 대지의 기운으로 특화된 마나를 두른 아르고스의 대검과 모든 생명체를 썩게 만드는 녹색 기운에 휩싸인 러스티 블레이드가 부딪히는 순간, 강렬한 충격파가 사방으로 퍼져 나갔다.

캉! 카앙! 캉!

두 남자의 검이 서로 교차될 때마다 단단한 암석 파편과 녹색 액체가 사방으로 흩어졌다.

"도망칠 곳은 없다!"

아르고스의 외침과 동시에 견고한 석판이 지면을 뚫고 시계방향으로 하나씩 솟아올랐다. 아르고스가 젊었던 시절, 적과의 일대일 대결 전용으로 자주 사용했던 기술 '대지의 철벽'이 그와 디케이드를 함께 둘러싼 장벽을 높이 형성했다.

"대지의 기운이 널 쓰러뜨리리라!"

쿵! 쾅! 쿵!

석판들이 하나씩 무작위로 쓰러지며 디케이드를 덮쳤다.

그사이 멀찌감치 뒤로 물러선 아르고스는 양손에 쥔 대검을 앞으로 비스듬히 내밀더니 대지의 기운을 중첩시키기 시작했다. 갈색의 빛이 검신 전체를 휘감자 아르고스는 높이 뛰어오르더니 대검을 아래로 휘두르면서 디케이드를 노렸다.

"하아앗!"

콰아앙!

디케이드 위에 겹겹이 쓰러진 석판 위로 아르고스의 기술 '가이아 다이브'가 명중했다. 박살 난 석판 파편이 사방으로 튀어 올랐고 짙은 먼지가 피어오르며 일대의 시야를 완전히 가렸다. 그와 동시에 지면이 심하게 요동치면서 멀리 떨어진 병사들이 중심을 잃고 비틀거리다가 풀썩 쓰러졌다.

'정말 강해졌구나, 아르고스 경은……'

둘의 대결을 그저 바라봐야만 했던 페이서는 상대적으로나 절대적으로나 약해진 자기 자신을 돌아보며 주먹을 움켜쥐었다.

20여 년 전 봤던 가이아 다이브와는 위력 자체가 달랐다. 만약 크로이저 요새에서 마나를 배제하고 싸우는 룰이 없었다면 검 한 번 휘둘러 보지 못하고 진 쪽은 자신이었을 거라는 좌절감이 몰려왔다.

퍼억!

"크헉!"

둔탁한 타격음과 함께 비명을 지르며 먼지 밖으로 날아간 이는 연달아 공격했던 아르고스였다. 그의 갑옷을 둘러싼 대지의 장벽에 금이 쫙쫙 그어지더니 가루가 되어 우수수 흘러내렸다.

"안타깝군, 북의 귀공자. 20년이란 시간을 헛되이 보낸듯해."

먼지가 서서히 가라앉으면서 디케이드의 모습이 머리부터 서서히 드러났다. 그는 러스티 블레이드를 휘감은 암석을 오른손으로 움켜쥐더니 가볍게 산산조각 냈다.

"내가 썼을 때도 느꼈지만, 참으로 조잡해."

디케이드가 아닌 케트란이었을 때 썼던 대지의 기운을 조소하면서 그는 천천히 아르고스를 향해 걸어갔다.

"크윽, 역시 내 힘으론… 아직 역부족인가."

떨어뜨렸던 대검을 다시 움켜쥐고 홀로 일어선 아르고스의 입가에 피가 주르륵 흘러내렸다.

"하지만 난 물러서지 않겠다!"

아르고스는 대검에 다시 한 번 대지의 기운을 불어 넣으며 투지를 불태웠다.

홀로 고전하는 아르고스를 더 이상 보고만 있을 수 없던 기사들이 무기를 들고 그에게 다가왔지만, 아르고스는 손을 휘저으며 도로 물러서게 했다. 일대일로 싸워야 한다는 고집이 아니라 무의미한 희생을 막고자 하는 의도였다.

"네 상대는 나다! 디케이드!"

함성을 지르며 다시 디케이드에게 달려간 아르고스는 맹공을 퍼부었다. 그러나 디케이드는 연달아 이어지는 아르고스의 공격을 여유롭게 막아내며 부의 기운을 천천히 끌어 올렸다.

"늦어."

카앙!

각자의 무기가 서로 맞부딪히면서 아르고스의 대검이 하늘 높이 솟아올랐다. 아르고스는 다급히 뒤로 물러서면서 다시 대검을 움켜쥐기 위해 손을 위로 뻗었지만, 그보다 먼저 러스티 블레이드의 검끝이 날카롭게 아르고스의 왼손을 파고들었다.

"으아악!"

아르고스는 비명을 지르며 땅바닥에 나뒹굴었다. 손등을 꿰뚫은 상처에서 연기가 피어올랐고, 순식간에 뼈만 남아버린 왼손을 넘어 팔꿈치까지 썩어 들어갔다.

"으윽……."

아르고스는 고통을 억지로 참으며 오른손으로 왼팔을 움켜쥐었다. 그러자 단단한 암석이 왼팔을 빠르게 뒤덮으며 부의 기운이 더 퍼지지 못하도록 둘러쌌다.

"그래, 그게 그나마 최선이겠지. 조금이라도 망설였다간 팔 하나 버리는 걸로 끝나지 않았을 거야. 나름 나쁘지 않은 판단이었다."

디케이드는 아르고스의 재빠른 대처에 고개를 끄덕거리며 수긍했지만 그것도 잠시, 싸늘하게 식은 눈빛으로 주위를 둘러보았다.

"그런데 말이지, 너와 단둘이서 싸워도 흥이 별로 안 나는 군. 그렇다면 이건 어떨까?"

디케이드는 러스티 블레이드를 한 바퀴 빙글 돌리더니 땅바닥에 꽂았다. 그러자 부의 기운이 지면을 타고 디케이드의 뒤로 퍼져 나가더니 해골과 뼈다귀들로 쌓아 올려진 자그마한 산이 급격히 흔들리기 시작했다.

끼이익, 끼이익…….

"으윽! 이게 무슨 소리야?"

"저, 저것 보라고! 저거 아무래도 움직이는 거 같은데? 내가 미친 건가?"

뼈와 뼈가 서로 마찰하면서 생긴 기분 나쁜 소리에 병사들은 일제히 귀를 틀어막았다. 그리고 뼈들이 조립되어 가는 과정을 보고 경악했다.

"난 부하 따위 두지 않아. 이런 식으로 얼마든지 만들어낼 수 있고, 영혼이 떠난 자는 살아 있는 자와 달리 배신할 가능성이 전혀 없기 때문이지!"

뻐거덕, 뻐거덕……

"으아아아!"

"해, 해골이 움직이고 있어!"

수백에 달하는 스켈레톤 워리어가 천천히 움직이기 시작하자 공포에 질린 병사들은 혼란에 빠져 다시 도망치기 시작했다.

하지만 이것은 시작에 불과했다. 디케이드가 발산한 부의 기운이 길게 이어지며 성문을 지나 성안으로 퍼져 나가더니 훨씬 더 많은 수의 스켈레톤 워리어가 물밀듯이 몰려들었다.

"으아아아! 사, 살려줘!"

"저리 비켜! 비키란 말이야!"

겁에 질린 병사들의 비명 소리가 메아리처럼 여기저기서 터져 나왔고, 뒤엉켜 넘어진 자들은 서로를 마구 욕하며 밀쳐내기를 반복하다가 스켈레톤 워리어의 검 앞에 허무하게 죽어나갔다.

그렇게 죽은 병사들의 시체 근처로 디케이드가 다가가자 순식간에 살이 썩어서 녹아내리고 뼈만 남더니, 스켈레톤 워리어로 변하는 악순환이 이어졌다.

"아……."

페이서는 눈앞에 펼쳐진 지옥을 바라보며 망연자실했다.

이 혼란 속에서도 리에트는 빛에 휘감긴 플레일을 마구 휘두르면서 앞이 보이지 않는 제럴드를 보호 중이었다. 아르고스는 왼팔을 암석으로 감싼 상태에서 오른손만으로 대검을 움켜쥐고 힘겹게 스켈레톤 워리어들을 쓰러뜨리고 있었다. 기사들은 디케이드를 중심으로 지면에 깔린 부의 영역에 닿지 않도록 물러선 후 있는 힘껏 저항 중이었다.

그러나 페이서는 여전히 충격에서 벗어나지 못한 채 제자리를 지키고 있었다. 그가 할 수 있는 일은, 부의 기운에 침식당하지 않도록 마나로 몸을 둘러싸는 것뿐이었다.

스켈레톤 워리어의 살육전이 펼쳐지는 가운데, 디케이드는 흥미를 잃어버린 아르고스를 무시하고 방향을 바꿔 걷기 시작했다. 그가 지나간 자리엔 부의 기운에 침식되어 녹색 빛으로 변해 버린 땅이 뒤로 길게 이어졌다.

"고작 이 정도인가?"

페이서 앞에서 멈춰 선 디케이드의 얼굴엔 실망한 기색이 역력했다. 아까는 페이서를 향해 손을 내밀었지만, 이번에는 러스티 블레이드를 겨누었다.

"으윽……."

디케이드의 몸에서 계속 흘러나오는 부의 기운에 페이서는 계속 저항했지만, 결국 한쪽 무릎을 꿇었다.

"나는 모르드 왕국에 복수를 결심한 순간, 부의 능력에 눈을 떴다! 진정으로 모르드 왕국을 흔적도 없이 사라지게 만들겠다는 일념이 나에게 새로운 힘을 줬어! 그런데 너는 뭐지?"

러스티 블레이드의 검신 끝에서 흘러나온 부식액이 땅바닥에 닿자 '치이익' 하는 소리와 함께 연기가 피어올랐다.

"인간의 신이든, 마족의 신이든 공통적인 부분은 딱 하나다. 진정으로 힘을 원하는 자에게 아낌없이 준다는 점이지. 진심으로 빛의 힘을 되찾고 싶다면 진정으로, 처절할 정도로 갈구해라!"

오랫동안 좌절에 빠져 있던 페이서와 달리, 디케이드는 좌절조차도 사치로 여겼다. 20년이라는 시간 동안 분노와 증오를 토대로 부의 힘을 완성시킨 디케이드였기에 지금의 페이서가 너무나 못마땅하게 여겨졌다.

"무엇보다, 왜 나에게 달려들지 않았지? 그 누구보다 먼저 나에게 검을 내밀었어야 하는 이는 아르고스가 아니라 페이서, 바로 너였다고! 설마 나를 동정하나? 아니면 두려워서? 그렇지 않다면 무엇 때문에?"

"그건……."

카일을 비롯한 옛 동료들과 달리, 이전 전쟁에서 아픔을 안고 나타난 자 중 적으로 돌아선 자는 처음이었기 때문이었다. 그것도 하필이면 절대 적으로 나타나서는 안 되는 케트란이었기에 망설임은 더욱 컸다.

　하지만 페이서는 말로 표현할 수 없었고, 그걸 알 리 없는 디케이드의 질책은 계속 이어졌다.

　"좋다. 끝끝내 대답하지 않겠다면, 대답할 필요가 없도록 만들어주지."

　디케이드는 러스티 블레이드를 양손으로 움켜쥐고 검끝을 내리더니 당장에라도 페이서의 목을 베어낼 자세가 되었다. 병사들은 물론이고 모두의 신경이 하염없이 달려드는 스켈레톤 워리어에 쏠린 상황에서, 유일하게 리에트만이 페이서 앞에 있는 디케이드를 발견하고 플레일을 던졌다.

　휘리릭!

　하지만 빠른 속도로 채찍처럼 뻗어나간 사복검(蛇腹劍)의 검신이 플레일을 추월하더니 러스티 블레이드를 칭칭 휘감았다.

　"그분에게서 물러나라!"

　노기 어린 여성의 날카로운 목소리에 많은 이의 시선이 한곳으로 쏠렸다.

6

붉은 머리카락과 적색의 눈동자.

몸에 걸친 드레스와 하이힐 역시 똑같은 색.

하얀 피부와 눈자위를 제외하곤 오직 피를 연상케 하는 색으로만 이뤄진 그녀의 등장에 병사들은 물론이고 스켈레톤 워리어들까지 공격을 멈췄다.

그사이 잽싸게 페이서를 향해 달려간 리에트는 그의 허리를 붙잡고 붉은 머리칼의 여성 근처로 후퇴했다. 아까 구출했던 제럴드는 리에트의 왼편에, 방금 구해낸 페이서는 그녀의 오른편에 있었다.

"고맙다. 하지만 지금부턴 나에게 맡겨라. 무슨 말인지 알겠지?"

"…응."

마족의 강함에 반응하는 리에트의 신경은 극도로 긴장된 상태였다. 리에트는 당장에라도 멀리 도망가고픈 본능을 페이서의 오른팔을 강하게 붙들며 억눌렀다.

"페이서 님, 인간들에게 최대한 멀리 떨어지라고 전해주십시오. 그러면……."

사복검의 검자루를 움켜쥐고 있던 손의 힘을 살짝 빼자, 러스티 블레이드를 휘감고 있던 검신이 풀리면서 와이어를 따라 원대래도 돌아갔다.

"오호라, 이게 누군가 싶었더니, 전직 뱀파이어 공작 코델리아 아니신가?"

다른 마족 공작들과 교류는커녕 일체의 연락 없이 지낸 터라 코넬리아의 등장은 디케이드의 예상 밖이었다.

물론 디케이드가 아닌 케트란이었을 때 이미 코넬리아는 페이서를 위해 싸웠지만, 20년이 넘게 시간이 흐른 지금까지도 그를 따를지에 대해서는 반신반의했다.

"이젠 살쾡이가 아닌 암사자가 등장했군."

암사자가 지닌 중의적 의미를 알아챈 코넬리아의 눈매가 더욱 매서워졌다. 부의 기운이 해골들을 일으켜 세운 것과 반대로, 그녀의 몸에서 뿜어져 나오는 핏빛 안개에 닿은 스켈레톤 워리어들이 힘없이 쓰러지더니 스르륵 녹아내렸다.

코넬리아와 디케이드 사이를 경계로 핏빛 안개와 녹색 기운이 각자 거대한 반원을 그리며 넓게 퍼져 나갔다. 두 마족 사이로 각자의 특화된 마나가 융합되어 길게 이어진 경계선은 죽음을 뜻하는 보라색으로 변질되었다.

"해볼까?"

"얼마든지."

카앙!

대검 러스티 블레이드와 사복검 블러드 레인이 서로 맞부딪히며 보라색 기운이 격렬하게 피어올랐다.

"역시!"

마족이 된 이후 처음으로 자신과 견줄 만할 상대와 만난 디케이드의 입가에 웃음이 자리 잡았고, 코델리아는 무표정한 얼굴로 아무렇지 않게 받아넘겼다.

캉! 카앙!

피가 썩어 들어가는 고약한 냄새가 연기와 함께 마구 피어오르는가 하면, 독기가 가득 서린 대지를 핏줄기가 뒤덮으면서 붉게 물들이는 과정이 디케이드와 코델리아를 중심에 두고 반복해서 이어졌다.

날카롭고 유동적인 사복검이 그려내는 곡선과 굵직하면서 역동적인 대검이 그은 직선이 연달아 충돌했다. 공격과 방어, 반격과 기습을 주고받으며 둘 중 어느 한쪽도 밀리지 않는 팽팽한 공방전이 계속되었다.

"그래… 바로 이거야."

분노와 증오로 가득 메워진 그의 가슴에 남아 있던 '강한 자와 상대하길 바라는 욕구'가 이런 식으로 충족될 줄은 디케이드 본인도 몰랐다. 그것도 인간이 아닌 마족을 상대로.

그와 동시에 잊어버리고 있던 기억이 디케이드의 뇌리에서 되살아났다.

"…기억났다. 예전엔 너에게 패해 죽기 직전, 페이서가 날 구해줬지. 그리고 넌 페이서에게 패했고."

카앙!

"그랬던 내가! 이렇게 너와 밀리지 않고 검을 주고받을 수 있다니! 하하, 하하하하!"

검과 검이 오고 가는 긴박한 상황 속에서도 광기와 기쁨이 마구 뒤섞인 웃음이 디케이드의 입에서 터져 나왔다.

반면 코델리아는 입을 굳게 다물고 그와의 대결에 집중했다.

"하아앗!"

수십여 개의 조각으로 나뉜 블러드 레인의 검신이 가운데 이어진 와이어의 움직임에 따라 채찍처럼 디케이드의 몸을 마구 난도질했다. 디케이드의 왼쪽과 오른쪽 어깨가 번갈아 가며 뒤로 밀려났고, 잘려 나간 살점과 박살 난 갑옷 파편이 그의 머리 위로 솟구쳤다.

그러나 디케이드의 표정은 전혀 괴로워하는 얼굴이 아니었다.

"이번엔 내 차례다!"

콰콰쾅!

강렬한 폭발음이 지면을 뒤흔들며 모두의 시야가 심하게 요동쳤다.

디케이드가 러스티 블레이드를 강하게 내려친 방향을 중심으로 부의 기운이 부채꼴 모양으로 폭발하며 일대를 휩쓸었다. 신속하게 박쥐 떼로 변해 공격을 피한 코델리아는 디케이드의 후방으로 이동해 다시 원래 모습으로 돌아갔다.

"왜? 내가 쓰러지지 않아서 이상한가?"

"……!"

뱀파이어의 성지, 블러드 스트림(Blood Stream)에서 그동안 축적되었던 진혈(眞血)을 흡수한 코델리아의 힘은 그 어느 때보다 강했다. 아직 진혈에 내재된 잠재력을 완벽히 끌어내진 못했지만, 그녀의 공격을 맞고도 빠르게 재생되는 디케이드의 육체는 꺼림칙할 정도였다.

"난 지난 20년을 증오와 분노 속에서 살아왔다. 그렇게 하루하루 지내는 것만으로도 부의 힘이 강해지더군!"

디케이드는 오른팔을 내밀더니 손바닥을 위로 향했다. 벌려진 다섯 손가락 사이로 부글부글 끓어오르는 녹색 액체가 주르륵 아래로 흘러내렸다.

"하하하하! 정말로 웃기지 않는가? 어둠의 후예였던 너는 지금 인간을 위해 나와 맞서고 있고, 정작 인간이었던 내가 어둠의 후예가 되어 너와 검을 겨루고 있다니!"

코델리아 쪽으로 몸을 돌린 디케이드는 양손으로 러스티 블레이드를 움켜쥐었다.

카앙!

다시 둘의 검이 부딪히면서 중단되었던 대결이 이어졌다.

"그리고 조금이라도 내 힘을 끌어냈던 이들은 죄다 과거 전쟁에 활약한 자뿐이었어."

카앙! 캉! 카앙!

"웃기는 이야기야. 20년이란 시간 동안 인간들은 변한 게 하나도 없어!"

두 명의 마족이 한 치의 양보도 없이 접전을 펼치고 있었다. 하지만, 정작 인간들은 디케이드가 일으켜 세운 스켈레톤 워리어를 상대하는 데 전력을 다하고 있었다.

그렇게 시간은 계속 흘러갔고, 전장의 대다수를 차지한 인간들의 외면 속에서 둘만의 고독한 대결이 이어지는 와중에……

"코델리아 님! 피하십시오!"

"……!"

등 뒤에서 들린 익숙한 목소리에 코델리아는 공격을 급히 중단하고 박쥐 떼로 변신했다.

"호오?"

사방으로 흩어진 박쥐들 대신, 디케이드의 시야에 들어온 건 빛에 휘감긴 검을 쥐고 달려드는 페이서였다.

"빛이여!"

7

페이서가 휘두른 검에서 뿜어져 나온 강렬한 빛이 디케이드를 직격했다. 검의 궤적을 따라 뻗어나간 빛줄기가 디케이드의 오른쪽 어깨와 팔을 일격에 잘라냈고, 빛이 지나간 자리엔 부의 기운도 핏빛 안개도 불타듯 사라져 버렸다.

"크윽!"

"페이서 님!"

기력을 거의 소모한 페이서의 몸 안으로 핏빛 안개가 스며들기 시작하자 코넬리아는 황급히 안개를 거두어들였다. 그와 동시에 페이서를 휘감았던 빛이 서서히 사라지기 시작했다.

"아……."

이제까지 그래왔던 것처럼, 그의 손에 자리 잡았던 빛은 다시 사라지고 말았다. 하지만 이런 식으로 직접 빛의 힘을 발동시켜 보긴 20여 년 전 이후 처음이었다.

후두둑.

빛의 힘을 견디지 못한 검신에 금이 쫙쫙 그어지더니, 박살난 검신 파편이 땅바닥에 떨어졌다.

"이런, 한 방 먹었군. 과연 빛의 힘다워."

디케이드는 페이서의 기습에 잘려 나간 오른쪽 어깨를 바라보며 감탄했다.

"하지만 아직도 부족해."

그러나 잘려 나간 단면에서 살점과 뼈가 꿈틀거리며 솟아나오더니 빠르게 재생되기 시작했다.

"잘… 알고 있습니다. 지금의 제가 할 수 있는 일은 이 정도에 불과합니다. 하지만 다음에 다시 만날 땐 달라져 있을 겁니다!"

석화에서 풀려난 카일을 만났던 당시엔 술에 의지해 아픔을 잊어버리던 폐인에 불과했다.

막상 다시 마족들과 맞서 싸우기로 결심했을 땐 검 하나 제대로 뽑지 못해 쩔쩔맸다.

과거를 잊고 수련에만 매달렸지만, 예전과 달리 적으로 나타난 상대 앞에 여러 감정이 뒤엉키는 걸 느끼기만 하고 멍하니 보고만 있었다.

하지만 지금은 달랐다.

"과연… 이것이 지금의 네가 할 수 있는 일이라 이거지?"

디케이드는 완전히 복구된 오른손으로 턱을 매만지며 주변을 둘러보았다.

겁에 질려 있었던 병사들은 어느새 전의를 되찾고 스켈레톤 워리어들을 밀어내기 시작했다. 지쳐 쓰러져 있던 아르고스가 검을 지팡이 삼아 힘겹게 몸을 일으켰고, 본능을 이기지 못하고 스켈레톤 워리어들만 쓰러뜨렸던 리에트가 디케이드를 바라보며 강한 살기를 드러냈다.

페이서의 부족하지만, 그러나 혼신의 힘을 담은 일격이 코델리아와 디케이드 간의 대결을 그저 바라만 보던 이들에게 용기를 불어넣었다.

"완전하지 않은 빛의 힘이 그 정도라니, 앞으로 얼마나 더 강해질지 기대되는데?"

디케이드는 여송연을 꺼내 입에 물었다.

"페이서."

박살 나도 다시 일어서는 스켈레톤 워리어들을 연달아 쓰러뜨리는 병사들의 외침이 여기저기서 끊임없이 울려 퍼지는 가운데, 디케이드는 나직한 목소리로 페이서의 이름을 불렀다.

"앞으로 우리 둘이 서로 만날 일은 의외로 적을 거다. 나는 모르드 왕국과 관련된 지역과 인간들에게 우선적으로 검을 들이댈 테고, 자네는 모르드 왕국이 아닌 다른 인간들을 위해 검을 움켜쥘 테니. 그렇지 않은가?"

불을 붙인 여송연을 깊게 빨아들인 디케이드의 입에서 연기가 길게 뿜어져 나왔다.

"오늘은 저 마법사의 눈을 없앤 것으로 만족하겠다."

디케이드는 눈이 보이지 않는 상황에도 어떻게든 마법으로 병사들을 지원하고 있는 제럴드를 가리킨 후, 남쪽으로 몸을 돌렸다.

그러자 코델리아가 블러드 레인으로 그의 목을 겨누며 앞을 가로막았다.

"이렇게 일을 벌여놓고 꼬리를 감출 생각이냐?"

"내가 진정으로 모든 힘을 끌어낸다면, 여기에 있는 인간들 따위야 모조리 죽일 수 있다. 하지만, 그만큼의 대가를 치러야 하겠지. 어쩌면 너와 계속 싸우다가 둘 다 죽을 수도 있고. 그건 내가 원하는 바가 아니다. 나의 목적은 너희와 공멸하는 게 아니라 인간의 멸망 그 자체이니까. 그리고 그중 최우선시하는 건 모르드 왕국의 멸망이지."

"······."

코델리아는 잠시 망설였지만, 페이서를 지키는 것이 최우선이라는 걸 깨닫고 블러드 레인을 거두고 멀리 비켜섰다.

"기억해 둬라. 모르드 왕국의 종말은 나의 몫이다. 이건 그 누구에게도 양보할 생각이 없다."

디케이드는 양손을 서로 맞잡더니 서서히 떼어냈다. 그는 자세를 낮춰 오른손에서 왼손으로 전달된 부의 기운을 땅바닥을 향해 내려찍으려다가 도중에 멈췄다.

"아, 여긴 그 저주받을 모르드 왕국이 아니었지?"

실수를 깨달은 디케이드가 움켜줬던 왼손을 펼치자, 농축되었던 부의 기운이 산산이 흩어지며 공기 속으로 사라졌다.

"케트란 경!"

과거의 이름이 등 뒤에서 들리자, 디케이드는 인상을 쓰며 뒤돌아봤다.

"정녕 당신에겐 지켜야 할 것이 하나도 없습니까?"

"···없다네. 모두 인간들이 없애 버렸지."

그러나 페이서가 한 말이라는 걸 알고 일그러졌던 표정은 원래대로 돌아갔다. 그리고 잠시나마 디케이드의 어조가 케트란이었던 옛날로 회귀했다.

여전히 스켈레톤 워리어들과 보르니아 왕국군 간의 사투

가 진행되는 상황에서 디케이드는 부의 기운을 뿜어내며 남쪽으로 내려갔다. 병사들은 황급히 물러서며 그에게 길을 내주었고, 페이서는 홀로 떠나는 그의 등을 시야에서 사라질 때까지 응시했다.

Chapter 31
교차로

흑암의 귀환자

1

엘레힘 신성력 1327년 3월 23일.

　프렐루드 성에서의 혈전에서 돌아온 페이서 일행은 심각한 부상을 입은 제럴드와 아르고스의 회복에 온 힘을 기울였다. 리에트가 며칠 밤낮을 새워가며 두 사람에게 치유마법을 구사했고 아르고스의 부인 케이드린이 손수 제작한 포션을 사용해 치료에 박차를 가했다.

　그렇게 일주일이 지난 오늘, 침대 위에 상체만 일으킨 제럴드는 눈에 감았던 붕대를 천천히 풀었다. 페이서와 케이드린, 그리고 코델리아는 입을 꾹 다물고 조금이라도 남아 있을 가능성에 모든 걸 걸었다.

"역시… 보이지 않는군요."

붕대를 칭칭 감았을 때나 지금이나 마찬가지로 제럴드의 시야는 어둠으로 뒤덮인 상태였다.

"제럴드, 정말 아무것도 보이지 않아?"

페이서는 제럴드의 눈앞에서 손을 몇 번이고 휘저었다.

그러나 제럴드는 그의 목소리만 들릴 뿐, 어두컴컴한 시야엔 아무것도 들어오지 않았다.

"잠깐만 기다려 보십시오."

정신을 집중하자 흐릿한 이미지가 떠오르더니 좌우로 빠르게 움직였다. 하지만 이건 상대방의 몸에서 흘러나온 마나를 이미지로 형상화시킨 것이지, 직접 부의 기운에 침식당한 두 눈의 시력이 돌아왔다는 의미는 결코 아니었다.

"마나를 감지하는 방식으로 뭔가 있다는 것 자체는 느껴지는군요. 하지만 눈은 여전히 보이지 않습니다."

"미안, 내가 부족해서 널……."

페이서는 아랫입술을 강하게 깨물며 페이서의 손을 붙잡았다.

정작 시력을 잃은 제럴드 본인은 낙담하는 기색조차 없었다.

"제 짐작이지만, 흉터가 심하게 남았습니까?"

"그, 그건……."

페이서는 더 이상 말을 잇지 못했지만, 어둠 속에 비친 그의 마나가 부들부들 떨리는 것만으로도 대답은 필요없었다.

"페이서, 당신의 망토 끝자락을 잘라줄 수 있겠습니까?"

"망토를?"

"네. 좀 길게 잘라주시면 좋겠습니다."

페이서는 망토 끝자락을 붙잡고 단검으로 길게 잘라 제럴드에게 건네주었다. 제럴드는 그것으로 아무것도 볼 수 없게 된 눈을 감싸더니 머리띠처럼 묶고 남은 부분으로 뒤통수 부근에 매듭을 지어 강하게 잡아당겼다.

'이게 그가 느꼈던 감각과 비슷한 것일까?'

제럴드는 어둠 속에서 몬스터와 마족의 기운을 감지하던 카일의 능력을 떠올리며 가볍게 미소 지었다.

'그래, 눈을 버렸으니 대신 다른 걸 얻어야겠지.'

앞이 보이지 않는다고 좌절한들, 두 눈이 다시 뜨이는 건 아니다. 버릴 건 버리고 취할 건 취한다는 그의 과감한 성격은 절망에 빠질 시간조차 주지 않았다.

'잠깐, 이거 잘만 하면 더 좋을 수도 있겠는데?'

두 눈을 잃은 이후 제럴드는 어둠으로 뒤덮인 세상만을 볼 수 있었다. 그리고 그 결과 오히려 시야의 대부분을 차지한 어둠 덕분에 생명체가 지닌 마나가 더욱 선명하게 느껴졌다. 마나가 지닌 특성 중 열기에 집중하자 선명도는 더욱 높아졌다.

"자네의 눈은 괜찮은가?"

문이 벌컥 열리면서 아르고스가 방 안으로 들어왔다.

"이 목소리는… 아르고스 경입니까? 팔은 괜찮습니까?"

제럴드의 물음에 아르고스는 붕대에 칭칭 감겨 삼각건으로 고정된 왼팔을 턱짓으로 가리켰다.

"한동안 붕대 신세겠지만, 거의 다 회복되었다네. 그것보다 자네는 어떤가?"

그러자 아르고스와 제럴드를 제외한 이들의 표정이 어둡게 변했다. 아까처럼 굳이 대답이 필요없는 상황이었다.

"저런… 안타깝군."

"모두 제 탓입니다. 제럴드가 저렇게 된 것도, 프렐루드 성이 침공당한 것도 결국…….."

여전히 자신을 탓하는 페이서의 어깨를 아르고스가 가볍게 두들겨 주었다.

"아닐세. 어차피 마족의 침략은 올 거였고, 오히려 그동안 느슨해졌던 경계심이 사라진 덕분에 본격적으로 전쟁에 뛰어들 준비가 차곡차곡 진행 중이라네. 우리는 안전할 거라는 근거 없는 믿음처럼 위험한 건 없지. 안 그런가? 다만 문제는…….."

아르고스는 안타까운 눈빛으로 코델리아를 바라보았다.

몬스터와 마족에 대한 경각심을 일깨운 것까진 좋았지만, 그 '마족' 과 함께 있는 페이서에 대한 여론은 안 좋게 흘러갔다.

코델리아가 디케이드와 막상 막하의 실력으로 싸우는 모

습을 직접 본 이들은 그녀가 마족이라는 거부감보단 자신들을 구해줬다는 사실을 인지했다.

그러나 다시 나타난 마족의 공포에 벌벌 떨던 시민들과 수뇌부들은 코델리아의 존재 자체를 증오하고 두려워했다. 지난 전쟁의 처참함을 기억하는 이들은 이성보단 자기만의 감정에 충실했다.

아르고스는 아직 부상 중임에도 직접 수도를 찾아가 페이서와 코델리아의 무고함을 피력했지만, 관료들은 그 페이서를 데려온 탓에 디케이드가 쳐들어온 것 아니냐며 역으로 따지기 시작했다. 결국 아르고스의 입지도 예전에 비해 상당히 줄어들었고, 더 이상 페이서의 뒤를 봐줄 수 없는 형편에 처했다.

"페이서 님."

코델리아는 페이서 옆으로 다가가더니 그의 오른손을 양손으로 살며시 붙잡았다. 그녀의 부하였던 케이드린은 뭔가 알고 있는 듯 만류하려고 손을 뻗었지만, 이내 도로 거두었다.

"앞으로는 저의 힘이 필요할 때만 모습을 드러내겠어요. 그 편이 페이서 님에게도, 페이서 님과 함께하는 이들에게도 최선의 선택일 겁니다. 그리고 만약, 제가 당신의 앞길을 계속 가로막는 존재가 된다면 당신의 시야가 닿지 않는 곳에 숨어서 당신을 지원하겠어요."

그녀는 오랜 세월 동안 인간들의 증오를 한 몸으로 받으며 살아왔다. 그렇기에 지금처럼 자신이 도와준 인간들에게 고

마음 대신 미움을 받는 것 정도야 대수롭지 않게 받아넘길 수 있었다. 하지만 그녀가 사랑하는 그까지 휘말리는 모습은 보고 있을 수 없었다.

페이서는 고개를 숙이더니 천천히 옆으로 돌리면서 제럴드를 넌지시 바라보았다.

"페이서, 전 항상 합리적인 선택을 우선시합니다. 하지만 이번만큼은 당신의 결정에 맡기겠습니다."

*　　　　*　　　　*

아르고스, 그리고 케이드린과 작별 인사를 나눈 페이서 일행은 저택을 떠나 수풀로 둘러싸인 길을 걸어갔다.

누가 잘못했냐 아니냐를 떠나 아르고스에게 더 이상 폐를 끼치지 않기 위해선 보르니아 왕국을 떠나는 방법밖에 없었다.

그렇게 한참을 걸어가던 도중, 길 양쪽 수풀에 숨어 있던 사람들이 하나둘씩 모습을 드러내더니 페이서 일행의 앞을 가로막았다.

백 명 남짓한 인원의 그들은 예상외로 평범한 시민이었다. 그들 중 몇몇은 손에 돌을 쥐고 있었지만 막상 코델리아가 모습을 드러내자 길을 막았을 뿐, 더 이상 다가가지 못했다.

시민들의 시선은 마족인 코델리아에게 집중되었다. 예전 같았으면 겁을 주는 것만으로도 쉽사리 저들을 쫓아낼 수 있었지만, 그랬다간 페이서라는 이름에 악명만을 더할 뿐이었다.

"역시 전, 당신과 함께 있으면 안 되겠……."

코델리아는 박쥐로 변해 사람들 앞에서 모습을 감출 작정이었다. 하지만 그보다 먼저, 인간들이 보는 앞에서 페이서는 망설임 없이 코델리아의 손을 움켜쥐었다.

"아……."

페이서 쪽에서 먼저, 그것도 험악한 분위기 속에서 이런 경우는 처음이었기에 코델리아는 적지 않게 당황했다. 당연하다면 당연하달까, 시민들의 눈매가 더욱 매섭게 변했다.

"여러분께서 저에게 어떤 말을 하려고 오신 건지 잘 알고 있습니다."

뱀파이어에게 홀려 빛의 힘을 망각한 타락한 용사.

옛 명성만을 믿고 아르고스를 이용하기 위해 빌붙은 버러지.

혹은 아르고스와 함께 비밀리에 마족과 손을 잡은 배신자 등등…….

상상력만으로도 인간이 얼마나 어긋난 말을 내뱉을 수 있는지에 대해 페이서는 잘 알고 있었다.

"전 여러분에게 그 어떤 변명도 하지 않겠습니다. 시간이 지나 제가 여러분 앞에 다시 나타났을 때의 모습을 보고 판단해 주시길 바랍니다. 하지만, 이 사실 하나만큼은 기억해주시길 바랍니다."

그는 손가락 사이를 벌리더니, 움켜쥐었던 코델리아의 손과 깍지를 꼈다.

"지금 제 옆에 있는 코델리아가 마족 공작 디케이드와 홀로 맞서 보르니아 왕국을 지켜주었다는 사실, 말입니다. 이것에 대해서만큼은 그 어떤 모함이나 왜곡도 있을 수 없습니다."

그 말을 끝으로 페이서는 다시 앞으로 걷기 시작했다.

그러자 몰려든 시민들은 페이서의 당당한 모습에 압도되어 자신들도 모르게 옆으로 비켜섰다. 그들 중 한 명이 페이서의 뒤를 향해 돌을 던지려고 했지만, 순간 멈춰 서서 뒤돌아본 페이서의 눈과 마주치더니 스리슬쩍 돌을 쥔 손을 감췄다.

"코델리아, 아까 저에게 한 말, 지금 대답하겠습니다."

다시 걷기 시작한 페이서는 정면이 아닌 코델리아 쪽으로 고개를 돌렸다. 항상 그녀의 이름 뒤에 붙였던 '님'이란 존칭이 사라지자 둘 사이의 거리감 역시 같이 없어졌다.

"당신과 함께 걸어갈 수 없는 길이라면, 전 거들떠보지 않고 다른 길을 택할 것입니다."

"네……."

순간 코델리아는 촉촉해진 눈가를 감추기 위해 고개를 숙였다.

20년이라는 시간 동안 한 남자만을 바라보며 살았던 노력이 결실로 나타나자 그녀는 감정을 주체하지 못하고 울먹이기 시작했다.

"그 말을, 듣고 싶었답니다. 정말로……."

2

엘레힘 신성력 1327년 3월 26일.

"그게 무슨 소리요?"

카르노사 왕국군의 총 지휘관인 세이르는 갑작스러운 철수 통보에 목소리가 높아졌다.

"아직도 마족들이 메르키어스 성안에 떡하니 버티고 있는데, 지금 저보고 수도를 눈앞에 두고 물러서겠다고 말한 겁니까?"

각국의 지원 병력과 고용된 용병들을 포함한 대규모 병력이 메르키어스 성 탈환 작전에 투입된 지 한 달이 넘었다.

새로운 빛의 용사 크레아 일행과 빛의 군대를 위시한 공성전은 인간 측—더 정확히 이야기하면 카르노사 왕국 측—의 예상과 달리 고전을 면치 못했다. 가장 큰 난적으로 꼽히던 드래고뉴트 공작 헤리온이 다른 곳으로 떠났지만, 천마의 날개로 하늘을 이동하며 수성에 전념한 켄타우로스 공작 안젤리카를 이기기란 무리였다.

"메르키어스 성은 어디까지나 세이르 경 입장에서 수도이지, 저희들 입장에선 아닙니다."

크레아 옆에 선 마법사 쉘튼은 날카로운 인상에 걸맞게 세이르의 분노에 차가운 말투로 대응했다.

"그리고 잊으시면 안 되는 게 있습니다. 어디까지나 저희는 일정 기간 동안 카르노사 왕국군을 지원한다고 말했을 뿐입니다."

"하지만 조금만 더 하면 수도 탈환이……."

"그 조금만에 카르노사 왕국군이 힘을 실어줬다면 이 상황까지 오지 않았겠죠."

사실 크레아 일행과 빛의 군대는 탈환 작전에서 가장 열성적으로 임했고, 그만큼 입은 피해 역시 적지 않았다. 문제는 주축이 되어야 할 카르노사 왕국군의 실력이 너무나 기대 이하였다. 예전 돌격부대로 날리던 명성은 온데간데없었고, 몸을 사리는 데에만 탁월한 능력을 발휘했다.

결국 빛의 군대와 일부 병력만이 제 역할을 하는 와중에 드래고뉴트 공작 헤리온이 다시 돌아오자 전세가 마족 측으로 급격히 쏠렸고, 더군다나 마르코가 추기경 오르갈트의 밀명을 받아 이탈하자 전력이 약화된 빛의 군대는 더 이상 의미 없는 전투를 계속할 이유가 사라졌다.

결국 한 달 넘게 지속된 공성전은 사실상 인간 측의 패배로 끝났다.

"모르드 왕국군이 떠나면 우리는 어떻게 하란 말이오!"

"세이르 경, 당신의 애국심이 중요한 만큼 저와 크레아 님의 애국심 또한 중요합니다. 부의 디케이드로 인해 모르드 왕국령의 많은 성이 초토화되었다는 사실을 모르진 않겠죠?"

그 말을 끝으로 쉘튼은 크레아와 함께 빛의 군대를 이끌고 철수를 시작했다. 그러자 미리 철수 준비를 마쳐 놓고도 눈치만 보던 다른 국가의 지원 병력도 같이 물러났다.

메르키어스 성을 둘러쌌던 거대한 포위망이 사라지자, 전사자 못지않게 탈영병이 많았던 카르노사 왕국군의 조촐한 병력만이 남아버렸다.

"아, 아아……."

망연자실한 세이르는 뒤늦게 자신의 실책을 깨닫고 멍하니 메르키어스 성을 바라보기만 했다.

참전용사들에게 돌아갔어야 했던 포상금을 가로채지 않았다면, 어떻게든 애국심이라는 이름하에 포르칸을 설득했다면, 마족 공작을 상대로도 밀리지 않는다던 카일을 붙잡았다면… 등등의 후회가 몰려왔다.

하지만 때는 너무 늦었다.

포위망이 사라지자, 성문이 열리면서 그동안 수성에만 전념했던 몬스터와 마족들이 반격준비에 나섰다.

"세이르 경! 도망쳐야 합니다!"

"어서 빨리 후퇴 명령을!"

몇 번이나 수하들이 그에게 빨리 후퇴하자며 독촉했지만, 세이르는 제자리에 서서 끝내 탈환하지 못한 메르키어스 성을 멍하니 바라볼 뿐이었다.

결국 설득을 포기한 카르노사 왕국군은 총지휘관을 버리고 후퇴를 시작했다. 세이르의 손자 코르디어는 할아버지의 뒷모습을 한 번 흘겨보곤 코웃음을 치고 말고삐를 강하게 내려쳤다.

"후퇴! 후퇴다!"

카르노사 왕국군의 후퇴는 먼지바람을 일으키며 빠른 속도로 진행되었고, 홀로 남겨진 세이르를 향해 하늘 위에서 공기를 가르며 스피어가 빠른 속도로 날아왔다.

피융!

"커헉!"

안젤리카가 날린 스피어에 가슴을 관통당한 세이르는 두 무릎을 꿇더니 앞으로 풀썩 쓰러졌다.

"내, 내가… 이런 식으로… 죽다니……."

한때 이름을 날렸던 카르노사 왕국군의 돌격부대를 지휘했던 세이르의 인생은 하찮은 욕심으로 인해 너무나 허망하게 끝났다.

3

엘레힘 신성력 1327년 4월 1일.

사면이 높은 산맥으로 둘러싸인 케이오스 마을.

완연한 봄을 맞이한 마을 안에선 사냥을 나갔다 온 이들이 멧돼지 해체 작업으로 바쁘게 움직이고 있었다.

"어이, 이거 받아!"

멧돼지에게 벗겨낸 가죽을 인간 청년이 오크 총각에게 건넸다.

큼지막한 어금니를 뽑아낸 트롤 남성은 흥겨운 얼굴로 옆에 있는 중년 인간과 이야기를 나누었다.

"오늘은 오래간만에 바비큐 파티 하겠는데?"

"그러게. 다섯 마리나 잡아왔으니 다들 넉넉히 먹겠지. 하하하!"

전쟁으로 피폐해지는 대륙 상황과는 정반대로 인간과 마족, 그리고 몬스터들이 함께 어울려 있는 기묘한 광경이었다.

여러 종족으로 구성된 여성들이 바비큐 준비에 재빠르게 움직였고, 아이들은 오래간만에 맛볼 멧돼지 고기를 기대하며 마을 광장에 모여들었다.

그런 모습을 느긋하게 바라보며 이야기를 나누는 두 남자가 있었다.

"그 녀석마저도 나와 같은 길을 걸어갈 줄은 몰랐지."

"전에 이야기했던 제자 말인가? 이름이 아마… 카일이었지? 특이하게도 흑염의 기운을 손에 넣은 인간 말이야. 네가 크로이드란 이름 전에 쓰던 크리드였을 때 제자였지?"

크로이드라 불린 중년 남성은 짧게 자라난 턱수염을 매만지며 회상에 잠겼다.

"나 같으면 다시 인간들 따위 구할 생각 안 하고 속세를 떠났을 거야."

"그렇게 말해놓고선 몇 번이나 구했지? 크리드였을 때엔 손 놨지만 대신 카일이란 제자를 키워서 보냈으니 그게 그거 아닌가?"

탁자를 사이에 두고 크로이드의 맞은편에 앉아 있는, 20대 초반으로 보이는 외모의 남자는 붉은 눈동자를 깜박이며 씨익 미소를 지어보았다.

"뭐, 내 종족도 그런 말 할 처지는 안 되겠군. 블러드 스트림에 젊은 처자가 들어갔다 나온 모양이니까."

"젊은 처자라……."

크로이드는 자신의 오두막 옆에 세워져 있는 작은 비석을 바라보았다.

「스칼렛 라이트, 여기서 잠들다.」

그가 유일하게 사랑했고, 결국 이어지지 못한 여성의 이름과 성이 비석에 새겨져 있었다.

"쯧쯧쯧, 또 그런다. 이젠 그만 잊지 그래?"

"난 너 같은 뱀파이어와 달리 인간이라서 쉽게 잊을 수 없어."

"인간? 너처럼 오래 산 놈이 인간이라고 말하면 잘도 믿겠다!"

"망할 저주 때문이지……."

자신과 함께한 이들이 먼저 죽어가는 걸 봐야만 하는 운명.

그는 그것을 저주라 칭하며 오른손으로 턱을 괴었다.

"그런데 우리들, 이렇게 편하게 이야기하고 있을 입장이 아닌 거 같은데?"

뱀파이어 청년은 의자에서 일어서더니 탁자 아래에 놔둔 레이피어를 꺼내 들었다.

"인간과 어둠의 후예, 양쪽 모두에서 몰려왔군. 게다가 인간 쪽은 베르시아 교단에서 파견된 것 같은데?"

"틀려, 슈겔. 여긴 프라디너스 대륙이 아니잖아."

"아, 그랬지? 나이가 들다 보니 헷갈린단 말이야. 결국 같은 신을 섬기면서 베르시아니, 엘레힘이니 카르파니 각자 다른 이름으로 부르니 원……."

슈겔이라 불린 뱀파이어는 검집에서 레이피어를 반만 뽑아내더니 반짝이는 검날을 찬찬히 살폈다.

"슈겔, 넌 쉬고 있어. 내가 처리하지."

크로이드는 오두막 벽에 기대놨던 대검을 집어 들더니 먼저 마을 입구 쪽으로 걸어갔다.

"진짜 너 혼자 가려고?"

"됐어. 나 혼자만으로도 충분해."

*　　　*　　　*

엘레힘 교단에서 파견한 성당기사단과 웨어울프 공작 로베르토가 이끌고 온 마족 부대는 뜻밖의 상황에 직면했다.

각자 밀명을 받고 정해진 장소로 잠입한 두 세력은 공교롭게도 케이오스 마을 부근에서 맞닥뜨렸다.

하지만 예기치 않은 전투에 돌입하기 직전, 갑자기 나타난 한 남자에 의해 각자 전력의 반 이상이 쓰러지며 혼란에 빠졌다.

"젊은 웨어울프여, 자신의 육체에 스스로 독을 품으면서까지 능력을 극대화시키는 노력은 가상하지만, 나에겐 통하지 않는다."

그는 가슴을 움켜쥐며 한쪽 무릎을 꿇은 로베르토를 검끝으로 가리키며 고개를 가로저었다.

"그리고 보니 빛의 힘을 어느 정도 활용할 줄 아는 인간을 만나긴 오래간만이야. 하지만 비틀어진 욕망 때문에 '제대로' 빛나긴 무리겠어. 아쉬워."

이번에는 성당기사단 단장인 마르코를 가리키며 안타까운 표정을 지었다. 마르코는 부서진 검을 움켜쥐며 투지를 불태웠지만 상대의 압도적인 실력을 봤기에 섣불리 나설 수 없었다.

"다시 말하겠다. 너희끼리 싸우든 말든 상관하지 않겠다.

단, 이 선을 넘어 마을 안으로 들어오려고 한다면 절대로 가만두지 않겠어."

크로이드는 전투 시작과 동시에 땅바닥에 수평으로 길게 그어놓은 직선을 가리켰다. 실제로 그는 지면에 그어놓은 선을 넘는 자는 인간과 마족 구별하지 않고 모조리 쓰러뜨렸다.

"넌 인간이냐, 아니면 마족이냐?"

마르코의 악에 받힌 질문에 크로이드는 고개를 갸우뚱거렸다.

"그런 구별 따위 해봤자 시시할 뿐인데……."

"나아말로 너에게 묻겠다! 너는 어둠의 후예인가? 아니면 저 더러운 인간과 같은 종족인가?"

서큐버스 셸피아의 부축을 받으며 일어선 로베르토가 똑같은 질문을 던지자 크로이드는 한숨을 길게 내쉬며 한탄했다.

"그때나 지금이나 달라진 건 하나도 없어……."

크레이드 프리시온.

500여 년 전, 빛의 화신을 봉인하여 인간들의 폭주를 막았던 다섯 명 중 유일한 생존자.

그리고 300년 전에는 다른 대륙으로 떠나 성(姓)없이 '크리프'란 이름으로 광기에 휩싸였던 마족들 앞에서 검을 휘둘렀다.

그 뒤 매번 다른 이름으로 자신을 숨기고 세상이 혼란에 빠질 때마다 검을 뽑아 들었지만 결국 바뀌는 걸 없다는 걸 그는 깨달았다.

그 후 인간과 마족 사이의 반복되는 전쟁에 더 이상 끼어들지 않고 '크리드' 라는 이름으로 살다가, 그의 기준으로 '최근' 에는 '크로이드' 라는 새 이름을 택하고 과거를 잊고 케이오스 마을에 정착했다.

"처음 볼 때부터 느꼈지만, 역시 말이 통하지 않는군."

크로이드는 대검을 비스듬히 옆으로 뉘이더니 어깨를 툭툭 건드렸다. 그의 습관 중 하나로, 나중에는 그의 제자가 종종 따라하기도 했다.

"너희 둘이 손을 잡고 한꺼번에 덤벼도 좋다."

그는 오른손을 내밀어 까닥거리며 도발했지만, 정작 둘은 서로 눈치를 보며 망설였다.

"그래? 그러면 내가 먼저 가도록 하지."

턱을 매만지며 성당기사단과 마족부대 둘을 번갈아가며 쳐다보던 그의 시선이 어느 한곳에 고정되었다.

"아무래도 너희부터 조져야겠어. 속세엔 미련 따위 없지만, 제자 녀석이 싫어하기도 하고 나 역시 별로 맘에 안 들거든. 엘레힘 교단이나 베르시아 교단이나… 카르파 교단 모두."

『흑암의 귀환자』 5권에 계속…

Explosive Dragon King
Bahamut

폭룡왕
바하무트

GAME FANTASY STORY

몽연 게임 판타지 소설

가상현실 게임 포가튼 사가 랭킹 1위!
대륙십강 전체를 아우르는 폭룡왕 바하무트.

폭룡왕이라는 칭호를 「진짜」로 만들어라!

방법은 한 가지.
400레벨 이상의 라그나뢰크급 노룡
칠대용왕(七大龍王)이 되는 것.

어디에도 소속되지 않은 채 유유히 전장을 누빈다.
바하무트 앞에 펼쳐지는 새로운 게임 세계!

Book Publishing CHUNGEORAM

Sanctum
생텀

이영균 판타지 장편 소설
FUSION FANTASTIC STORY

취재 현장에서 맞닥뜨린 녹색 괴물.
그리고 무혁은 한 번 죽었다.

**죽음에서 깨어난 무혁에게 다가온 것은
숨겨졌던 이세계, 생텀의 존재였다!**

현대에 스며든 악신 투르칸의 잔인한 손길.
생텀에서 온 성녀 후보 로미와 도넬 남작을 도우며
무혁의 삶은 점차 비일상에 접어드는데……

**이계와의 통로는 과연 우연인 것인가?
생텀(Sanctum)의
진정한 의미를 찾아라!**

Book Publishing CHUNGEORAM

FANATICISM HUNTER

광신사냥꾼

류승현 판타지 장편 소설

FANTASY FRONTIER SPIRIT

「블레이드 마스터」의 류승현 작가가 펼쳐내는
판타지의 새로운 신화!

마도대전을 승리로 이끈 유리언 대륙의 영웅,
최강의 아크 메이지 제온!

그러나 '세상의 섭리'에 아내와 아이를 빼앗기는데…….

『광신사냥꾼』

만약 그것이 정말로 세상의 섭리라면,
그마저도 무너뜨리고 말리라!

복수를 위한 제온의 위대한 여정이 시작된다!

Book Publishing CHUNGEORAM

 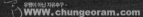

천예무황

원생 新무협 판타지 소설

FANTASTIC ORIENTAL HEROES

天藝武皇

진짜배기 무협의 향기가 온다!

『천예무황』

산중에서 평화로이 살던 의원 설운.
평범하게만 보이는 그에게는 씻을 수 없는
과거가 있었으니……

칠 년의 세월을 지나
피할 수 없는 과거의 업(業)이 다시 찾아온다.

'잊지 마오.
세상 모든 사람이 다 그대를 잊은 그때에도
나는 그대를 기억하고 있음을.'

정(正)과 마(魔)의 갈림길.
무림을 덮은 혈풍 속에서 선(善)의 길을 걷다!

Book Publishing CHUNGEORAM

유행이 아닌 자유추구 -
WWW. chungeoram.com

말년병장 이등병되다!

에바트리체 장편 소설

FUSION FANTASTIC STORY

대한민국 남자라면 알고 있을 바로 그 이야기!

『말년병장, 이등병 되다!』

전역을 코앞에 둔 말년병장, 이도훈.
꼬장의 신이라 불리던 그가 갑자기 훈련병이 되었다?!

"…이런 X같은 곳이 다 있나!"

전우애 넘치는 군인들의
좌충우돌 리얼 군대 이야기!

LORD

FANTASY FRONTIER SPIRIT

영주 레이샤드

RAY SHADE

한승현 판타지 장편소설

저주받은 영지 아베론의 영주 레이샤드.
열다섯 번째 생일날,
정체불명의 열쇠가 그의 운명을 바꾸었다!

『영주 레이샤드』

시험의 궁을 여는 자, 원하는 것을 얻으리니!
시련을 극복하고 새로운 땅의 주인이 되어라!

레이샤드의 일대기가 시작된다!

Book Publishing CHUNGEORAM

유행이 아닌 자유추구 -
WWW.chungeoram.com

FANATICISM HUNTER

광신사냥꾼

류승현 판타지 장편 소설

FANTASY FRONTIER SPIRIT

「블레이드 마스터」의 류승현 작가가 펼쳐내는
판타지의 새로운 신화!

마도대전을 승리로 이끈 유리언 대륙의 영웅,
최강의 아크 메이지 제온!

그러나 '세상의 섭리'에 아내와 아이를 빼앗기는데…….

『광신사냥꾼』

만약 그것이 정말로 세상의 섭리라면,
그마저도 무너뜨리고 말리라!

복수를 위한 제온의 위대한 여정이 시작된다!

Book Publishing CHUNGEORAM

유행이 아닌 자유추구 -
WWW.chungeoram.com